위대한 고요

톨스토이엮음 | 박문신옮김

차례

차
례

소크라테스의 죽음

*플라톤

소크라테스가 감옥 안에서 죽은 지 얼마 안 되어, 그의 제자 중에 한 사람인 에케크라테스가 황급히 동료 파이돈을 찾아갔다. 파이돈은 소크라테스의 임종을 끝까지 곁에서 지켜보았기 때문이다.

그래서 에케크라테스는 페이돈에게 그 날에 있었던 모든 일, 즉 소크라테스가 무슨 말을 했고, 어떤 일을 했으며, 또 어떻게 죽어갔는지를 자세히 말해 달라고 부탁했다.

파이돈은 다음과 같이 이야기했다.

그 날 우리는 여느 때와 같이 감옥 바로 옆 건물에 있는 재판정 안으로 들어갔다. 그러자 우리를 감옥 안으로 들여보내주던 간수장이 나와서 지금 소크라테스의 재판이 진행 중에 있으니 잠시 기다리라고 했다.

그때 그들은 소크라테스의 사슬을 풀고 독을 마시라고 명하고 있었던 것이다.

잠시 동안 초조하고 불안한 시간이 흘렀다. 그러자 간수장이 다시 나와서 들어오라고 했다. 우리가 들어가 보니 소크라테스의 옆에는 산티페 부인이 창백한 표정으로 어린아이를 끌어안고 나란히 앉아 있었다.

산티페 부인은 우리를 보자, 이런 경우에 모든 여자들이 흔히 그렇듯이, 갑자기 소리를 내어 울부짖으며 넋두리를 늘어놓았다.

"오늘의 면회가 마지막이에요. 이젠 더 이야기를 나눌 시간이 없답니다."

소크라테스는 아내를 달랬다. 그리고는 잠시 동안 우리 끼리만 있게 해 달라고 부탁했다. 산티페 부인이 나가자, 소크라테스는 침상 끝에 앉아서 몸을 구부리고 두 손을 비비며 우리를 바라보며 아주 침착한 어조로 말했다.

"여보게들, 만족이란 고통과 결부되어 있는 거야. 이것은 놀라운 일이지. 나는 수갑과 쇠사슬로 묶여 있는 자세가 매우 고통스러웠지만, 이제 사약을 선고 받고 풀려 나고보니 말할 수 없이 만족스럽단 말야. 이걸 보면, 분명히 하느님은 두 가지 상반된 것을 함께 즐기고 싶어 하신단 말일세. 고통과 만족을 동시에 묶어놓고 한쪽이 없으면 다른 쪽도 경험할 수 없게 하시는 거지."

소크라테스는 아직 무엇인가 더 말하고 싶은 듯한 표정을 지었다. 그러나 함께 있는 크리톤이 문 너머로 누군가와 작은 소리로 속삭이고 있는 모습을 보자, 그들이 무슨 이야기를 하고 있는지 물었다.

"선생님께 독을 마시도록 명령 받은 간수의 전달 내용을 듣고 있는 중입니다. 그의 말에 의하면 될 수 있는 대로 이야기를 나누지 말라고 합니다. 독약을 선고 받은 사람이 흥분하면 약의 효과가 약해져서 두 번 세 번 마시지 않으면 안 된다는 이야기입니다."

이렇게 크리톤이 대답했다.

"그게 무슨 문제야? 두 번이고 세 번이고 얼마든지 마셔 주지. 나는 자네들과 이야기를 나눌 기회를 놓칠 수가 없어. 그리고 평생을 통해서 성현의 길을 걸어온 사람에게는 죽음이 다가오는 것이 오히려 즐겁다는 것을 보여 줄 기회를 잃고 싶지 않다는 말일세."

소크라테스는 아주 침착하게 말했다.

"하지만, 선생님께서는 저희들을 남겨 두고 가시지 않습니까? 그런데도 만족하시다는 말씀입니까?"

우리들 중의 누군가가 물었다.

이에 소크라테스는 조용하면서도 단호하게 말했다.

"물론이지. 만약 자네들이 내 입장이 되었다 해도 변함이 없을 걸세. 전 생애를 통해서 방해물이었던 육체의 정욕을 억제하려고 노력해 온 인간이 그 육체에서 해방되는 것을 기뻐하지 않을 수 없다는 사실을 유쾌하게 이해할 수 있을 걸세. 죽음은 육체에서의 해방에 지나지 않은 거야. 내가 종종 자네들에게 가르친 완성이라는 참뜻은 육체와 영혼과의 구별을 분명히 하고 영혼을 육체밖에 있는 자기 자신 안에 집중시키는 것을 의미하지. 죽음은 이를 위해서 가장 아름다운 자유를 선물하는 것일세. 일생 동안 예고 없이 죽음이 찾아오더라도 이미 준비가 된 삶을 살아온 인간이 막상 그때가 되어 당황한다는 것은 우습지

✱플라톤 지음

않은가? 그런 연유로 내가 자네들과 헤어져 슬프게 하는 것은 괴롭지만, 그렇다고 죽음을 환영하지 않을 수 없지 않은가. 죽음은 내 전 생애를 통해서 염원해 온 실현에 지나지 않으므로 자네들을 이 세상에 남겨 두고 가면서도 내가 슬퍼하지 않는 데 대한 변명일 세. 나의 이 변명은 내가 법정에서 한 변명보다 더 믿어 주기를 간절히 바라고 있네."

소크라테스는 이렇게 말하면서 미소 지었다.

"하지만, 그러기 위해서는······."

하고 케베스가 믿을 수 없다는 표정으로 말했다.

"육체를 떠난 뒤의 영혼이 티끌이나 연기처럼 소멸하거나 파괴되는 것이 아니라는 사실을 믿지 않으면 안 됩니다. 그런 사실을 알고 또 믿을 수만 있다면 세상의 모든 일은 선생님 말씀대로라고 해도 좋겠지요. 그러나 그것을 믿을 수가 없다면, 이것은 인간의 불행이 아니겠습니까?"

"옳아. 자네의 말대로야."

소크라테스는 명쾌하게 말했다.

"물론 그것을 전적으로 믿을 수는 없다는 사람도 있겠지. 하지만 그것을 믿지 않으면 안 될 분명한 이유가 있다네. 옛 성현의 가르침은 죽은 사람들의 영혼이 저승에 가서, 이 세상에 다시 태어날 때까지 거기서 계속 존재한다고 말하고 있지. 이 가르침을 믿든지 안 믿든지 간에 사람들은 죽어서 태어난다는 사실, 사람들 뿐만 아니라 온갖 동물이나 식물들도 다시 태어난다는 것을 믿어야 할 커다란 이유가 있는 거야. 만약 그것이 사실이라면 생존해 있는 자는 죽음을 두려워할 게 없어. 죽음은 오직 새 삶으로의 변화에 지나지 않는 것이니까 말일세. 이런 사실은 다음과 같은 추론만으로서도 충분히 믿을 수 있지. 즉 우리 모두는 이 세상에 살고 있으면서, 다시 태어날 영혼들이 존재하고 있는 저 세상의 생활을 기억하고 생각할 수 있는 것들을 가지고 있다는 확신은 인간만의 가치란 말일세."

그러고 나서 소크라테스는 우리들이 전에도 여러 번 들은 바 있는 논증 즉, 우리가 지니고 있는 모든 지식은 다만, 기억에 불과하다는 예를 들어 다시 이야기를 계속하였다.

"만약 우리의 영혼이 현세 이전에는 살고 있지 않는 것이라면, 기억이란 있을 수 없네. 그러니까 설령 인간의 육체는 반드시 죽어야 하는 일회적인 존재라고 하더라도 사물을 알고 또 기억하는 능력을 지니고 있는 이상 영혼은 육체와 더불어 소멸하는 것은 아니라는 확신이 나의 지론이네. 그러나 우리들의 모든 지식이 영혼이 있는 전세의 생활에 대한 기억일 뿐이라고 생각되는 것만으로는 충분하지 않을 걸세. 인간의 육체에서 독립된 불멸의 영혼이 존재한다는 데 대한 중요한 증거는 다음과 같은 점을 말할 수 있지. 즉 우리들의 영혼에 대해서 가장 원초적인 것은 아름다움이나 선함, 정의나 진리에 속하는 관념이라는 점, 그뿐만 아니라, 이들 관념이 영혼의 본질을 형성하고 있다는 사실에 유의하기 바라네. 그리고 이들 관념은 죽음에 속하는 것이 아니기 때문에 우리들의 영혼도 죽음에 속하는 것이 아니란 말일세."

소크라테스는 조용히 말을 끝냈다. 우리들은 모두 잠자코 있었다. 다만 케베스와 심미아스만이 작은 소리로 무엇인지 속삭이고 있었다.

"지금 자네들은 무슨 이야기를 하고 있나?"

소크라테스가 물었다.

"자네들이 내가 방금 말한 문제에 대해서 이야기하는 것이라면 그 생각을 말해 주게. 만약 자네들이 내 말에 찬성하지 않고, 더 좋게 이해를 도울 수 있는 설명을 알고 있다면 숨김없이 이야기해 주겠나?"

"제가 말씀드리겠습니다."

하고 심미아스가 입을 열었다.

"저는 선생님의 말씀에 대해 동의할 수 없습니다. 그래서 여쭈어 보려고 합니다. 하지만 이런 질문이 선생님을 언짢게 하지 않을까 걱정입니다."

소크라테스는 웃으면서 말했다.

"나는 말일세. 나에게 어떤 일이 일어나도 결코 그것을 불행이라고는 생각지 않는다네. 이런 내 생각을 다른 사람들에게 믿게 한다는 것이 참 힘이 드는군. 자네들까지 그걸 믿지 않다면 다른 사람들이야 말할 나위도 없지 않겠는가. 지금의 나는 평상시와 조금도 다름없는 정신 상태로 있네. 쓸데없는 걱정은 말고 어서 자네의 의문 나는 점을 솔직히 물어주게."

"그럼 제가 의문을 가지고 있는 점을 말씀드리겠습니다."

심미아스는 말했다.

"저에게는 선생님께서 영혼에 관해서 하신 말씀이 제대로 납득이 가지 않습니다."

"어떤 점이 그렇단 말인가?"

소크라테스가 물었다.

그러자 심미아스가 이어 말했다.

✱플라톤 지음

"선생님께서 영혼에 관해서 하신 말씀은 현악기를 연주하는 것과 비교해서 말할 수 있을 것 같습니다. 현악기의 현만을 생각할 때는 육체와 마찬가지로 일시적인 것이라고 하겠습니다. 그러나 그 현악기가 내는 소리는 육체적인 것도 아니고 죽음에 속하는 것도 아니라고 생각합니다. 가령 악기가 깨지고 현이 끊어져도 그 악기가 낸 소리는 결코 죽은 것이 아니며, 깨진 뒤에도 어디엔가 남아있다고 할 수 있습니다. 그러나 우리는 악기의 소리는 팽팽한 현에 긴장을 가함으로써 생기는 것만을 알고 있습니다.

마찬가지로 우리의 영혼도 육체의 여러 가지 요소를 어떤 관계에 연관시켜 놓음으로써 결합되어 파생된 것이 아니겠습니까? 그러므로 악기의 소리가 그것을 형성하고 있는 일부분이 깨짐으로써 소멸되는 것과 같이, 우리의 영혼도 육체를 형성하고 있는 일부분이 깨짐으로써 사라져 버리는 것이 아니겠습니까? 즉 여러 가지 병이나 노쇠, 편중에 의해서 육체가 해체되어 그 결과로 영혼도 소멸되어지는 것이라고 생각됩니다."

심미아스가 말을 끝냈을 때, 나중에 서로 나눈 말이지만, 그때 우리들은 불안한 생각을 하고 있었다.

영혼의 불멸에 관한 소크라테스의 말을 믿어야 될지 망설이는 가운데 강한 반대의 논증이 나와서 우리를 괴롭혔던 것이다. 우리들은 이 문제에 관해서 논의된 것들 뿐만 아니라 앞으로 이야기될 수 있는 모든 내용에 대해서도 불안을 느끼기 시작했던 것이다.

나는 종종 소크라테스의 언행에 대해 경이로운 감명을 느끼고 있었으나 이때처럼 놀란 적은 없었다.

소크라테스가 조금도 난처함 없이 답변을 하는 태도는 놀라운 일이 아닐지 모른다. 그러나 심미아스의 공격적인 말에 조금도 언짢아하지 않고 고개를 끄덕이면서 듣고 있는 관대함과 평정은 참으로 놀라운 태도였다. 그리고 소크라테스는 심미아스의 말뜻을 확인한 다음, 참으로 지혜로운 재주를 발휘하여 우리들의 의혹을 풀어 주었다.

나는 그때 소크라테스의 오른편 침상 옆의 낮은 의자에 앉아 있었는데 그는 나보다 좀 높은 위치에 있었다.

이런 경우 소크라테스는 나의 머리카락을 만지작거리는 버릇이 있었다. 그래서 이때도 나의 머리를 손으로 어루만지면서 말했다.

"파이돈, 자네는 이 아름다운 머리카락을 잘라도 괜찮다고 생각하나?"

"네?"

"아니지, 잠깐만 나와 내기를 할까?"

"무슨 말씀이십니까?"

나는 의아해 하며 물었다.

"자네는 내일 머리를 깎도록 약속하는 거야. 단, 내가 조금 전에 말한 문제에 대해서 훌륭하게 설명을 할 수 있을 경우에 말이지. 만약 내가 제대로 설명을 하지 못하면, 나는 오늘 내 머리를 깎아 버리겠어."

나는 웃으면서 승낙했다. 그러자 소크라테스는 심미아스를 향해서 말했다.

"심미아스! 자네 말대로 영혼은 현악기 소리와 비슷하네. 그래서 악기 소리가 현과의 바른 관계에 의해서 생겨나는 것처럼 우리의 영혼도 육체의 모든 요소들 사이의 일정한 관계에서 생기지. 그렇다면, 지금 우리들이 이야기한 것, 그리고 자네도 동의한 것, 즉 우리들의 모든 지식은 자신의 뛰어난 재능과 지혜로 깨닫고 있는 것이 기억이라면 모순되지 않은가? 만약 영혼이 그 안에 존재하는 육체보다도 먼저 있었던 것이라면, 영혼이 육체의 각 부분의 일정한 관계의 결과라는 말이 어떻게 성립되겠나?

그렇다면 우리 자신의 모든 지식이 뛰어난 재능과 지

혜를 통해 기억이라는 것을 인정한다면, 우리의 영혼이 육체로부터 독립된, 그 자신의 실체를 가지고 있다는 것도 인정하지 않을 수 없다네. 이밖에도 현악기 소리와 영혼과는 다음과 같은 점에서도 다르다는 것이 분명하네.

즉 악기의 소리는 자기 자신이라는 사실을 모르지. 그러나 영혼은 자기 자신의 생활을 알고 있는 거야. 알고 있을 뿐만 아니라, 그것을 이끌어가고 있는 거지. 악기의 소리는 악기의 상태를 스스로 바꿀 수는 없다는 점을 놓쳐서는 안 되네. 그리고 소리는 악기에만 의존하지. 하지만 영혼은 육체에서 독립하여 육체의 상태를 자유로이 바꿀 수가 있다네.

예를 들자면, 지금 나의 육체의 모든 요소들은 어제와 똑같이 정당한 상호관계를 유지하고 있네. 그러나 나의 영혼은 이 정당한 관계를 당장에라도 파괴하려고 결심할 수가 있다는 거야. 왜냐 하면 자네들도 알다시피 내가 크리톤이 권하는 대로 이 감옥에서 도망쳤다면, 지금 이렇게 형의 집행을 기다리면서 자네들과 이야기를 나누고 있지는 않았을 것이니까.

내가 크리톤의 권유에 동의하지 않은 것은 공화국의 판결을 따르는 편이 도망치는 것보다 정당하다고 생

✱플라톤 지음

각했기 때문일세. 이것은 곧 악기의 소리가 악기의 파멸을 선고한 것이 되는 거야. 즉 내 속에는 자신의 불멸의 본원을 알고 있는 어떤 것이 존재한다는 사실을 증명하는 이유가 된다는 걸세.

그렇기 때문에 내가 충분히 명확하게 설명할 수 없다 하더라도, 나는 내 자신의 내부에 육체를 넘어선 자유로운 본연적인 것이 존재함을 인정하지 않을 수 없는 걸세. 그렇기 때문에 나의 영혼이 불멸임을 믿지 않을 수 없다는 말일세."

소크라테스는 계속 말을 이었다.

"그리고 만약 영혼이 불멸이라면, 우리는 이 세상에서의 삶을 위해 영혼을 지켜야 할 뿐만 아니라, 육체가 사멸한 뒤에도 영혼을 지키지 않으면 안 되는 것일세.

왜냐 하면 영혼은 불멸하여야 하고, 그 영혼이 이 세상에서 얻은 것을 다른 생활로 승화시키는 지혜와 같다면 그것들을 될 수 있는 한 훌륭하고 바른 것으로 만들지 않으면 안 되네."

그러고 나서 잠시 말을 멈추었다가 소크라테스는 다음과 같이 덧붙였다.

"하지만 여보게들, 이젠 몸을 씻어야 할 시간이 되었

나 보군. 몸을 깨끗이 씻고 나서 독을 마시는 편이 좋겠지. 여자들에게 시체를 씻기는 수고를 덜어 주기 위해서라도 말이야."

소크라테스가 이렇게 말했을 때, 크리톤은 그의 아이들을 죽은 뒤에 어떻게 할 것이냐고 물었다. 그러자 소크라테스가 대답했다.

"크리톤이여! 내가 늘 말해 온 대로 하면 되는 거야. 아무것도 새로운 것은 없어. 자기 자신을, 자신의 영혼을 지키는 거지. 다만 그렇게 함으로써 자네들은 나를 위해서, 나의 애들을 위해서도, 또 자네들 자신을 위해서도 가장 좋은 일이 되는 거야. 새삼스럽게 약속을 하지 않더라도, 그렇게만 하면 되는 걸세."

"약속대로 그렇게 하겠습니다. 하지만 장례식은 어떻게 할까요?"

다시 크리톤이 물었다.

"아무렇게 해도 상관없네."

소크라테스는 담담하게 웃으면서 대답했다. 그리고 덧붙여 말했다.

"여보게들, 자네들과 이야기하고 있는 것이 바로 나인가? 잠시 후면 싸늘해지고 또 움직이지 않게 되는 것은 내가 아니라는 사실을 크리톤에게 믿게 할 수 없을 것 같군."

이렇게 말한 다음 소크라테스는 일어나 옆방으로 몸을 씻으러 갔다. 크리톤이 그의 뒤를 따랐다. 손짓으로 소크라테스는 우리에게 기다리고 있으라고 했다. 그래서 우리들은 방금 들은 이야기와 우리의 기둥이며 스승이며 지도자였던 분을 잃지 않으면 안 되게 된 불행에 관해서 이야기를 나누며 기다리고 있었다.

소크라테스가 목욕을 끝냈을 때, 그의 아이들이 안으로 들어왔다. 소크라테스에게는 두 명의 어린아이와 장성한 한 명의 아들이 있었다. 동시에 그의 하녀들도 자리를 함께 했다. 잠시 동안 소크라테스는 아이들을 비롯하여 하녀들과 이야기를 나눈 다음 우리들이 있는 곳으로 왔다. 주위는 이미 해가 저물어가고 있었다.

얼마쯤 지나자 관리가 들어왔다. 그는 소크라테스에게 말했다.

"소크라테스여! 당신께서는 나에게 조금도 화를 내거나 욕을 하거나 소리를 지르지 않는군요. 여태껏 내가 독을 마실 때가 되었다고 알리러 오면, 어떤 죄인이건 간에 모두 화를 내고 욕을 하며 아우성을 쳤습니다. 나는 얼마 전부터 당신이 어떤 분이신지 잘 알고 있습니다. 나는 당신이야말로 이곳에 온 죄인들

소크라테스의 죽음 19

중에서 가장 고귀하고 선량한 분이라고 생각합니다. 부디 나를 나쁘게 생각지 말아주십시오. 당신께서는 당신에게 이런 형벌을 선고한 사람들을 알고 계실 겁니다. 그들을 미워하십시오. 나는 다만 독을 마실 때가 되었음을 알려드리러 온 것뿐입니다. 용서하십시요. 그리고 피할 수 없는 현실을 되도록 편안히 받아들이시도록 마음의 준비를 갖춰 주십시오."

이렇게 말하며 그 관리는 울음을 터뜨렸다. 그리고 고개를 돌린 채 황급히 나가 버렸다.

"그럼 안녕히! 자, 그러면 우리는 우리가 해야 될 일에 대해 생각합시다."

소크라테스는 이렇게 말한 다음, 우리에게로 얼굴을 돌렸다.

"저 관리는 정말 좋은 사람이야. 여러 날 동안 여기서 그와 많은 이야기를 나눴었지. 그러는 동안 나는 그가 매우 훌륭한 사람이라는 것을 알았어. 지금 또 얼마나 마음 속 깊이 나에게 대해서 슬퍼해 주었던가. 그럼 크리톤 명령대로 해 주게. 준비가 되었으면 독약을 가져오도록 전해 주게."

크리톤이 당황해 하면서 말했다.

"선생님, 아직 태양이 중천에 있습니다. 더 늦은 뒤

에라도 괜찮지 않습니까? 또 대개 사람들은 밤을 즐기고 사랑의 만족을 취한 뒤에 독을 마신다고 합니다. 서두르실 필요가 없는데요. 아직도 시간은 많이 남아 있습니다."

"그게 아닐세, 크리톤."

이어서 소크라테스는 말했다.

"그 사람들은 그렇게 하는 편이 좋다고 생각했기 때문에 그렇게 한 거야. 그 사람들이 취한 행동은 모두 제각기 자기의 근거를 가지고 있는 걸세. 그러나 나는 그들처럼 생각하지 않거든. 좀 늦게 독을 마신 댓자 내 눈으로 볼 때는 그것은 자기를 우스꽝스럽게 만드는 데 지나지 않는 거지. 자아, 어서 가서 독을 가져오도록 일러주지 않겠나."

크리톤은 이 말을 듣자 문 앞에 서 있는 간수에게 손짓했다. 그러자 간수는 잠시 후 소크라테스에게 독약을 마시게 할 집행인을 데리고 왔다.

"이럴 때 내가 어떻게 해야 하는지 그 방법을 모르는데 좀 가르쳐 주시오."

소크라테스는 침착한 음성으로 집행인에게 말했다.

"이렇게 하시면 됩니다. 우선 이것을 마시고 나서 다리가 묵직해질 때까지 걸어 다니는 겁니다. 다리가

무겁다고 느껴지면 침대에 누우십시오. 그때 독약이
효력을 나타나기 시작하는 겁니다."

집행인은 이렇게 말하며 독이 든 잔을 소크라테스에
게 건네주었다. 그는 망설임없이 잔을 받았다. 그리고
는 밝은 표정으로 평상시대로의 안색과 눈길로 집행인
을 바라보면서 물었다.

"당신은 이렇게 사람에게 독을 마시게 하는 일이 하
느님의 뜻에 어긋난다고 생각하십니까?"

집행인이 대답했다.

"선생님, 우리는 명령 받은 일만을 수행할 뿐입니다."

"좋습니다. 어쨌든 나는 이 세상에서 저 세상으로 옮
겨가는 일이 늦지 않게 이루어지도록 하느님께 기도
하지 않으면 안 됩니다. 자아, 이제 모두들 그 기도
를 드립시다."

소크라테스는 이렇게 말하고 천천히 독이 들어 있는
잔을 입으로 가져갔다. 그리고는 두려움이나 주저함이
없이 단숨에 비었다.

그때까지 우리는 울음을 참고 있었지만, 소크라테스
가 독을 마시는 광경을 목격하자, 더 이상 참을 수가
없었다. 나는 울지 않으려고 마음먹었으나 눈물이 저절
로 흘러나왔다.

끝내 나는 외투 속에다 머리를 묻고 울었다.

나는 소크라테스의 불행을 슬퍼하여 운 것이 아니라, 이와 같은 스승을 잃는 나 자신의 불행이 더 슬퍼서 울었던 것이다. 나보다도 먼저 견디다 못해 울고 있던 크리톤은 마침내 그 자리를 떠나 버렸다. 한참 동안을 아포로드르는 소리를 내어 울었다.

"여보게, 왜들 이러나?"

소크라테스의 가라앉은 목소리가 들려왔다.

"나는 여자들을 울리고 싶지 않아서 이곳에 못 오게 했네. 죽음은 장엄한 침묵 가운데 맞아들이지 않으면 안 되는 엄숙한 과정인 걸세. 조용히들 하지. 남자답게."

우리들은 간신히 울음을 참았다. 소크라테스는 얼마 동안 잠자코 걸음을 옮기고 있더니, 드디어 다리가 무거워졌다고 하면서 침상으로 가 똑바로 누웠다. 독약을 가져왔던 집행인의 말대로 하였다.

소크라테스는 꼼짝도 않고 누워 있었다. 그가 이따금 소크라테스의 다리를 만져 보았다. 잠시 후에 집행인은 소크라테스의 한쪽 다리를 누르고 감각이 있느냐고 물었다. 그러자 그는 아무런 감각도 없다고 대답했다.

이윽고 집행인은 소크라테스의 다리를 재차 눌러보고

나서, 이미 몸이 싸늘하게 식어 죽음이 찾아왔음을 우리들에게 알렸다.

"심장까지 싸늘해지면 끝이 나는 겁니다."

집행인은 사무적으로 말했다.

냉각현상이 아랫배 부근까지 왔을 때 소크라테스는 갑자기 자기 몸 위에 덮여 있던 천을 제치며 말했다. 이것이 그의 마지막 말이었다.

"크리톤! 아스클레피오스[Asclepius;의학의 신. 소크라테스가 닭 한 마리를 아스클레피오스에게 빚졌다고 한 말에 대해서는 세 가지로 설명하고 있다. 첫째는 의학의 신 아스클레피오스에게 닭 한 마리를 헌납하라고 했다. 둘째는 아스클레피오스는 실제 인물이었다. 셋째는 농담의 가상 인물이라는 것이다.]에게 닭 한 마리를 빚졌네. 기억해 두었다가 갚아 주는 일을 결코 잊지 말아 주게."

그의 말은 분명히 이러한 방법으로 자기를 이 세상의 생활에서 구원해 준 의술의 신에 대한 감사를 뜻하고 있는 것이 분명했다.

"알겠습니다."

크리톤이 힘없이 대답했다.

"더 하실 말씀은 없으십니까?"

소크라테스는 이 물음에는 대답하지 않았다. 조금 있자 소크라테스는 경련을 일으키는 듯 미미하게 몸을 움직였다. 그러나 그의 눈은 움직이지 않았다.

　그러자 크리톤은 소크라테스에게 다가가서 그의 눈을 감겨 주었다.

고 독

＊모파상

독신자 모임에서 즐거운 식사를 끝난 뒤 옛날부터 절친한 벗이 나에게 말했다.

"베르사유 광장을 산책하지 않겠나?"

우리는 천천히 걸음을 옮기면서 잎이 떨어진 나무들 사이의 보도 위를 걸었다. 주위가 너무나 조용했다. 다만 영원히 멈추지 않을 듯한 파리의 미미한 마른 소리가 무미건조한 반향으로 귓가에 전해 왔다.

＊모파상 지음

그때 놀랍게도 한 줄기 신선한 바람이 얼굴을 어루만 졌다. 어느 새 어두운 하늘에는 수없이 많은 별들이 반 짝이며 엷은 빛에 떨고 있었다.

벗의 다정한 음성이 들려왔다.

"왜 그런지 밤에 여길 오면, 다른 어떤 곳에 있을 때 보다도 내 가슴이 가벼워진단 말야. 그만큼 나의 사 색도 점점 깊어지는 듯한 생각에 빠져들거든. 어떤 때는 순간적으로 내 머리가 찬란한 빛에 휩싸이는 것 처럼 신비로운 인간 세상의 비밀이 풀리는 착각에 사 로잡히지. 하지만 한 줄기 바람에 창문이 쾅하고 닫 히면 그걸로 만사는 끝나 버리는 거야."

이따금 나무 사이로 두 개의 겹쳐진 그림자가 검게 빛났다. 우리는 두 남녀가 앉아 있는 벤치 앞을 지나고 있었다. 그때 나란히 앉아 있던 두 개의 그림자가 하나 의 검은 점으로 합쳐졌다.

벗은 말했다.

"가련한 사람들이여! 나는 모든 사람들에게서 혐오 보다는 연민을 느낀다네. 나는 인생의 온갖 고통 속 에서 한 가지 비밀을 알아냈어. 그것은 우리 인간이 존재함으로써 영원히 고독하다는 것일세. 우리가 삶 에 얽매어 있는 것조차도 이 고독에서 벗어나기 위해서야. 지금 벤치에 앉아 있는 연인들이나 자네와 나, 그밖의 모든 사람들도 한순간만이라도 자신의 고독에서 벗어날 가능성을 갈망하고 있다는 것일세. 그러나 한 가지 분명한 것은 변함없이 고독하다는 사실이지. 우리들은 영원히 고독한 존재야. 어떤 사람은 그것을 뼈저리게 느끼고 또 어떤 사람은 별로 느끼지 않을 뿐이지. 하지만 공통점은 모든 사람들은 다 고독하다는 거야."

이따금 나는 견딜 수 없는 슬픔을 경험하는데, 그것은 무서운 고독이 찾아왔음을 예감하는 거지. 그러나 어떠한 것도 -자네도 알걸세- 이 세상의 그 어떠한 것도 고독을 메워 줄 수 없다는 사실을. 우리가 어떻게 하든, 무엇 때문에 괴로워하든, 격동하고 외치고 힘차게 끌어안아도 모두 부질 없는 짓이지. 우리 인간은 언제나 고독한 거야.

나는 자네를 이곳으로 유인해 왔어. 산책하기 위해 온 것이지만, 사실은 나를 기다리고 있는 어두운 방으로 가는 것을 피하기 위해서였어. 지금 불꺼진 어둠 속의 빈 방이 나를 못 견디게 괴롭히고 있다네. 그렇지만 우리 두 사람은 자네의 말대로 나는 열심히 지껄이고, 자네는 무관심한 듯 지루한 표정으로 내 말에 애써 귀

＊모파상 지음

를 기울이며 지금 우리는 함께 나란히 걷고 있지. 하지만 나나 자네나 고독하다는 공통점은 부인하지 못할 걸세. 알겠지, 친구? '가난한 자는 마음이 행복합니다.' 성경에 씌여 있는 말이지. 이것은 행복의 환상을 잃지 않고 있다는 뜻이야. 하지만 인간의 고독한 슬픔을 이해하지 못하고 있는 말이나 다름없어. 이것은 인생을 나처럼 생각하지 않는다는 말과 같은 뜻일세. 나의 삶이란 형이하학적인 피부만으로 접촉하고 있어. 그리고 벗들은 자기의 영원한 고독을 이해하기 위해 보고, 생각하며, 느끼면서, 그리고 의식 앞에 끝없이 고뇌하는 모습에서 이기적인 만족을 발견하는 욕심스런 존재일 뿐이지.

자네는 내가 정신이 좀 어떻게 된 것으로 생각하나? 그러나 성의있게 들어주게. 언제인가 내가 영원히 고독한 존재라는 것을 느낀 순간부터 늘 어둡고 불분명한, 눈에 보이지 않는 것에 위협당하고 있었네. 그것이 차츰 강렬해지는 듯 생각되는 거야. 난 생존해 있어. 하지만, 내 곁에는 무엇 하나 살아 있는 것이 없어. 땅속 같은 어두움, 이것이 내 인생의 전부야. 이따금 나는 미미한 음향이나 불분명한 소리를 듣고 있지. 그리고 그것들을 통해 어떤 고통을 느끼지. 그러나 그것이 어디로부터 오는 것인지, 전혀 알 수가 없단 말이야. 그래서 나는 어느 누구와도 만나지 않는다네. 나는 내 주위를 둘러싸고 있는 암흑 속에서 타인의 손조차도 볼 수가 없는 고독한 존재란 말일세. 알겠나? 때때로 이 무서운 고뇌를 이해하는 일단의 사람들이 있었지. 그들은 외쳤어.

'누구냐? 거기 가는 사람은…… 나를 부르는 자는 아무도 없구나. 나는 언제나 혼자일 뿐이다. 시간은 흘러간다. 오오, 이 고독! 이 공허여!'

그래도 이런 사람들에게는 아직도 약간이나마 희망이 남아 있지. 나처럼 깊은 고독 속으로 빠져들지는 않는다네. 그들은 인생을 환상과 꿈으로 색칠하고 있는 시인이었던 거야. 그 사람들조차도 나처럼 고독하지는 않아.

구스타프 프뢰벨은 이 세상에서 가장 불행한 사람이었네. 왜냐 하면 그는 드물게 보는 예견자의 한 사람이었기 때문이야. 그는 어느 여자 친구에게 다음과 같은 절망적인 글을 써 보낸 일이 있었어.

'우리들은 공허한 우주 한가운데 떠돌고 있을 뿐입니다. 누구에게나 이해가 되지 않는 존재입니다.'

사실 그렇지 않은가? 누구에게나 아무것도 이해가 되

지 않는 존재가 바로 인간이란 말일세. 우리가 무엇을 생각하던, 무슨 이야기를 나누던, 또 어떤 일을 하던 간에 그 누구도 무엇 하나 이해를 할 수 없다는 거야. 도대체 지구는 공허한 우주 공간에 모래알처럼 뿌려져 있는 수많은 별들의 세계에서 무엇이 만들어지고 있는지 알 수 있겠는가? 또 우리는 무한한 별들 가운데 모습을 감추고 있는 그 공간의 무의미한 일부분밖에는 볼 수가 없다는 사실조차도 모르지 않는가? 그리고 이 별들은 서로 모르는 사이에 가까운 유기체 분자로 어울려 하나의 천체를 형성하고 있는 것은 아닐까?

지구조차도 이 별들 속에서 무엇이 만들어지고 있는 것을 모르는 것과 같이, 우리 인간 역시 서로에게서 무엇이 일어나고 있는지를 모르는 걸세. 인간의 관계는 이 별들보다 더 멀리 떨어져 있는 거야. 별이 홀로 있는 것보다 인간이 더 외톨이로 있는 거지. 왜냐 하면 영혼에는 밑바닥이 없으니까.

모든 개체들은 합쳐질 수 없는데도 끊임없이 접촉을 시도하고 있어. 이보다 더 무서운 불행이 어디에 또 있겠는가? 우리 인간 역시 서로 사슬에 묶여지기를 바라는 것처럼 사랑의 손을 요구하고 있어. 하지만 하나가 될 수 없는 운명적인 존재가 아닌가? 하나가 되려는 강렬한 욕구가 우리를 괴롭히거든. 그러나 아무리 노력해 보았자 헛된 꿈이지. 결국은 어떠한 사랑도 열매를 맺지 못한다는 불안감에 사로잡혀 포옹도 친절도 공허할 뿐이야.

우리는 서로 하나가 되었으면 하고 늘 가까이 가기를 원하고 있어. 그러나 아무리 애써도 그 결과는 서로를 밀어붙이는 미움에 불과한 거야. 내가 누구보다도 깊은 고독에 절망하는 것은 우주 속으로 녹아들고 싶다는 강렬한 욕구가 너무 지나쳐 불안한 공포로 영혼을 지배하는 거지. 늘 상대방은 나를 밝은 눈으로 보고 있어. 그러나 배후에 있는 그 사람의 마음을 나는 모른단 말일세. 또 상대방은 나의 말을 조심스럽게 경청하고 있어. 하지만 그가 무엇을 생각하고 있는지? 자네는 그 괴로움을 이해할 수 있겠나?

상대방이 나를 싫어하고 경멸하는지 전혀 알 수가 없지 않은가? 조소하고 있는지도 모르지 않는가? 또 상대방은 내가 하는 말을 모조리 수집하여 판단하고 냉소하며 비방한 나머지 나를 평범한 놈이라든가, 바보 같은 놈이라고 생각하고 있는지도 모르지 않는가? 그런 상대방의 생각을 어떻게 알 수 있다는 말인가? 내가 그를 사랑하듯 그가 나를 사랑하고 있는지 어떤지를 어떻게

✱모파상 지음

알겠나? 그 작은 머릿속에 무엇이 움직이고 있는지 어떻게 알 수가 있겠는가 말일세.

무서운 비밀이지. 타인의 사상은 풀 수 없는 수수께끼란 말일세. 우리가 알 수도 바꿀 수도 방어할 수도 없는 숨은 자유로운 것이지.

그럼 나는 어떤가? 아무리 애써도 마음의 문을 활짝 열어놓을 수가 없다네. 아무도 침입할 수 없는 내면에 나만의 비밀스러운 자아가 도사리고 있는 거지. 어느 누구도 그것을 열고 안으로 들어올 수가 없어. 왜냐 하면, 이 세상에 존재하는 누구도 나와 같을 수 없으니까 말일세. 그러므로 인간은 서로를 이해할 수 없는 단절의 섬을 만들고 있을 뿐이라네.

지금 자네는 나를 이해한다고 말할 수 있을까? 아닐 걸세. 자네는 나를 미친놈으로 생각하고 있어. 나를 주시하고 있는 거야. 그러면서 이 친구는 도대체 어찌된 것인가 하며 자문하고 있을 테지. 그렇지만 언젠가 자네가 나의 무서우면서도 미묘한 고뇌를 이해하게 된다면 이곳으로 달려와 주게. 그리고 한 마디로 '알았다'고 말해 줄 수 있겠나! 그러면 나는 그 순간만이라도 행복했다고 말할 수 있겠지.

특히 여자들은 나에게 더 많은 고독을 가져다준다네.

오오, 이 무슨 슬픔이란 말인가! 사실 나는 여자 때문에 괴로워하고 있음을 자네에게 고백하네. 여자들은 나에게 고독하지 않다는 거짓 희망을 갖게 할 만큼 위력적인 존재이지.

사랑을 할 때, 자네는 자신의 존재가 한층 넓어지고, 어떤 초인적인 행복이 사로잡는 듯이 생각될테지. 그게 왜 그런지 알겠나? 어디서 그와 같은 커다란 행복감이 전해 오는 것인지 알고 있나? 그것은 다만, 자기는 고독하지 않다는 느낌 때문인 거야. 이 얼마나 서글픈 착각인가?

여자는 남자의 마음속까지 파먹을 듯 끊임없이 사랑을 요구하지. 그리하여 우리를 괴롭히기 위해 허위라는 환상의 덫을 놓는 걸세.

때로는 자네도 머리카락이 길고 강렬한 매혹을 지닌 얼굴을 마주 대하고 있는 달콤한 순간을 알고 있을 테지. 눈과 눈이 마주친 것만으로도 남자의 마음은 흔들리게 마련이야. 미칠 듯한 흥분이 이성을 흐리게 만들어 버리지. 야릇한 환상이 우리들을 사로잡아 버리는 걸세.

나와 상대 여자가 하나로 합쳐지는 듯한 환상에 매료되지만 그것은 다만, 그런 생각의 거품일 뿐이라네. 한 주일 동안 목놓아 기다리고 희망하며 거짓 기쁨을 경험한 다음, 나는 전보다도 더 깊은 고독을 느끼는 걸세.

입을 맞출 때, 포옹을 할 때마다 고독은 열병보다 더 강렬하게 커진다네. 이 얼마나 두려운 일인가? 시인 샐리는 이렇게 표현했네.

숨가쁜 애무도, 미칠 듯한 정열도
슬픈 마음을 가진 사람에게는 열매를 맺지 못한다.
육체와 육체를 합일시켜도
마음과 마음은 합쳐지지 않는다.

그리고 그 다음은 거침없이 이별이 뒤따라오지. 그것으로 여자와 사랑은 함께 떠난다네. 한때는 내 인생의 전부였으며 진실한 사랑의 대상이었던 여자가 이제는 불분명한 모습으로 하찮은 존재가 되어 머릿속의 작은 거품에 불과할 뿐이지.

여자와 내가 일치하여 희망과 노력이 완전히 하나로 합일되었다는 믿음을 가졌을 때 우연히 여자가 입 밖에 낸 한 마디의 말 때문에 지금까지의 관계가 서로의 기만이었음을 깨닫는 순간 어둠 속의 섬광처럼 두 사람 사이에 가로놓인 간격을 확인하는 아픔을 겪어야 한다네.

그래서 사랑하는 여자와 함께 있고 서로 말없이 앉아 있다는 사실만으로도 행복을 느끼는 밤이 가장 좋은 때이지. 그 이상의 것을 바라는 마음은 감정의 사치야. 왜냐 하면 두 존재가 완벽하게 함께 된다는 것은 절대로 있을 수 없기 때문이니까.

그래서 지금의 나는 모든 사람들로부터 마음의 문을 닫아걸고 있네. 나는 내가 믿고 있는 것, 생각하고 있는 것들을 아무에게도 말하지 않네. 나는 내 자신이 무서운 고독을 운명으로 향유하고 있음을 잘 알고 있기 때문에 모든 사물을 무관심하게 바라보고 침묵으로 일관하는 예외자인 셈이지. 타인의 의견이나 논쟁, 만족이 가져다주는 믿음이 나와 무슨 상관이 있겠나? 나는 타인과는 어떠한 관계나 교섭도 가지지 않네. 물론 그들 사이에 끼어들지도 않지. 이보게, 친구! 눈에 보이지 않는 상상은 아무에게 전해지지 않는 침묵과 같은 것이라네. 매일 반복되는 부질없는 사람들의 질문이나 미소에 대해서 나는 평범한 대답을 전할 뿐일세. 왜냐 하면 나는 진지하게 대답할 마음의 여유가 없다는 것이 변명이야. 이해할 수 있겠나 자네는?

우리는 긴 보도를 걸어서 개선문 근처까지 왔다. 그리고 그라티 광장에 닿았다. 친구는 한 편의 가을 시와 같은 서정적인 말을 들려주었다. 그밖에도 많은 이야기를 했지만, 지금은 기억에 남아 있지 않다.

이윽고 벗은 파리교 위에 서 있는 높다란 뾰족한 탑 앞에서 걸음을 멈췄다. 별빛을 받아 버림받은 듯이 보이는 이집트식 기념비가 우울하게 보였다. 그 측면에는 묘한 글자로 이 나라의 역사가 새겨져 있었다.

그러자 갑자기 나의 친구는 손을 들어 기념비를 가리키며 외쳤다.

"우리는 모두 이 돌과 같은 존재야!"

그런 다음 친구는 말없이 발걸음을 옮겨놓았다.

친구가 술에 취해 있었던 것인지, 정신이 돌아버렸던 것인지, 아니면 총명했던 것인지, 나는 지금까지 그 언행에 대해 알 수가 없다.

이따금 나는 친구의 이야기가 옳았다는 생각을 하고 있다. 하지만, 어떤 때는 그 친구가 몽유병자로 생각되기도 하는 것이 솔직한 심정이었음을 고백한다.

천사 가브리엘

*짧은 교화

　언제인가 천사 가브리엘은 천국에서 들려오는 하나님의 음성을 들었다. 그것은 어떤 인간의 마음에 상냥하게 무엇인가를 대답하는 소리였다. 그래서 천사는 말했다.

　"그렇다. 어디엔가 하나님의 귀한 종이 있는 모양이다. 그 인간의 마음은 정념에서 벗어나 높은 곳으로 올라가고 있는 중이다."

천사는 서둘러 땅 위로 내려왔다. 그 인간을 찾아보기 위해서였다. 그러나 천국에도 지상에도 그런 사람을 발견할 수가 없었다.

드디어 천사는 화가 나서 소리쳤다.

"하나님이시여! 당신께서 사랑하시는 그 인간이 있는 곳으로 가는 길을 가르쳐 주십시오."

하나님은 대답했다.

"오른 쪽으로 가면 나무가 서 있을 것이다. 그 나무 옆에 탑이 서 있는데 그 속에 불이 있을 것이다."

천사는 급히 탑이 있는 곳으로 갔다. 그 곳에는 한 인간이 우상 앞에서 기도를 드리고 있었다. 천사는 돌아와서 말했다.

"하나님이시여, 당신께서는 탑 앞에서 우상을 숭배하는 그런 인간을 사랑하시는 것입니까?"

하나님은 말했다.

"나는 무지하기 때문에 저지르는 잘못을 책하지 않는다. 저 인간의 마음은 어리석은 노력을 하고 있기는 해도, 높은 곳을 받들지 않으면 안 된다는 꿈을 사랑할 뿐이다."

귀여운 여인

**＊체호프

오랭카는 퇴직한 대학 교수 프레미안니코프의 딸이었다. 그녀는 지금 무엇을 생각하고 있는 듯 뒷마루에 그림처럼 앉아 있었다. 무더운 날씨여서 파리떼들이 성가시게 날아다니며 가벼운 소리를 냈다. 그러나 곧 밤이 온다고 생각하면 즐거웠다.

동쪽에서 먹구름이 솜뭉치처럼 몰려와서는 이따금 습기를 풍겨 주었다.

뜰 한가운데 팔짱을 낀 쿠킨이 팽창한 공기로 터져 버릴 듯한 낮은 하늘을 올려다보며 서 있었다. 그는 티워리에 있는 야외극장 지배인으로 이 집 셋방에 거주하고 있는 사나이였다.

"에이, 또 빌어먹을 놈의 비!"

그는 절망적인 표정으로 내뱉듯이 말했다.

"또 비가 오려나? 일부러 오는 거야? 요즘은 날마다 비야. 차라리 목을 매달아 죽을까 보다. 이젠 다 틀렸어. 하루하루가 손해야! 젠장 하늘이 미쳤나!"

그는 주먹을 휘두르며 오랭카에게 큰 소리로 말했다.

"이것 보세요! 이게 우리들의 걸레 같은 삶이란 말입니다. 올가·세미요노프나! 이런 엿 같은 생활은 사내자식 한 놈을 울리기에 충분합니다. 또 우리 같은 인간은 밤에도 변변히 잠도 못 자고 죽어라고 일만 하여 스스로를 쇠약하게 만들고 있습니다. 무엇보다도 최선의 일에 써야 할 머리를 아주 못 쓰게 만들고 있지요. 그러면 결과가 어떻게 될까요? 무엇보다도 대중이란 떼거리는 무지하고 야만적입니다. 나는 대중 앞에 훌륭한 가극과 무언극을 위해 일류 악사를 무대에서 연주하도록 예술성을 주장하고 있습니다. 그런데 대중이 바라고 있는 것이란? 어처구니가 없어요. 그들은 이런 종류의 것에는 아주 무식하거든요. 그들은 어릿광대 따위만을 찾아 허둥대고 있습니다. 속되고 좋지 못한 것만 찾아 즐기는 것이지요. 게다가 날씨마저 왜 이렇습니까? 매일 밤비가 쏟아지고…… 오월 초부터 시작해서 유월 한 달 내내 계속되고 있으니. 정말 진절머리가 나요! 구경 오는 사람은 없고, 그런데도 임대료는 꼬박꼬박 바쳐야 한단 말씀이에요. 관리들한테 돈도 줘야 공연을 계속할 수 있어요. 빌어먹을……."

다음날도 저녁때가 되자, 또 먹구름이 떼를 지어 몰려왔다. 그러자 쿠킨은 히스테리한 웃음을 띠며 자조 섞인 말로 떠들기 시작했다. 그의 표정은 비구름보다 더 변화가 심했다.

"좋다! 얼마든지 와라! 뜰안 가득 넘쳐 나를 물귀신으로 만들어라! 혼쭐이 나갈 때까지 증오를 받아 줄 테니! 건물 주인, 돈 뜯어가는 놈들, 모두 나를 들볶아도 좋다. 에잇! 감옥에라도 처박혔으면 차라리 시베리아에 유배 가서 사형이나 받았으면 속이 시원하겠구나! 핫하하!"

그 다음날도 마찬가지였다.

오랭카는 잠자코 그러나 열심히 쿠킨이 떠벌이는 말

을 툇마루에 그림자처럼 앉아 듣고 있었다. 어떤 때는 순간적으로 눈에 눈물이 고이는 것 같았다.

이리하여 쿠킨의 저주 받은 불행은 마침내 오랭카의 여린 마음을 움직였다. 오랭카는 어느덧 그를 연민하게 되었다.

쿠킨은 얼굴빛이 누렇고 곱슬머리를 이마에까지 드리운 작은 사나이였다. 그는 늘 버릇처럼 힘없는 목소리로 말했다. 말을 할 때는 그의 입이 한쪽으로 비뚤어졌다. 그리고 언제나 절망한 듯한 표정이 얼굴에 떠 있었는데, 그런데도 불구하고 그녀의 마음에 물빛 같은 애정을 불러일으키는 것이다.

오랭카는 누군가를 늘 습관처럼 사랑하고 있었다. 그녀는 사랑 없이는 살아 갈 수 없는 운명적인 여자였다.

훨씬 이전에는 아버지를 사랑했다. 하지만 그녀의 아버지는 괴로운 듯이 가쁜 숨을 쉬면서 어두침침한 방 안에 앉아 있는 치매 노인이었다.

또 오랭카는 일 년에 한 번 인사 차 보리양스크에서 다니러 오는 숙모에 깊은 애정을 느꼈다.

그리고 그녀가 여학교에 다니고 있었을 때는 불어 선생님을 사랑했다.

오랭카는 매우 건강한 육체와 영혼의 소유자로 부드

러운 눈길과 잔잔한 미소, 정숙하고 정에는 약하지만 자비심이 강한 처녀였다. 그 장밋빛 볼이라든가 작고 검은 사마귀가 있는 하얀 목덜미며, 어떤 유쾌한 말을 듣고 있을 때 떠오르는 상냥하고 순진한 표정을 보면 남자들은

"아아, 참 미인이구나!"

하고 찬사를 아끼지 않는다. 그러면 그녀는 천진스런 미소로 대답하는 매력을 지닌 여자였다.

같은 여자들도 이야기하는 도중에

"어쩌면 저렇게 예쁠까!"

하고 못 견디겠다는 듯이 그녀의 손을 잡는다.

그녀가 태어나면서부터 살고 있으며, 아버지의 유언으로 상속 받은 이 집은 티워리 읍내에서 얼마 떨어지지 않은 곳에 있는 작은 규모의 전원주택이었다.

저녁이 찾아오면 오랭카는 악대의 열정이 넘치는 악기소리와 폭죽이 펑펑 터지는 불꽃소리로 밤을 보냈다. 그것은 쿠킨이 그의 운명과 싸우며 연주하는 '냉정한 관객'이라는 작품으로 그의 생존의 적을 공격하고 있는 것 같은 미묘한 충격 속에서 그녀는 상쾌한 충동에 사로잡혔다.

어쨌든 인생은 감동의 기록이라고 단정하고 싶은 것

이 오랭카의 생각이었다.

그녀는 늦게까지 잠을 잘 생각을 하지 않았다. 새벽녘에 쿠킨이 집으로 돌아오면 침실 창을 살며시 노크하고 커튼 사이로 얼굴과 한쪽 어깨만 드러내고는 정다운 미소를 그에게 던져 주는 일이 하루의 끝냄이었기 때문이다.

쿠킨은 오랭카에게 정식으로 결혼을 신청했다. 그리하여 두 사람은 젊은 남자들의 시새움과 부러움을 축복으로 받으며 결혼했다. 그녀의 하얀 목과 통통하게 살이 오른 아름다운 어깨를 바로 눈앞에서 바라보았을 때, 쿠킨은 감격스럽다는 듯 말했다.

"당신은 어쩌면 이렇게 귀여울까!"

그는 행복했다. 그러나 결혼식 날도 밤낮으로 비가 오던 때와 마찬가지로 그의 얼굴에는 절망의 표정이 남아 있었다.

그런대로 두 사람은 화목하게 가정을 꾸려 나갔다. 오랭카는 쿠킨의 사무실에 앉아 극장 일을 이것저것 돌보며 계산서를 작성하기도 하고 급료 지불 같은 일들을 맡아 처리하느라고 나름대로 바쁜 시간을 보냈다. 그녀의 장밋빛 볼과 순진하고 명랑하게 웃는 얼굴이 금세 사무실 창에 보였는가 하면, 이번에는 작은 간이식당이나 무대 뒤에서 볼 수 있었다.

어느새 그녀는 잘 아는 주위 사람들에게 연극이란 인생에 있어 가장 중요한 표현이며, 연극을 통해서만 인간은 참다운 기쁨을 얻을 수 있고, 또 교양을 쌓을 수 있고 인간답게 살 수 있다는 말을 하게끔 되었다.

"그렇지만 구경하는 사람들이 그 뜻을 안다고 생각하세요?"

그녀는 이렇게 말하는 것이었다.

"손님들이 찾고 요구하는 것은 보잘것없는 어릿광대예요. 어제 우리들은 '파우스트의 배신'을 무대에 올렸지요. 그랬더니 좌석은 텅 비었습니다. 그렇지만 와니치카와 함께 흥밋거리의 속된 연극을 공연했다면 좌석은 틀림없이 만원이 되었을 거예요. 내일 와니치카와 저는 '지옥의 합창'을 무대에 올려 볼 작정입니다. 꼭 와 주세요."

그리고 쿠킨이 연극배우에게 말한 것을 그녀는 되풀이해서 설명하였다. 그녀는 남편과 똑같이 예술에 대한 대중의 무지와 냉담을 비난했고 관객의 수준을 비평하는 안목을 보여 주었다.

쿠킨은 배우들과 함께 무대 연습에 열중했다. 또 한편으로는 배우의 연기를 지도하고 악사들의 몸짓에 이르기까지 세심하게 감독하는 남편의 모습에 감동하면서 그 고장 신문에 그에 대한 악평 기사가 실리면 그녀는 눈물을 흘렸다.

어떤 때는 그 악평 기사를 취소시키기 위해 신문사를 찾아가는 열성에 배우들은 그런 그녀를 좋아했다. 그래서 그녀를 '와니치카의 그림자'라든가, '귀여운 여자'라는 애칭으로 불렀다.

그녀는 배우들이 어려운 형편에 놓이면 약간의 돈을 빌려 주기도 했다. 간혹 배우들이 그녀를 속이는 일이 있으면 자기 혼자서 눈물을 흘리기도 했다. 그러나 남편에게 일러바치는 짓은 안 했다.

두 사람은 그 해 겨울을 즐겁게 보냈다. 겨울 내내 거리에서 연극 공연을 했다. 그리고 자기들의 무대를 단기간 러시아 연극협회나 단체, 마술 단원을 시골 극단에게 빌려 주었다.

오랭카는 더욱 건강하여져서 명랑한 마음으로 신혼생활을 즐겼다. 그러나 쿠킨은 점점 몸이 마르고 혈색이 거칠어져 갔다. 관객이 몰리지 않는 겨울공연에 손해가 없었는데도 큰 손실이라느니, 재기 불능의 파멸이라느니 항상 우는 소리를 입에 달고 지냈다. 밤에는 마른기침에 잠을 제대로 이루지 못할 정도로 건강에 적신호가 울렸다.

그래서 그녀는 더운 보리수 물을 만들어 향수를 섞어 온몸을 문질러 주기도 하고 따뜻한 쇼올로 덮어 주기도 하였다.

"당신은 어쩌면 이렇게도 아름다울까요?"

오랭카는 그의 머리카락을 쓰다듬으면서 진심으로 상냥하게 말했다.

"정말 당신은 좋은 분이에요!"

사순절이 가까워지자, 쿠킨은 새로운 단원과 단체를 모으기 위해 모스크바로 떠났다. 남편이 없으면 그녀는 잠을 이룰 수가 없었다. 그래서 별을 바라보며 창가에 앉아 지냈다.

그녀는 가정부가 닭장에 들어가지도 않았는데 겁에 질려 밤새도록 뜬눈으로 날이 새기를 기다리고 있는 암탉과 자기를 견주어 보기도 했다.

쿠킨은 모스크바에 머물고 있었다. 그는 부활제 무렵에는 돌아온다는 연락을 보내오고 티워리에서 해야 할 일들을 이것저것 지시하고 챙기기도 했다.

그러나 부활제를 앞둔 일요일 밤 늦게 불길함을 예감하는 노크 소리가 갑자기 문밖에서 들려왔다.

선잠을 깬 가정부가 맨발로 마당을 가로질러 물구덩

이에 빠지면서 허둥지둥 달려 나갔다.

"빨리 문을 열어 주십시오."

문밖에서 다급한 목소리가 들려왔다.

"긴급 전봅니다."

오랭카는 전에도 남편에게서 온 전보를 받은 일이 있었으나 이번에는 웬일인지 공포에 싸여 몸이 떨렸다. 그녀는 손을 떨면서 전보를 읽었다.

'이반·페트로비치 금일 돌연 사망. 화요일 장례식. 선처를 바람.'

장례식. 그리고 그 다음에 무슨 뜻인지 알 수 없는 말 — 전보는 그렇게 적혀 있었다. 그리고 가극단 무대 감독의 사인이 선명했다.

"아아, 여보!"

오랭카는 목메어 흐느꼈다.

"와니치카, 내 소중한 당신! 어째서 나는 당신을 알게 되었을까요? 왜 사랑했을까요? 절망한 이 불쌍한 오랭카는 당신을 잃고 이젠 외톨이가 되어 버렸어요!"

쿠킨의 장례식은 예정대로 화요일 모스크바에서 거행되었다. 오랭카는 장례식이 끝나자 곧바로 집으로 돌아왔다. 그리하여 자기 방에 들어서자마자 방바닥 위에 몸을 던지고 옆방까지 들릴 만큼 큰 소리로 한없이 흐느껴 울었다.

"가엾은 여자다!"

이웃사람들은 가슴에 십자를 그으면서 함께 슬픔을 나누었다.

"딱하게도 올가·세미요노프나가 저렇듯 탄식하고 있구나! 너무 가여운 여자야."

그 후 사흘이 지난 어느 날, 오랭카는 우울한 생각에 잠겨 미사에서 돌아오는 길이었는데, 어디서부터인가 이웃에 살고 있는 앙드레비치·프스트와로프가 그녀의 뒤를 따라 오고 있었다.

그는 목재상 바바카에프 상회의 지배인으로 늘 맥고모자를 쓰고 흰 옷에 금시계 줄을 늘인 장사꾼이라기보다는 오히려 시골 신사 같은 몸차림을 하고 있는 중년의 남자였다.

"세상일이란 다 운명입니다. 올가·세미요노프나!"

그는 동정에 넘친 음성으로 정중하게 말했다.

"우리들이 소중히 여기고 있는 사람이 죽는 것도 하나님의 뜻입니다. 그러니까 우리들은 매사에 순종하고 인내해야 하는 존재이지요."

문앞에까지 오랭카를 전송하고서야 그는 안녕히 계시라는 말을 건네며 돌아갔다. 오랭카는 그가 떠나간 후 침착하고 위엄 있는 그러면서 울림이 있는 매력적인 목소리에 감동되어 있는 자신의 생각에 놀랐다. 눈을 감으면 그의 검은 수염이 자극적으로 느껴졌다. 어쨌든 그녀는 그가 매우 좋은 사람이라는 인상을 가진 것은 분명했다.

　오랭카도 그에게 호감을 주었는지 그 증거로 얼마 후 그녀와 겨우 안면이 있는 정도의 마을 노부인이 초청하지도 않았는데 집으로 커피를 마시러 와서는 테이블에 앉자마자 목재상 지배인 프스트와로프에 관한 이야기를 자랑스럽게 늘어놓았다.

　그 부인은 프스트와로프를 퍽 믿음직스럽고 훌륭한 남자라느니, 그 정도면 어떤 여자라도 기꺼이 결혼하리라는 말까지 했다.

　그런 일이 있은 지 사흘쯤 지나서, 이번에는 프스트와로프가 직접 찾아왔다. 그는 오래 머물러 있지는 않았다. 한 십 분쯤 차를 마시고는 별다른 말이 없이 돌아갔다.

　그러나 그가 떠나자 오랭카는 이미 그를 사랑하고 있음을 스스로 확인할 수 있는 계기가 되었다.

그의 마음은 밤중에 열병에라도 걸린 듯 잠을 이룰 수가 없어 날이 밝자 노부인을 불러오게 할 정도여서 지체없이 약혼이 이루어졌다. 그리고 얼마 뒤에는 두 사람의 결혼식이 마을에서 간소하게 치러졌다.

남자는 대개 점심때까지 사무실에 앉아 있다가 그 뒤에는 거래처를 찾아 나섰다. 그가 없는 시간은 오랭카가 계산서를 작성하기도 하고 주문서를 확인하며 저녁 늦게 그가 돌아올 때까지 사무실을 지켰다.

"재목이 해마다 비싸져요. 이십 퍼센트씩 값이 올라가고 있답니다."

그녀는 단골손님이나 친구들에게 능숙한 장사꾼처럼 말했다.

"글쎄 생각해 보세요. 우리는 시골 목재를 직거래하고 있으니까 와시치카는 늘 지방으로 출장을 가지 않음 안 돼요. 그리고 그 운임!"

그녀는 겁이 난다는 듯이 두 손으로 볼을 누르며 되뇌이는 것이었다.

"그 운임!"

그녀에게는 마치 가지가 몇 해 동안이나 재목상을 운영하고 있었던 것처럼 생각되는 모양이었다. 또 자신의 인생에서 가장 중요한 부분이 있다면 목재라는 새로운 삶의 이정표가 세워졌다.

그녀에게는 각재, 기둥, 대들보, 통나무, 판자라는 명칭 속에도 정다운 감동을 일으키는 그 무엇이 있는 것처럼 느껴졌다.

밤에 잠을 자고 있을 때 그녀는 두꺼운 판자나 커다란 목재가 여기저기 집채처럼 쌓여 있는 산등성이며, 어디인가 멀리 통나무를 운반해 가는 마차들의 긴 행렬을 꿈속에서 보았다.

높이 40피트나 되는 6인치 판자가 열병식을 하는 군대처럼 한쪽 끝에 우뚝 서서 행군하는가 하면 통나무와 목재들이 서로 부딪쳐 마른 소리를 내며 넘어졌다가 일어났다가 하면서 쌓이는 장면을 꿈속에서 현실로 착각했다.

그만 오랭카는 가위에 눌려 고함을 질렀다. 그럴 때 프스트와로프는 상냥하게 말했다.

"오랭카, 왜 그러는 거요? 마음의 안정을 찾기 위해 기도를 드리는 게 좋을 거야!"

남편의 생각은 곧 그녀의 생각이었다. 남편이 방이 너무 덥다고 한다든가, 장사가 잘 안 된다고 하면 그녀 역시도 같은 마음이었다.

남편은 잡기나 오락에는 조금도 흥미를 보이지 않았

다. 축제일에는 집에 꼼짝도 하지 않고 틀어박혀 있었다. 그녀도 그대로 따라 했다.

토요일이 되면 포스트와로프와 그녀는 언제나 저녁 기도에 참석했다. 또 일요일에는 아침 예배를 드리기 위해 교회에 갔다가 집으로 돌아올 때는 늘 다정한 모습으로 어깨를 나란히 하고 걸었다. 두 사람의 주위에는 항상 즐거운 향기가 감돌았다.

걸음을 옮길 때마다 그녀의 비단옷이 기쁜 듯이 살랑살랑 소리를 냈다. 집에서는 여러 종류의 잼을 바른 과자와 빵을 먹고 동양 차를 마시며 질 좋은 파이를 먹었다. 매일 열두 시가 되면 이 집에서는 순무로 만든 스프와 양고기며 구운 오리의 맛있는 냄새가 담장 너머까지 풍겼다.

그래서 이 집 앞을 지나치려면 누구나 시장기를 느끼지 않을 수 없었다. 사무실에서는 항상 더운 물이 끓고 있어서 손님들은 차와 곁들인 비스킷을 대접 받았다.

일주일에 한 번씩 부부는 목욕을 하기 위해 마을 어귀에 있는 온천을 찾았다. 그리고 두 사람은 얼굴을 빨갛게 빛내면서 돌아오곤 했다.

"하나님의 은혜로 우리들은 무엇 하나 부족함이 없어요."

오랭카는 친구에게 자랑삼아 늘어놓았다.

"나는 모든 사람이 남편과 나처럼 산다면 얼마나 행복할까 생각한답니다."

프스트와로프가 산간 지방으로 목재를 구입하기 위해 떠나 있는 동안 그녀는 그가 집에 없음을 실감하며 몹시 외로워하여 밤에도 자지 않고 슬퍼했다.

그들이 방을 빌려 주고 있는 스밀닝이라는 군의관은 밤이 되면 때때로 그녀가 거처하고 있는 거실까지 찾아와서 이야기를 나누기도 하고 트럼프를 즐기기도 했다. 남편이 집에 없는 동안은 이런 일로 그녀를 위로해 주었다.

어느 날 그가 자기 가정에 대해서 이야기하자, 그녀는 매우 흥미있게 들었다. 그에게는 젊은 아내와 어린 아이가 있는 단출한 가정이었으나 불행하게도 아내의 음탕한 행위로 별거생활을 하고 있는 중이라고 했다.

이런 그는 아내를 극도로 미워하는 한편 아이의 양육비를 매달 사십 루불씩 보내 주고 있다는 것이었다. 이 이야기를 들으면서 오랭카는 한숨을 쉬며 고개를 흔들었다. 그녀는 그를 가엾게 생각했다.

"그럼, 안녕히 계십쇼."

그가 작별 인사를 하고 자리에서 일어서자, 그녀는

촛불을 켜 들고 층계까지 전송하면서 늘 이렇게 말했다.

"당신이 함께 있어 주셔서 너무나 즐거웠어요. 그럼 안녕히 가세요."

그녀는 변함없이 남편에게 하는 것처럼 침착성과 분별 있는 태도를 그대로 흉내 내어 말했다. 소위가 층계를 내려가 저쪽 문 있는 곳까지 걸어가는 것을 전송하면서,

"이봐요! 프라트뉘치 씨, 부인과 진심으로 화해를 해야 해요. 아이들을 위해서 부인을 용서하셔야죠. 이번은 아이들을 위해서 입니다."

그리고 남편 프스트와로프가 먼 곳에서 돌아오면 그녀는 작은 목소리로 소위에 대해서, 또 그의 불행한 가족에 대해서 이야기했다. 그리고 부부는 한숨을 쉬고 고개를 흔들면서 진심으로 아이들은 아버지가 곁에 없어서 슬퍼할 것이라고 동정어린 말을 주고받았다.

그러자 어떤 기묘한 생각이 두 사람 사이에 떠올라 그들은 교회를 찾아 성상 앞에 깊숙이 머리를 숙였다. 그리고 하나님이 자기들에게도 아이가 태어날 수 있도록 은총을 베풀어 주시기를 빌었다.

이렇게 프스트와로프 부부는 평화롭고 의좋게 서로를 사랑하면서 6년의 세월을 보냈다. 마을에서는 누구나

부러워하는 모범가정 부부로 소문이 날 정도였다.

어느 겨울 안드레비치는 재목 운반을 감독하기 위해 방한모자를 쓰지 않고 재목장에 나갔다가 이것이 원인이 되어 감기에 걸려 자리에 눕게 되었다.

그는 몇몇 유명한 의사의 치료를 받았으나 별 효과 없이 넉 달 동안을 앓다가 죽고 말았다. 그래서 오랭카는 또다시 혼자 몸이 되었다.

"어째서 나를 홀로 남겨 두셨나요, 여보……."

그녀는 절망 속에서 남편의 장례를 치른 뒤에 한없이 울었다.

"앞으로 나는 당신 없는 세상을 어떻게 살아가야 하나요. 불행하고 불쌍한 나! 친절하신 여러분, 제발 나를 불쌍하다고 생각해 주세요. 나는 이제 혼자가 되어 버렸답니다."

오랭카는 늘 검은 상복을 입어야 하는 화려한 모자나 장갑을 몸에 지닐 수 없는 미망인이 되었다.

그녀는 교회와 남편 묘지에 가는 일 이외에는 거의 바깥출입을 삼갔다. 이렇게 수녀와 다름없는 절제된 시간을 보냈지만, 그 뒤 여섯 달도 못 되어 검은 상복을 벗어 버리고 닫힌 문을 열고 세상 밖으로 나왔다.

아침에 가정부와 함께 시장으로 식료품을 사러 가는

그녀의 모습이 종종 눈에 띠었다. 그러나 그녀의 집에서 어떤 일이 일어나고 있는 지, 어떻게 살아가고 있는지에 대해서는 알 수가 없었다.

하지만 그녀가 정원에서 소위와 함께 차를 마시고 있는 모습을 보고 사람들은 짐작을 했다. 소위가 소리를 내어 그녀에게 신문까지 읽어 주는 모습이라든지, 우체국에서 이웃집 부인을 만났을 때 나눈 이야기라든지, 그런 사실들로 동네 사람들은 두 사람 사이의 관계를 알 수 있었다.

"우리가 살고 있는 마을에는 가축에 대한 완전한 검사가 없어요. 그것이 유행병의 원인이 된답니다. 오염된 우유에서 전염병이 발생한다든지, 말이나 소에 의해서 병이 감염되는 경우가 자주 일어납니다. 그러기 때문에 가축의 병은 인간의 건강과 직결되므로 조심해야 하겠어요."

그녀는 군의관의 말을 그대로 답습하여 무슨 일에 대해서나 똑같은 의견이었다. 그녀는 무엇이건 자신이 스스로 할 수 있는 것, 생각하거나 소유한다는 것은 있을 수 없는 일이었다. 오직 자기가 빌려준 셋방을 통해 새로운 행복을 발견하는 일이 최상의 기쁨이었다.

이 이야기의 주인공이 다른 여자였다면, 아마 세상

사람들로부터 굉장한 비난을 받았을 것이다. 그러나 오랑카에 대해서는 어느 누구도 부정스럽거나 나쁘게 해석하는 사람이 없었다.

오히려 그녀가 취한 행동은 매우 자연스러운 귀여움으로 보았다. 그들의 관계가 달라진 사실을 그녀나 군의관은 다른 사람들에게 전혀 말하지 않았다. 오히려 숨기려고 애썼다.

그러나 오랑카로서는 천성적으로 비밀을 지킬 수 없는 일이었기 때문에 끝까지 성공하지 못했다. 군의관 동료들의 방문을 받고 오랑카가 차를 따라 주거나 저녁 식사를 대접할 경우 그녀는 가축의 질병이나 도살장에 대해서 이야기를 시작하는 것이었다. 그럴 때마다 군의관은 몹시 난처했다. 그러다가 손님이 돌아가 버리면 기다렸다는 듯이 그는 그녀의 손목을 잡고 화가 난 듯이 소리치며 꾸짖었다.

"자기가 모르는 일에 대해서는 절대로 말해서는 안된다고 몇 번이나 일러두지 않았어요? 우리 군의관끼리 이야기할 때에는 제발 그런 말을 입밖에 내지말아 줘요. 정말 곤란해요."

그러자 그녀는 놀라움과 낙담하는 눈길로 그를 바라보며 울먹이듯 말했다.

"그럼, 나는 무슨 얘기를 해야 되죠?"

그녀는 눈물을 글썽거리면서 그를 껴안으며 제발 화를 내지 말아 달라고 애원했다. 그러면 그들은 다시 행복한 마음으로 돌아갔다.

그러나 이 행복도 오래 계속되지는 못했다. 어느 날 갑자기 군의관이 떠나가 버렸다. 그의 부대가 먼 곳으로 ― 시베리아로 이동하게 되었기 때문에 그는 동료들과 함께 떠나가 버린 것이다.

오랭카는 또다시 홀로 남겨졌다. 그녀는 완전히 외로운 여자가 되어 버렸다.

그녀의 아버지는 이미 오래 전에 세상을 떠났다. 그가 만년을 의지하며 보냈던 등의자는 먼지투성이가 되어 한쪽 다리마저 부러져 헛간에 나뒹그러져 있었다.

그녀는 점점 여위어져서 아주 보기 싫을 정도로 용모가 초췌했다. 사람들은 거리에서 그녀를 만나도 그 전처럼 다정한 표정으로 바라보지도 웃지도 않았다.

분명 오랭카의 성년기는 이미 멀리 달아나 버렸고, 전혀 생각지 않았던 어떤 변화된 생활이 시작된 것이 분명했다.

만년이 되자, 오랭카는 뒷마루에 앉아 티워리에서 연주하고 있는 악대의 음악과 불꽃이 터지는 소리를 들었으나 어떠한 감정이나 흥미를 느낄 수 없었다.

그저 멍하니 비어 있는 듯한 눈길로 정원 어디인가를 바라보고 있었을 뿐이었다. 그러다가 이윽고 밤이 되면 잠자리에 누워 사람의 그림자도 없는 빈 뜰을 꿈에 보았다. 그녀는 매사에 진력이 난다는 듯이 먹고 마시며 하루하루를 메마른 여름날처럼 보냈다.

그 중에서도 가장 괴로운 것은 어떤 일에 대해서도 의욕을 가질 수 없었다. 하지만 그녀는 자기 주위의 온갖 것을 관심 깊게 살펴 볼 수 있는 계기가 되었다. 모두 의아한 낯선 것들이었다.

그러나 그것에 대해 어떠한 의욕도 감정도 표출해 낼 수가 없었다. 또 그것을 어떻게 보아야 할지 판단할 기력조차 없었다. 삶에 대한 의욕을 느끼지 못한다는 것은 얼마나 무서운 상실인가!

그 예로 앓고 있는 병자를 본다든지, 내리는 비를 본다든지, 마차를 끌고 가는 농부의 거동을 보아 병자인지, 비와 농부 사이에는 어떤 관계가 있는가를 표현할 능력이 없으며, 천 루불의 돈이 얼마만큼의 가치가 있는가를 전혀 가늠할 수 없었다.

쿠킨이나 프스트와로프, 군의관과 함께 있을 때는 무슨 일이건 모두 설명할 수 있었고 의견을 말할 수 있었으나 웬일인지 홀로 남은 그녀의 머릿속의 영혼은 바깥 마당처럼 텅 비어 있었다. 그리고 몹시 심한 감기에 몸살을 앓고 있는 듯 괴롭고 쓰라린 나날이 계속되었다.

거리는 차츰 확장되어 갔다. 작은 길은 큰 길이 되었고 티워리와 재목장이 있었던 곳은 새로운 광장이 생겨 그 주위로 집들이 즐비하게 들어섰다. 이 얼마나 빠른 세월의 속도가 변화를 가져다주고 있는가!

오랭카의 집은 헐어서 지붕에 풀이 돋고 한쪽으로 기울어졌으며, 정원은 화려함을 잃고 덩굴과 풀로 우거져 거의 폐허처럼 보였다.

오랭카 자신도 보기 흉하게 늙어 버렸다. 여름이 되자 그녀가 고양이처럼 뒷마루에 쪼그리고 앉아 있는 모습이 무너진 담장 사이로 보였다. 그녀의 마음은 공허와 슬픔에 가득 차 있어 보기에도 딱할 정도로 처량해 보였다.

겨울에는 창가에 앉아 흰 눈을 바라보며 보냈다. 따뜻한 봄이 오면 꽃향기를 맡거나 교회 종소리를 듣거나 하면, 지난날의 기억이 갑자기 가슴 속으로 밀려와 부드러운 고통을 감내해야 했다. 그러면 그녀의 흐린 눈에서 눈물이 방울져 흘러내렸다.

하지만 그것도 잠시 동안일뿐 이내 공허감이 밀려왔

다. 그럴 때면 깊은 바다 속으로 가라앉는 기분에 빠지며 가슴을 쓸어내렸다.

검은 새끼고양이가 그녀에게 몸을 비벼대며 구르륵 마른 소리를 냈다. 그러나 오랭카는 이런 새끼고양이의 아양에는 아무런 흥미도 느끼지 않았다. 그녀는 그런 것에는 조금도 관심을 갖지 못했다. 또다시 그녀는 자신의 존재와 영혼, 이성을 빼앗을 만한 열정적인 사람을 기다리고 있었다. 오직 그녀에게 사랑을 주고, 생활의 목적을 주고, 그녀의 묵은 피를 따뜻하게 할 수 있는 사랑을 기다리며 찾고 있었던 것이다. 그녀는 비벼대는 고양이를 떨쳐 버리면서 말했다.

"저리 가! 귀찮아!"

이렇게 하루를 보내고 달이 저물고 해가 바뀌어도 그녀에게는 변화가 없었다. 점점 사막처럼 되어가고 있었다. 어떠한 즐거움도 화려한 생각도 품지 않았다. 그녀는 무슨 일이나 자신의 감정까지도 가정부 마우라가 하라는 대로 움직였다.

유월의 어느 무더운 날 저녁 무렵, 별안간 한 떼의 가축이 쫓기듯 몰려 들어와서 마당에 먼지를 자욱하게 일으키고 있을 때, 누군가 요란하게 문을 두드렸다. 놀란 오랑카는 황급히 문을 열기 위해 달려 나갔다. 그리고 밖을 내다보았을 때 아연하여 말문이 막혔다.

그곳에는 머리카락이 회색이 된 스밀닝이 군복 같은 옷차림으로 서 있었다. 그러자 모든 일이 한순간에 떠올랐다. 그녀는 울면서 한 마디의 말도 못하고 미리를 그의 가슴에 묻었다. 두 사람은 너무나 기쁜 나머지 어떻게 집안으로 들어왔는지, 언제 의자에 앉았는지 몰랐다.

"정말 기뻐요. 당신과 함께 있다니! 그 동안 어떻게 지냈어요?"

그녀는 기쁨에 찬 떨리는 소리로 속삭였다.

"나는 영원히 여기서 당신과 함께 살고 싶어졌습니다. 세미요노우나."

그는 진심으로 말했다.

"나는 군복무를 끝냈습니다. 그리고 민간인으로 전공을 살려 무엇이든 한 번 해볼 작정으로 찾아왔습니다. 게다가 아이를 학교에 보내야 합니다. 이젠 다 컸으니까요. 그 동안 나는 아내와 화해했답니다."

"부인은 어디 계신데요?"

오랑카는 놀라면서 물었다

"아이들과 함께 여인숙에 있어요. 나는 급한 대로 셋

방을 구하고 있습니다."

"어머나, 당신도! 셋방을? 왜 우리 집으로 오지 않으세요? 우리 집이 마음에 들지 않으시나요? 이봐요, 방세 같은 것은 안 받아요."

오랭카는 다시금 울기 시작하면서 흥분한 어조로 말했다.

"제발 여기 와서 사세요. 당신이 와 주면 얼마나 기쁘겠어요!"

이튿날 낡은 지붕은 다시 칠해지고 벽은 물청소로 깨끗해졌다. 오랭카는 활개를 펴고 정원을 돌아다니면서 이것저것 지시를 했다. 그녀의 얼굴은 옛날처럼 웃음을 띠고 명랑하게 빛났다. 마치 긴 잠에서 깨어난 것처럼 활발해 보이는 표정에 행복이 감돌았다.

군의관의 아내는 짧은 단발머리에 간질환자 같은 표정에 깡마른 외모를 하고 있었다. 그 부인과 함께 그들의 아이 사샤도 왔다. 소년은 볼에 보조개가 있는 눈이 푸르고 투실투실하게 살이 찐 열 살의 몸집이 작아 보였다. 사샤는 집안으로 들어오자 곧 고양이를 쫓아 다녔다. 그러자 활기 찬 명랑한 웃음소리가 울렸다.

"아줌마, 저게 아주머니네 고양이이에요?"

소년은 오랭카에게 물었다.

"저 고양이가 애기를 낳거든 한 마리 주세요. 엄마는
쥐가 너무 싫대요."

오랭카는 아이에게 이야기를 걸기도 하고 차를 따라
주기도 했다. 그녀의 마음은 따뜻해졌다. 그리고 사샤가
마치 자기 아들이나 되는 것 같은 부드러운 느낌을 가
졌다.

저녁때 사샤가 테이블에 앉아 밀린 숙제나 공부를 시
작하면 그녀는 사랑과 다정한 눈빛으로 조용히 아이를
바라보면서 자기 자신에게 중얼거렸다.

"정말, 예쁘기도 해라. 이렇게 어린 것이 영리할까!"

"섬은 사방이 물로 둘러싸여 있는 육지의 한 조각입
니다."

사샤가 소리를 높여 국어책을 읽었다.

"섬은 육지의 한 조각입니다."

그녀도 되풀이했다. 이것이 몇 년 동안 침묵하며 생
각과 표현을 잃어버린 이래 그녀가 확신을 가지고 말한
최초의 의견이었다. 이제야 그녀는 자신의 의견을 갖게
된 것이다.

저녁 식사 때 그녀는 사샤의 부모와 이야기하면서 라
틴학교가 과목은 대단히 어렵지만 상업학교보다는 훨씬
월등하여 졸업하면 학교 교사나 의사, 목사가 될 수 있

는 여러 가지 길이 열리게 되기 때문이라고 자세히 설명하기도 했다.

그 후 사샤는 라틴학교에 입학하였다. 아이 어머니는 언니가 있는 하리코프로 가서는 끝내 돌아오지 않았다. 아이의 아버지는 가축 검사로 시골 출장이 잦았다. 그리고 며칠씩 집에 돌아오지 않는 일이 빈번했다.

그러자 오랭카에게는 사샤가 가정에서 따돌림을 받는 고아처럼 생각되었다. 그녀는 사샤를 자기가 거처하고 있는 안채로 데리고 와서 작은 방 하나를 내 주었다.

반년 동안 사샤는 그녀와 함께 지냈다. 매일 아침 오랭카는 아이의 침실을 찾았다. 그리고 볼에 손을 얹어 숨소리도 내지 않고 잠들어 있는 아이를 지켜보았다. 그녀는 아이를 깨우는 것이 측은했다.

"사셴카(사샤)!"

그녀는 늘 언짢은 음성으로 소곤거리듯 말했다.

"자아, 일어나야지. 학교에 갈 시간이야."

아이는 일어나서 옷을 갈아입은 다음 기도를 드렸다. 아침 식사가 끝나면 동양차를 마시며 비스킷 두 개와 빵 반 조각을 먹었다. 겨우 잠에서 깨어났기 때문에 기분이 좋지 않아 보였다.

"넌 아직 훈화를 모르는구나? 사셴카."

오랭카는 마치 먼 여행길이라도 떠나기 직전인 것처럼 아이를 바라보면서 말했다.

"왜 그렇게 일거리를 만드니! 학생은 열심히 공부해야 돼. 그리고 선생님의 말씀을 잘 들어야지."

"좋아요, 제발 그냥 내버려두세요!"

사샤는 짜증 섞인 음성으로 말했다.

그리고 곧 커다란 학생모를 쓰고 가방을 어깨에 멘 자그마한 모습으로 학교를 향해 서둘러 걸어갔다. 그러면 오랭카는 조용히 따라갔다.

"사센카."

그녀는 뒤를 따라 가서는 과일이나 카라멜을 손에 쥐어 주었다. 학교 가까운 거리에 접어들면 사샤는 같은 반 키가 큰 여자애가 뒤따라오는 것을 계면쩍게 여겼는지 뒤를 돌아보면서 볼멘소리로 말했다.

"이젠 그만 돌아가세요. 아주머니, 여기서부터는 나 혼자서도 갈 수 있으니까요."

그녀는 그림자처럼 발걸음을 멈추고 아이의 모습이 교문에서 보이지 않을 때까지 바라보았다.

오오, 그녀는 얼마나 사샤를 사랑하고 있었던가! 오랭카가 느낀 사랑은 깊은 원초적인 것은 아니었다. 지금 그녀에게 어머니로서의 본능이 눈뜬 만큼 자연스럽게,

순수하게 또 유쾌하게 진실된 마음으로 애정에 골몰해 본 적은 없었다.

보조개가 있고 커다란 학생모를 쓴 작은 아이에게 대해서 그녀는 자기의 전 생애를 바치고 싶었다. 따뜻한 기쁨과 눈물로써 사랑을 보여주고 싶은 것이다. 그러나 무슨 까닭일까? 누가 그것을 밝혀 말할 수 있을까?

사샤를 배웅하고 나면 그녀는 특별한 사랑으로 가슴을 가득 채우면서 만족하고 상쾌한 마음으로 집을 향해 가볍게 발걸음을 옮겼다.

이 반년 동안에 몹시 젊어진 그녀의 얼굴에는 미소가 떠올라 밝게 빛났다. 거리에서 만난 사람들은 기쁜 듯이 그녀를 바라보았다.

"안녕하세요, 올가·세미요노프나! 요즘 잘 지내시죠?"

"라틴어 학교는 퍽 어려운가 보죠."

그녀는 시장이나 거리에서 안면이 있는 사람들을 만나면 선생님처럼 말했다.

"너무 과목이 많아요. 어제 일학년 학생들에게 우화 암송을 숙제로 냈어요. 그리고 또 라틴어 번역과 기하 제도를 미리 복습해 오라는 거예요. 사실 말이지 어린 아이에게는 너무 많은 과제예요."

그리고 그녀는 교사의 책임감과 교과서에 대한 내용을 시작해서 학교 수업에 대해 샤샤가 말한 것을 그대로 되풀이하였다.

세 시에 그들은 점심을 먹었다. 저녁이 되면 함께 소리를 내어 일과를 공부했다. 아이가 잠들면 오랭카는 십자를 그어 기도를 하면서 오랫동안 곁에 머물렀다.

그리고는 자기 방으로 돌아와 사샤가 학교를 졸업하고 의사나 교사가 되어 훌륭한 마차와 넓은 정원이 있는 저택에서 결혼하여 아이를 갖게 될 때의 먼 훗날의 미래를 그려보는 것이었다. 그녀는 언제까지나 같은 생각을 되풀이 하면서 잠들었다.

하지만 그녀의 감은 두 눈에서는 눈물이 소리없이 흘렀다. 그런 동안에 검은 고양이는 곁에서 불분명한 소리를 냈다.

그때 갑자기 문을 두드리는 소리가 요란하게 들려왔다. 오랭카는 깜짝 놀라 공포에 질려 숨이 막힐 듯 심장이 뛰었다. 잠시 후 다시 문 두드리는 소리가 들렸다.

'필경 하리코프에게서 전보가 왔을 거야.'

그녀는 몸을 떨었다.

'사샤의 어머니가 아이를 돌려 달라고 연락해 왔을 거야. 이를 어쩌나!'

그녀는 절망했다. 순간 머리와 손발이 싸늘해졌다. 자기 자신보다 더 불행한 사람은 이 세상에 없는 것처럼 느껴졌다. 짧은 시간이 지났다. 그리고 군의관이었던 수의사가 클럽에서 돌아왔다는 사실을 알았다.

'아아! 다행이다.'

그녀는 다시금 명랑한 마음을 되찾았다. 그리고는 침대 위에 누워서 사샤의 일을 생각하였다.

지금 사샤는 옆방에서 깊이 잠들어 있다. 그리고 때때로 잠꼬대를 하는 소리가 들려왔다.

'정말 혼내 줄 테야! 저리 가! 닥쳐!'

탈주자

✱체호프

가도 가도 끝이 보이지 않았다. 파시카와 그의 어머니는 비에 흠뻑 젖어 몇 마일을 걷고 또 걸었다.

처음에는 곡식을 잘라 내고 밑줄기만 남은 불편한 밭을 가로질렀고, 이어 노랗게 물든 나뭇잎이 장화에까지 달라붙는 숲속의 축축한 길을 지나 먼동이 틀 때까지 계속 걸었다.

그리고는 두 시간 동안이나 어두운 현관 앞에 서서

문이 열리기를 기다렸다. 현관 앞은 바깥보다는 따뜻했으나 몸을 쓰러뜨릴 듯한 찬바람이 이곳에까지 사정없이 비를 몰아쳤다.

그래서 현관 앞에 환자들이 몰려와 더 이상 발을 들어놓을 자리가 없자, 파시카는 사람들 속으로 비비고 들어가 생선 비린내가 몹시 나는 양가죽 저고리에 얼굴을 파묻고 꾸벅꾸벅 잠이 들었다.

얼마 후 빗장을 여는 소리가 들리면서 문이 열리자, 파시카는 어머니와 함께 대기실 안으로 들어갔다. 그러나 그곳에서도 오랫동안 기다리지 않으면 안 되었다. 환자들은 모두 대기실에 놓여 있는 간이의자나 심지어 바닥에까지 쪼그리고 앉았다. 불편했지만, 아무도 몸을 움직이거나 입을 열지 않았다.

파시카는 물끄러미 사람들을 바라보았다. 그러자 여러 가지 우습고 야릇한 것들이 눈에 띠었으나 아무 말도 하지 않았다.

어떤 소년이 한 발로 깡충깡충 안으로 뛰어들어 왔을 때, 그는 어머니의 옆구리를 팔꿈치로 가볍게 치면서 이를 드러내고는 표정을 지었다.

"저 봐요. 엄마, 참새가!"

"잠자코 있으라는데도……!"

작은 창구로 안내양의 졸린 얼굴이 보였다.

"여기 와서 이름을 대세요."

기다리고 있던 환자들은 절름발이 소년을 포함해서 모두들 창구로 몰려들었다. 안내양은 한 사람 한 사람에게 이름과 주소, 병의 증세와 그밖의 여러 가지를 물었다. 어머니의 대답으로 파시카의 이름은 파울 가라크티노프라는 것, 나이가 일곱 살이라는 것, 그리고 병이 난 것은 부활제 때부터라는 사실을 알았다.

기록 카드에 이름이 기입되자, 또다시 잠시 동안 기다렸다. 드디어 흰 가운을 입은 의사가 대기실을 지나갔다. 그는 절름발이 소년의 곁을 지날 때, 어깨를 으쓱해 보이며 억양 없는 소리로 말했다.

"넌 바보로구나! 정말 바보란 말이다. 내가 월요일에 오라고 했는데, 화요일에 오다니! 내가 진료를 맡은 이상 걱정을 안 해도 되지만, 네가 정신을 바짝 차리지 않으면 다리가 없어져 버린단 말이야, 이 바보야!"

절름발이 소년은 눈을 깜빡거리면서 마치 구걸이라도 하듯 가련한 얼굴 표정으로 말했다.

"이반 니코라비치, 제발 용서해 줘요."

"뭐가 이반 니코라비치야!"

의사는 놀란 듯이 황급히 말했다.

"내가 월요일이라고 지시했으면, 너는 그대로 하기만 하면 되는 거야! 그래서 넌 바보란 말이다."

진찰이 시작되었다. 의사는 진찰실에 자리를 잡고 앉아 차례로 환자들을 불러들였다. 이따금 그 방에서 귀를 찌르는 듯한 외마디 소리와 아이들의 울음소리, 그리고 의사의 화난 소리가 들려왔다.

"제발 소리 지르지 마. 죽이는 건 아니니까! 가만히 있으란 말야!"

드디어 파시카의 차례가 왔다.

"파울 가라크티노프!"

의사가 거친 소리로 불렀다. 파시카의 어머니는 마치 이런 부름을 예상하지 못했는지 엷은 현기증을 느꼈으나, 곧 마음을 바로잡고 진찰실 문을 열었다. 의사는 진찰대 앞에 앉아 작은 망치로 두꺼운 책을 기계적으로 두드리고 있었다.

"어디가 아픈 거요?"

그는 들어온 사람은 보지도 않고 물었다.

"이 아이의 팔꿈치에 종기가 나서요, 선생님."

파시카의 어머니가 불안한 음성으로 대답했다. 그녀의 말은 파시카의 종기 때문에 걱정하고 있다는 뜻이 담겨져 있었다.

"옷을 벗어!"

파시카는 가슴을 두근거리며 먼저 두건을 푼 다음, 소매로 코를 훔치고 나서 낡은 저고리 단추를 풀기 시작했다.

"아주머니! 당신은 병원 손님으로 온거 맞아요?"

의사는 초조한 듯 말했다.

"좀 빨리빨리 하지 못해! 기다리고 있는 건 너뿐이 아니잖아!"

파시카는 허둥지둥 저고리를 마룻바닥에 내던졌다. 그리고 어머니의 손을 빌려 셔츠를 벗었다. 의사는 아무 느낌도 없는 사람처럼 무표정하게 소년을 바라보았다. 그리고 벗은 배를 여기저기 손바닥으로 두드렸다.

"야아, 이거 파시카 도련님! 굉장히 살이 찌셨구만!"

그는 이렇게 외치고는 한숨을 내쉬며 말했다.

"팔꿈치를 보여!"

파시카는 그릇의 핏물을 보자 겁이 나서 울음을 터뜨렸다.

"이런 바보 같으니! 장가를 가도 될 만큼 큰 사내 녀석이 울다니 못난 놈!"

의사가 소리쳤다.

파시카는 울음을 그치려고 애써 숨을 몰아쉬었다. 그가 어머니를 돌아보며 지은 표정이 이렇게 말하는 듯싶었다.

"병원에서 내가 울었단 말, 집에 가서 하지 마."

의사는 환부를 자세히 살펴보고 꼬집어보고 하더니, 한숨을 내쉰 다음 입맛을 다시고는 다시 팔꿈치를 매만졌다.

"당신은 매를 맞아도 돼. 아주머니!"

의사의 목소리가 높았다.

"왜 진작에 데려 오지 않았소? 이 아이의 팔은 아주 틀렸는데! 거길 좀 봐요. 관절이 못 쓰게 된 걸 당신은 모르나?"

"그 말씀이 사실인가요? 선생님!"

파시카 어머니의 음성은 떨고 있었다.

"선생님이라구요? 아들의 팔이 썩어 들어가고 있어. 그런데 선생님이구 뭐구가 어디 있어요! 팔 없이는 아무 일도 못 한단 말요. 그렇다면 어머니가 한평생 부양해야겠지! 자기 몸이라면 코 위에 작은 물집이 생겨도 여길 찾아오면서, 그래 자기가 낳은 자식은 팔이 썩도록 내버려 둬! 그리고도 당신이 부모란 말이오?"

의사는 담배에 불을 붙였다. 그리고는 담배가 타 들어가는 동안 파시카의 어머니를 꾸짖기도 하고 콧노래를 부르기도 하고 박자를 맞춰 머리를 흔들기도 하며 무엇을 생각하기도 했다.

벌거벗은 파시카는 그의 앞에 서서 콧노래에 귀를 기울이거나 담배 연기가 보랏빛으로 퍼져가는 것을 지켜보고 있었다. 담배가 다 타버리자 의사는 벌떡 자리에서 일어나 낮은 소리로 말했다.

"이봐요. 아주머니! 고약이든 무슨 약이든 이렇게 된 이상 아무 소용이 없어요. 이 얘는 여기에 놔두지 않으면 안 되겠어."

"그래야 되겠다면, 그렇게 해야죠, 선생님."

"수술을 해야 한단 말요. 그러니 파시카, 넌 여기 남아있어."

의사는 아이의 어깨를 어루만지며 말했다.

"엄마는 돌아가도 넌 나와 함께 여기 남아 있을 수 있겠지? 여기도 나쁘진 않거든 꼬마 도련님! 파시카, 네 팔이 낫거든 나하고 뜸부기를 잡으러 가자. 또 여우도 보여 주지. 둘이 가서 보자꾸나. 응? 남아 있겠지? 엄마는 내일 다시 올 테니까."

파시카는 어떻게 하면 좋을지 몰라 어머니를 쳐다보

＊체호프 지음

앉다.

"선생님 말씀대로 넌 여기 남아 있어야 돼."

그녀는 부드럽게 말했다.

"그래 넌 엄마의 말을 잘 듣는 착한 아이야."

의사는 유쾌한 듯이 말했다.

"이러니저러니 더 말할 필요도 없지! 난 살아 있는 여우를 애한테 보여줄 테고, 시장에 데리고 가서 사탕과자도 사 줄 작정이니까. 간호사, 이 애를 이층으로 데리고 가요!"

의사는 분명히 유쾌하고 수다스러운 사람이었다. 무엇보다도 파시카는 여태껏 시장에 가본 일이 없었고, 생전 처음으로 여우를 보고 싶은 생각도 있었기 때문에 더 한층 마음이 끌렸다. 그렇지만 엄마는 어떤 마음일까?

파시카는 이 문제를 여러모로 생각해 보았다. 그래서 어머니도 함께 남아 있도록 해 달라고 의사 선생님에게 부탁하기로 마음먹었다. 그러나 미처 말도 꺼내기 전에 간호사는 그를 이층으로 데리고 가버렸다.

입을 멍하니 벌린 채 주위를 둘러보았다. 층계는 물론 마룻바닥 문기둥까지 모두 아름답게 노랑 빛깔로 칠해져 있었고, 어디서나 달콤하고 구수한 냄새가 코끝을 자극했다.

이곳저곳에 마른 들풀이 걸려 있고 동양자수로 짠 융단이 깔려 아늑함을 더해 주고 또 놋쇠로 만든 물꼭지가 벽에 삐쭉이 내밀고 있었다.

그러나 그 중에서도 파시카를 가장 기쁘게 한 것은 잿빛의 푹신한 침구가 놓여 있는 침대였다. 그는 베개와 침구를 만져 보면서 의사 선생님은 정말 좋은 집을 갖고 있다고 생각했다.

그 곳은 작은 병실로 세 개의 나무 침대가 놓여 있었는데 첫 번째 침대는 비어 있었고, 두 번째가 파시카의 침대였으며, 마지막 침대에는 눈초리가 험상궂은 할아버지가 앉아 줄곧 기침을 하면서 타구에 가래침을 뱉으며 가쁜 숨을 몰아쉬고 있어 보기에도 안쓰러웠다.

파시카는 침대 가에 서서 열려진 문 사이로 다른 병실 안을 살펴 볼 수가 있었는데, 몹시 여위고 창백한 사나이가 머리 위에 고무 물주머니를 얹은 채 누워 있었고, 다른 침대에는 농부가 팔을 벌린 채 붕대를 감고 마치 할머니 같은 모습으로 힘없이 앉아 있었다.

간호사는 파시카를 침대 위에 올려놓자, 다시 한아름의 옷가지를 들고 왔다.

"이건 모두 네거란다. 어서 입어."

간호사가 말했다.

파시카는 자기의 낡은 옷을 벗고 기쁜 듯이 새 옷으로 갈아입었다. 셔츠와 바지, 엷은 회색의 가운을 걸치고 기분이 좋아서 자기의 모습을 이리저리 살펴보았다. 그러면서 이 옷을 입고 거리를 걸어 다니면 얼마나 좋을까 하는 생각에 마음까지 설레였다.

어제인가 어머니의 심부름으로 냇가 야채밭에서 돼지에게 줄 잎사귀를 따러 갔을 때, 마을 아이들이 그의 주변에 늘어서서 부러운 듯이 자신의 옷을 바라보는 광경을 그려보았다.

간호사가 다시 왔을 때 양은 그릇 두 개와 빵과 숟가락을 들고 있었다. 그녀는 그릇 하나를 노인에게 주고 다른 하나는 파시카에게 주었다.

"먹어라!"

간호사는 사무적으로 말했다.

파시카는 양은 그릇 속에 기름기가 제법 많은 스프가 가득 들었고, 고기 한 조각이 놓여 있는 것을 보았다. 그래서 그는 의사가 매우 안락한 생활을 하고 있으며 사실은 진찰할 때 자기에게 조금도 화를 내고 있지 않았다는 생각을 했다.

그는 스프를 장난삼아 한 입 마시고는 숟가락을 가볍

게 핥았다. 그러면서 고기를 남겨 놓은 노인을 부러운 듯이 곁눈질을 하다가 고기를 먹기 시작했는데 되도록 오래 먹으려고 잘게 씹었다. 그러나 그런 노력도 순식간에 어이없게 사라지고 말았다. 그래서 한참 생각을 한 끝에 남은 빵도 먹어 치웠다.

그가 빵을 다 먹었을 때, 간호원이 다시 그릇 두 개를 가지고 왔는데, 이번 에는 구은 고기와 감자가 들어 있었다.

"너, 빵은 어쨌니?"

그녀가 물었다. 파시카는 대답 대신 볼을 불렸다가 푸우 하고 바람을 내불었다.

"그 사이 다 먹어 버렸구나? 그럼 고기는 뭣하고 같이 먹을래?"

간호사가 꾸중하듯 말했다.

친절하게도 그녀는 다시 주방으로 가서 빵을 가지고 왔다. 파시카는 여태껏 한 번도 구은고기를 먹어 본 일이 없었다. 처음이었지만 정말 맛이 있었다. 순식간에 모두 없어져 버리고 또 빵만 남았다.

그것은 먼저 것보다 더 컸다. 할아버지는 식사를 마치자 남은 빵을 서랍 속에 넣어 두었다. 그래서 파시카도 그렇게 할까 잠시 머뭇거리다가 마저 먹어 버리고 말았다.

식사를 마친 뒤 소년은 탐험을 하러 나섰다. 옆의 병
실에는 조금 전에 침대에서 보았던 사람들 외에 네 사
람이나 더 있었다. 그 중의 한 사람이 시선을 끌었다.
그 사람은 기가 크고 말라빠진 농부로서 털이 많아 원
숭이 얼굴을 하고 있었는데, 침대 위에 앉아 줄곧 머리
를 시계추처럼 흔들었다.

파시카는 그에게서 눈을 돌릴 수가 없었다. 처음에는
농부의 계속적인 시계추 같은 운동이 장난을 걸고 있는
사람을 웃기느라고 하는 짓인 줄 생각했지만, 한참 그
의 얼굴을 바라보는 동안에 파시카는 그것이 견딜 수
없는 고통을 나타내고 있음을 알았기 때문에 가엾은 마
음이 들었다.

셋째 번 병실에는 검붉은 얼굴, 마치 진흙을 칠한 것
같은 얼굴을 한 두 사나이가 있었다. 그들은 침대 위에
꼼짝도 않고 펭귄처럼 앉아 있었는데, 그 야릇한 얼굴
빛이며 무엇이 무엇인지 분간할 수 없는 모습은 이교의
신과 비슷했다.

"아줌마! 저 사람들은 왜 저래요?"

그는 간호사에게 물었다.

"저 사람은 두창 환자들이란다."

파시카는 자기 방으로 돌아오자 침대 위에 앉아 의사가 뜸부기를 잡으러 가거나 시장으로 같이 가기 위해 데리러 오기를 기다렸으나 좀처럼 모습을 나타내지 않았다.

다른 병실 입구에 수련의인가 싶은 젊은이가 들어섰다. 그는 얼음주머니를 얹고 있는 환자 위에 허리를 굽히고 불렀다.

"마하이로!"

그러나 자고 있는 마하이로에게는 들리지 않았다. 젊은 수련의는 손을 흔들며 가 버렸다. 의사를 기다리고 있는 동안 파시카는 옆 침대의 할아버지는 연거푸 기침을 하면서 타구 속에 계속 가래침을 뱉었다. 마른기침 소리는 길게 병실 안을 울렸다.

한편 파시카를 매우 재미나게 하는 일이 있었다. 그것은 노인이 기침을 하고나서 숨을 들이마시면 가슴 속에서 파열음 같은 쇳소리가 여러 가지 음색으로 울리는 것이었다.

"할아버지, 할아버지 뱃속에서 무슨 소리가 울려요?"

파시카는 눈을 동그랗게 뜨며 물었다. 그러나 노인은 대답도 하지 않았다. 잠시 기다렸다가 또 물었다.

"그럼 할아버지, 여우는 어디 있죠?"

✱체호프 지음

"어떤 여우 말이냐?"

"산여우요."

"어디 있냐구? 그야 숲속에 있을 테지."

시간이 상당히 흘렀으나 의사는 오지 않았다. 그 사이에 간호원이 차를 들고 와서 빵을 다 먹어 버린 것을 꾸짖었다. 수련의가 다시 와서 미하이로를 깨우려고 했으나 전등불이 꺼져 있었다.

의사는 여전히 오지 않았다. 시장에 가는 것도 뜸부기를 잡으러 가는 것도 너무 늦은 시간이었다.

파시카는 침대 위에 길게 누워 생각에 잠겼다. 의사가 약속한 사탕과자며, 어머니의 얼굴과 목소리, 자기집 방안이 너무 어두컴컴하다는 것, 늘 잔소리만 늘어놓는 에고로 누나의 일들을 떠올렸다.

그러자 좀이 쑤시고 서글픔에 빠져 들었으나 아침이 되면 어머니가 찾아오겠지 하는 생각에 다시 마음이 놓이면서 잠을 청했다.

잠시 후 그는 어떤 소리에 놀라 눈을 떴다. 사람들이 옆의 병실에서 작은 소리로 이야기하고 있었다. 희미한 빛이 미하이로의 침대 옆에 세 사람의 그림자가 움직이는 모습을 보여 주었다.

"침대째 들고 갈까? 아니면 시체만 내 갈까?"

한 사람이 물었다.

"시체만 내 가야 돼. 침대를 다시 놓으려면 자리도 없는걸. 제기랄, 좋지 않을 때 죽었단 말야. 맙소사!"

이윽고 한 사람은 미하이로의 어깨를 잡고, 다른 한 사람은 발을 잡아 시체를 들어올렸다. 그러자 저고리 깃이 허공에 너풀거렸다. 여자같이 생긴 농부, 즉 셋째 번 사나이가 십자를 그었다. 그리고 셋이 함께 발을 끌다시피 하면서 죽은 이의 옷깃을 밟을 듯 말 듯 병실을 빠져 나갔다.

잠을 자고 있는 노인의 가슴에서 끄륵끄륵 소리가 나며 이상한 가락을 울렸다. 파시카는 그 소리를 듣자 무서운 듯이 컴컴한 창문을 바라보고 있다가 갑자기 허둥대며 침상에서 뛰어내렸다.

"엄마야!"

그는 소리쳤다.

그리고 대답도 기다리지 않고 옆의 병실로 뛰어들었다. 희미한 불빛이 가까스로 어둠을 쫓고 있었다. 환자들은 같은 병실의 미하이로가 죽은 데 충격을 받았고, 게다가 그림자가 어른거리고 있었기 때문에 모두들 유령처럼 보였다.

여전히 어두운 침대 위에서 농부는 쉴 새 없이 중얼

거리면서 머리를 시계추처럼 흔들며 앉아 있었다.

파시카는 두창병을 앓는 환자의 병실을 빠져 나와 복도를 지나서 머리털이 긴 늙은 얼굴의 괴물 같은 넓은 병실로 기어들어갔다가 다시 복도로 나오자, 그곳에 난산이 있었으므로 급히 층계를 뛰어 내려갔다. 오늘 아침 앉아 있던 대합실이었다. 그는 출입문을 찾기 시작했다.

손잡이가 찰깍! 하고 벗겨지자 찬바람이 불어왔다. 파시카는 고꾸라질 듯 마당 쪽으로 뛰어갔다. 머릿속은 빨리 이곳을 도망치자는 공포감으로 가득 차 있었다. 그는 집으로 가는 길을 몰랐지만 쉬지 않고 달리기만 하면 곧 어머니가 있는 집에 닿을 수 있으리라고 생각했다.

달은 어두운 구름 사이로 희미하게 비치고 있었다. 파시카는 곧장 앞쪽으로 달려가 작은 오두막집 뒤를 돌자 관목숲에 다다랐다.

잠시 동안 숨을 몰아쉬며 그곳에 서 있다가 다시 병원 쪽으로 달려가 주위를 빙빙 돌았다. 그러나 거기서 어떻게 하면 좋을지 몰라 걸음을 멈추지 않으면 안 되었다. 바로 눈앞에 하얀 십자가가 서 있었기 때문이다.

"엄마야!"

소년은 외치며 다시 발길을 돌렸다. 그리고 시커먼 건물 앞을 지났을 때, 비로소 불이 켜져 있는 창문을 보았다.

캄캄한 어둠 속에 환히 비치는 붉은 빛은 더 큰 무서움을 불러일으켰다. 이제는 정신이 나간 미치광이처럼 된 파시카는 어디로 도망쳐야 될지 몰랐으므로 어쨌든 살길을 찾아 그쪽으로 뛰어 갔다.

창문 옆에는 층계와 작은 게시판이 붙어 있는 방문이 있었다. 파시카는 단숨에 층계를 뛰어 올라가서 창문 안을 들여다보았다. 순간 숨이 막힐 듯한 기쁨이 그를 사로잡았다.

그 창문 안에는 탁자가 있고 쾌활하고 수다스러운 의사가 손에 책을 들고 앉아 있었기 때문이다. 파시카는 너무 기쁜 나머지 소리치려고 했다. 그러나 무엇인가 막을 수 없는 힘이 가슴을 꽉 누르는 바람에 발밑이 휘청거렸다.

그와 동시에 소년은 비틀거리다가 그만 정신을 잃고 층계 위에 쓰러졌다.

그가 정신을 차렸을 때는 이미 날이 밝아 있었다. 무엇보다도 놀랍게 시골 장터와 뜸부기, 산여우를 약속한 억양 없는 목소리가 그의 귓전에 속삭였다.

✱체호프 지음

"넌 바보야. 파시카 이놈아, 넌 정말 바보란 말야. 혼이 나게 좀 맞아야 되겠어!"

최초의 슬픔

✱아뷔로프

그리샤는 발코니로 나와 파란 눈을 깜빡거렸다. 그는 활짝 열려 있는 마구간 안에서 진한 갈색의 말잔등을 보았다. 그곳에는 화려하게 장식된 안장이 준비되어 있었고, 바로 옆에 소매 없는 가죽 외투를 입은 마부 이그나트가 서 있었다. 그 광경을 보자 그리샤는 못 견디겠다는 듯 작은 뜰을 가로질러 곧장 마구간을 향해 걸어갔다.

✱아뷔로프

"어쩐 일이에요?"

그는 이그나트에게 물었다. 무척이나 좋아하는 마구간 안을 이리저리 둘러보면서.

"이놈은 아직도 다리를 절고 있겠죠?"

"그럼요. 절고 있습죠."

이그나트는 그의 꾸중을 기다리고 있었다는 듯한 어조로 대답했다.

"이젠 다 나았나요?"

"지금도 치료하는 중입니다."

"그럼 안 돼요! 오늘은 코로리요크를 아무 데도 보내서는 안 돼요. 난. 싫단 말예요!"

"도련님이 싫어해도 할 수 없습죠. 정거장과 마을로 갈 테니 준비하라고 해서 소인은 준비를 하고 있는 중이니까요."

"그렇지만 난 싫어요. 내 말인걸 알잖아요. 내 거란 말예요."

소년은 고함을 쳤다.

"보리는 주었나요?"

"주라는 말씀도 없는데 줄 수가 있나요."

이그나트는 건성으로 대답했다. 길게 수염이 자란, 늘 우울한 느낌을 주는 마부의 얼굴은 오늘 따라 보기 싫을 정도로 떨떠름한 표정을 지었다.

"아버님한테서 아무런 분부가 없으셨으니까요."

"보리도 안 줬다 그 말이죠?"

그리샤는 이렇게 절망한 듯이 외쳤다. 분한 눈물이 그의 눈에 가득 찼다.

이그나트는 재미있다는 듯이 빙그레 웃었다.

"그러면 안 됩니다요. 도련님, 울면 못 써요."

마부가 조용히 말했다.

"걱정할 것 없어요. 도련님의 코로리요크를 절대로 못 살게 하지는 않을 테니까요. 나는 코로리요크를 언제나 친절하게 돌봐주고 있거든요."

이그나트는 다정스럽게 소년의 눈 속을 들여다보았다. 그리고는 힘차고 거친 손으로 그의 머리를 쓰다듬어 주었다.

그리샤는 울음을 그치고 늘 하는 대로 장난을 치기 시작했다. 뜰안 한쪽에 식구 수만큼 놓여 있는 여러 대의 마차를 차례로 타 보고는 만족스러운 듯이 이리저리 살펴보며 주위를 돌아다녔다.

"참 좋은 마차야."

그리샤는 마치 숙달된 감정인처럼 말했다.

"모두 훌륭한 마차죠."

이그나트도 동감이라는 듯이 말했다.

"다른 것들은 어쨌어요?"

"바퀴에 닿으면 기름이 묻어요, 도련님."

마부가 주의를 시켰다.

"할머님이 또 꾸중을 하실 텐데."

이그나트는 이 별장에 온 지 일 년쯤 되었다. 오자마자 곧 그리샤와 친해져서 그들 사이에는 다소 미묘하지만, 그러나 진실한 애정으로 맺어져 있는 것만은 사실이었다.

"내가 루호프스키 씨 댁에 있을 때는 이런 말이……"

이그나트가 말을 꺼냈다.

"아저씨는 우리 집에 오기 전에 거기 있었나요?"

"아니죠, 그렇지 않아요. 여기로 오기 전에는 어떤 상인 집에 있었는데 별 도리가 없었죠. 너무 가난뱅이라서…… 그리다가 재판에 걸리게 됐지 뭡니까. 재판에 걸릴 아무런 이유도 없는데 말이죠. 내가 무얼 훔치기라도 했단 말인가? 나 원 참……."

"그 상인이 아저씨를 재판에 넘기겠다고 했어요?"

"그래서 난 마음대로 하라고 했습죠. 난 그 사람의 편리를 봐서 그렇게 했던 건데, 그야 내가 말하고 마차를 가지고 나오긴 했었죠. 그렇지만, 그놈은 일 년

동안이나 월급조차 주지 않고 또 휴가를 달라고 해도
안 줬거든요. 나에게는 어머님이 계셨죠. 말하자면
그놈은 내가 여행권을 안 가졌다는 약점을 이용한 겁
니다. 나는 아내 마트로나와 어머니를 데리고 밤중에
마차 준비를 했죠. 그렇게 해서 고향집으로 돌아간
거랍니다. 걸어서는 갈 수가 없었으니까요. 아이는
아직 어리고 집까지는 육십 킬로가 되었거든요. 그러
자 그놈은 끝가지 뒤를 좇아와서 우리를 붙들었지 뭡
니까. 그래서 나는 말을 깨끗이 돌려주었지요. 잠시
동안 빌렸을 뿐이었죠. 그런데 그 개만도 못한 놈이
화를 낸 거죠. 머슴살이하던 하인이 제집으로 돌아간
것뿐인데 말입니다. 그걸 가지고 재판에 걸겠다는 겁
니다. 당치도 않게 도둑질을 했다고 하면서 말이에
요."

"그럼 아저씨는 재판을 받아야 해요?"

"그런가 봅니다."

"그렇다면 어쩔 셈이에요?"

"뭐, 하는 수 있습니까?"

이그나트는 애매하게 대답했다. 그는 짙은 눈썹을 못
마땅하다는 듯 찌푸렸다. 그 얼굴은 한참 동안이나 그
대로 괴로운 표정을 짓고 있었다.

"훔친 일이 없다고 하면 되지 않아요?"

그리샤는 진지한 표정으로 말했다.

"그게 무슨 소용이 되겠습니까? 요즈음 재판이란 순 엉터린 걸요. 재판을 받으면 난 아주 도둑놈이 돼 버리겠지요."

"왜 그래요?"

소년은 열심히 물었다.

"도련님! 이제 그 얘기는 그만둡시다."

이그나트는 얼굴을 찡그린 채 우울한 웃음소리를 내면서 말했다.

그래서 그들은 화제를 바꾸었다.

"마트로나라는 분은 아저씨의 부인이죠?"

그리샤가 끈질기게 물었다.

"그런데 왜 아저씨하고 같이 빵을 굽지 않아요?"

이그나트는 바보처럼 웃었다.

"빵 말입니까? 여편네는 나한테 여러 가지로 이야길 해 주거든요."

"이야기를요? 우리 엄마는 아버지한테 이야기 같은 건 안 하는데…… 포리카는 아저씨의 아이인가요?"

"그렇답니다."

"아저씨는 아이가 그 애뿐예요?"

"네, 그 애 하나죠."

"왜 더 안 낳아요?"

이그나트는 웃음을 터뜨렸다. 그리고는 머리를 흔들었다.

"도련님도 참, 무슨 그런 말을 다 묻습니까?"

"왜 웃어요?"

그리샤는 잠시 머뭇거리다가 자기의 생각을 설명하려는 듯이 말을 계속했다.

"우리 아빠하고 엄마는 애를 셋 낳았단 말예요. 알겠어요? 아저씨."

소년은 다정하고 친근한 표정을 지으며 이그나트의 눈을 들여다보면서 말했다.

"언제 우리 마을로 한 번 같이 가요. 그때까지 코로리요크의 다리를 잘 고쳐 주세요."

"네, 그렇게 하구말구요."

이그나트가 다정하게 말했다.

"도련님, 다만 제가 그때까지 여기를 떠나지 않으면 말입니다."

"어디 가요?"

소년은 놀라서 물었다.

"아, 아무 데도 가는 건 아닙니다. 그저 좀……."

이그나트는 늘 하던 버릇대로 모호하게 대답했다.

이 두 친구 사이의 정다운 대화는 늘 할멈 때문에 깨어졌다.

"어유 참, 도련님. 이런 곳에 계셨군요."

할멈은 마구간 속을 둘러보며 말했다.

"소중한 도련님을 이런 불결한 마구간 속에 계시게 하다니."

그녀는 야단치듯 계속 말을 이었다.

"어머님께 고해 바쳐도 되겠어요. 도련님, 굉장한 친구가 생겼군요. 자아, 저리 갑시다. 저리 가요."

그러고 나서 그녀는 이그나트를 돌아보며 말했다.

"이봐요, 정신 차리세요. 당신은 도련님한테 나쁜 걸 가르치면 안 된단 말예요."

"아니, 안나 할멈. 내가 어떻게 나쁜 것을 도련님께……."

이그나트는 낭패해 하며 말했다.

"정말 대단한 선생이시군."

할멈은 경멸하듯이 말하며 소년을 재촉했다.

"자아 갑시다, 도련님 어서."

그리샤는 식사할 때나 부모를 만나는 정도였다. 아버지는 조금도 쉴 사이 없이 일에 바빴고, 어머니는 하루 종일 누워 앓고 계셨다. 머리가 아프지 않을 때는 다른 데가 아팠다. 그래서 아이들의 시끄러운 소리나 밝은 햇빛조차도 피하고 있었다.

그리샤가 가끔 어머니한테 달려가면, 그녀는 아들을 어루만져 주고 또 다정하게 여러 번 입을 맞추어 주었다. 그런 다음에는 방해하지 말고 밖에 나가서 놀라고 타일렀다.

어떤 때는 그리샤가 이런 어머니의 나무람을 싫다고 떼를 썼다.

"엄마, 나 조용하게 있을게."

소년은 간청하듯 말했다.

그리고는 안락의자에 앉아 두 손을 무릎 위에 올려놓았다.

"몸은 괜찮니?"

어머니는 불안한 표정을 지으며 물었다.

"네에."

그는 이상한 생각에 잠겨 건성으로 대답했다. 그리고는 열심히 물어보는 것이었다.

"엄마, 더울 때는 왜 땀이 나요?"

"너 더우니?"

어머니가 주시하며 물었다.

"더워요……. 셔츠를 셋씩이나 입은 걸요."

"하나가 아니고?"

"아니요. 자, 보세요!"

그리샤는 무늬가 있는 셔츠를 가슴까지 걷어 올려 보이며 큰 소리로 말했다.

어머니가 괴로운 듯 얼굴을 찌푸렸다.

"왜 그렇게 큰 소리를 내니!"

또 어머니는 꾸지람을 했다.

"아 참, 깜빡 잊어버렸어."

소년은 잘못했다는 얼굴로 입을 다물었다.

"그런데 엄마, 왜 꼬리가 있어요?"

조금 있더니 소년은 다시 작은 소리로 속삭였다.

"꼬리라니 무슨?"

"말이나 개 말예요."

"왜 꼬리가 있다니? 꼬리는 그냥 꼬리지. 처음부터 그렇게 생겨 있는 거야. 조금도 이상할 게 없잖니?"

"이상할 게 없다니요? 파리를 쫓는 걸요. 말이나 개는 꼬리로 파리를 쫓아요."

소년의 쓸데없는 이야기는 어머니의 신경을 어지럽혔다. 그러나 그녀는 얼마 안 가서 그리샤가 스스로 이야기하는 것에 지친 나머지 그만둘 것이라는 생각에 조용히 참고 기다렸다. 그러나 그리샤는 의자에 등을 기대고 다리를 모으고 비벼대기 시작했다.

"그런데 엄마, 이는 어디에서 끓는지 아세요?"

소년은 다시 말했다.

어머니는 더 이상 참을 수 없는 듯이 얼굴을 찌푸리며 눈을 감아 버렸다.

"아니, 얘는 무슨 소릴 하는 거야?"

"말고삐 속에 있단 말예요. 한 번쯤은 제대로 청소를 해야지……."

"너 또 마구간에서 놀았구나. 이번 가을에는 가정교사를 구해야지 안 되겠다. 정말 어쩔 수 없는 애로구나."

"어째서요?"

소년은 끈질기게 물었다.

"자아, 이젠 그만하고 저리 가거라. 할머니한테 가서 누나와 놀렴. 넌 혼자 있을 때는 언제나 그 아저씨와 함께 있다지?"

그리샤는 한숨을 내쉬었다. 그리고는 자리에서 일어났다. 다시 한숨을 쉬었다.

소년은 시원한 방에서 나가고 싶은 마음이 없었다. 병을 앓고 있었기 때문에 매사를 세심하게 보살펴 주지는 않지만, 늘 다정하고 자기가 좋아하는 어머니의 곁을 떠나고 싶지 않았던 것이다.

"우리 입 맞출까!"

어머니가 조용히 말했다.

소년은 기다렸다는 듯이 입을 맞추었다. 그리고 어머니의 얼굴에 자기의 얼굴을 갖다 댔다. 어머니는 소매 밑으로 소년의 여윈 어깨를 어루만졌다. 그리고는 슬픈 목소리로 말했다.

"너 꽤 말랐구나, 그리샤. 왜 이렇게 말랐지?"

"너무 심한 장난을 쳤기 때문에 그래요."

그는 늘 하던 대로 대답했다. 그러나 어머니의 다정한 목소리가 그의 신경을 자극했다. 소년은 왠지 슬픈 생각이 들었다.

"정말 넌 돌보기 힘든 아이다. 이 엄마는 네가 여간 신경이 쓰이는 게 아냐. 알겠니? 그리샤."

그러자 어머니의 상냥한 마음씨에 감동되어 그리샤는 어머니의 말을 잘 알아듣지 못하면서도, 그녀의 어깨에 머리를 댄 채 흐느껴 울기 시작했다.

"얘, 너 갑자기 왜 그러니? 응?"

어머니는 놀라서 물었다. 그리고는 열이 나지 않나 하고 아이의 이마를 짚어 보았다.

그러나 그리샤는 곧 울음을 그치고 방을 나갔다. 미

처 문밖에 나서기도 전에 자기의 까닭 모르는 눈물을 까맣게 잊어버리고 다시 새로운 장난에 골몰했다.

그리고 가슴을 두근거리며 잊고 있던 주머니 속의 작은 고삐를 만져 보았다. 그러면서 이 고삐를 가지고 어떻게 재미있게 놀까 골몰했다.

그러는 동안 그리샤의 가슴 속에는 최초의 진실한 슬픔이 뭉클하게 치밀어 올라왔다.

어느 날 아침, 아버지는 신문에서 눈을 떼지도 않은 채 식탁 너머 어머니를 향해서 이렇게 말했다.

"당신은 이그나트가 끌려가게 된 사실을 알고 있소?"

"벌써요?"

어머니는 놀라며 물었다. 그리고 무엇인지 생각에 잠기더니 마시지도 않은 컵을 식탁 위에 내려놓았다.

"어떻게 좀 도와 줘야 되지 않겠어요? 어린애도 있고 한데."

어머니는 조용히 말했다.

"뭐라구?"

아버지는 한번 어깨를 으쓱하면서 말했다.

"공연히 남의 일에 간섭해 가지고 욕을 볼 필요는 없어요. 그쪽 상인이란 작자가 워낙 악질이라니까. 난 잘 모르긴 하지만."

"그러니까 더 그렇지 않아요?"

어머니가 간곡한 어조로 말했다.

"뭐가 더 그래? 어쨌든 그가 빗장을 풀고 말을 몰아 갔다는 거니까 도둑으로 몰려도 어쩔 수 없는 거지. 이건 분명한 일이야."

"하지만, 그게 어쨌다는 거예요? 그 상인은 여행증을 빼앗고 나서 봉급도 주지 않고 부려먹기만 했다잖아요? 이그나트는 노예처럼 혹사당하던 곳에서 도망친 것 아녜요?"

"어쨌든 주인의 허락도 없이 말을 가져간 것은 옳은 일이 아냐. 지금 와서 이러니저러니 해 봤자, 이미 엎지른 물이지."

아버지는 격분한 어조로 말하고 나서 다시 신문 읽기에 열중했다.

그리샤는 열심히 듣고 있었지만, 무슨 이야기인지 알 수가 없었다.

"엄마, 이그나트가 어디로 끌려간다는 거예요?"

그는 큰 눈을 두리번거리며 물었다.

어머니는 망설이는 듯한 표정으로 어린 아이를 건너다보았다. 그리고 어린 아들과 마부가 보통 사이가 아니라는 것을 생각하자, 금세 울음이 나올 듯해 눈길을 돌렸다.

"이그나트한테 누가 왔어요?"

그리샤는 열심히 물었다.

"왜 말해 주지 않는 거요? 하찮은 일을 두려워해서 무엇이든 숨기려 들기 때문에 아이들은 배짱 있는 어른으로 성장하지 못하는 거요. 언제까지나 어린애로 있는 거지."

아버지는 불만스럽다는 듯이 말했다.

"그게 아녜요. 애한테는 그런 얘기를 들려 주어선 안 돼요."

어머니는 눈에 눈물을 머금고 슬픈 음성으로 소리쳤다. 그리고는 이마에 손을 대고 일어섰다.

"뭐요, 그게! 그게 뭐냐 말요!"

그녀의 뒤에서 아버지가 버럭 소리를 질렀다.

"이그나트는 말을 훔쳤기 때문에 징역살이를 하게 된 거야. 알겠니?"

그는 사정없이 격분한 어조로 말했다. 순간 그리샤의 얼굴이 새파랗게 변했다.

"이그나트는 도둑질을 했고, 그 자의 아내 마트로나도 도둑질을 거들어준 거야."

"포리카는요?"

그리샤가 애써 물었다.

"포리카라니? 그 집의 아이 말이냐? 그 애는 너무 어려서 데려가지 않을 거다. 어떻게 할지 잘은 모르지만 말야."

그리샤는 아버지를 쳐다보았다. 그의 눈은 용서할 수 없다는 격분해 타오르면서 안색이 조금씩 파랗게 변해 갔다. 소년은 아버지가 무서워 가만히 참고 있다가 겨우 말을 꺼냈다.

"왜 그런 짓을 했을까요?"

그러자 그는 책망하듯이 말했다.

"도둑질을 했기 때문이라고 하지 않았어! 그건 도둑질한 거나 마찬가지야."

"틀려요! 아버지도 방금 그 상인이 나쁜 사람이라고 하시지 않았어요?"

"그렇다고 했지."

"그럼 왜 그렇게 하는 거예요. 어째서 그렇게 하느냐 말예요!"

그러자 아버지는 갑자기 언성을 높였다.

"입 좀 닥치지 못하겠니? 정말 귀찮은 놈이로구나!"

그리샤는 애써 마음을 가다듬고 일어섰다. 그리고는 방을 나섰다. 그러나 문밖으로 나가자마자 알 수 없는 분노와 슬픔이 가슴 깊은 곳에서 터져 나올 것만 같았다. 소년은 단숨에 복도를 벗어나 발코니로 올라갔다.

그는 무엇보다도 이그나트를 만나고 싶었던 것이다. 그러나 마구간 문은 굳게 잠겨 있었고 이그나트의 모습은 보이지 않았다. 저쪽에 할멈이 혼자 앉아 차를 마시고 있었는데 제복을 입은 낯선 남자가 그녀와 마주앉아 있었다.

그 남자는 비교적 얌전하게 접시에 담은 잼을 찍어 먹으면서 차를 마시고 있었다. 그리샤는 그 광경을 보면서 할멈이 손님에게 대접을 하고 있다고 생각했다. 그러나 이그나트의 행방에 대해서 정신을 쏟고 있었기 때문에 그 제복을 입은 남자에게 별다른 관심을 두지 않았다.

"할머니, 누가 이그나트를 찾아왔어요?"

소년은 떨리는 목소리로 물었다.

할멈은 즉시 대답을 하지 않고 머뭇거리다가 힘없이 말했다.

"그래요. 지금 곧 도련님의 좋은 친구가 끌려가게 되었어요. 그러니 도련님은 지금부터라도 마구간에 가서는 안 돼요."

"어떤 사람이 왔는데요?"

"그 사람은 다시는 돌아오지 않을 거랍니다. 어떤 사람이 왔느냐구요? 바로 이 분이죠."

그리샤는 쉽게 이해할 수 없었다. 어른들의 세계는 너무나 모르는 것이 많았다.

소년은 이그나트와 마트로나를 감옥에 데리고 갈 사람은 무섭고 험악한 얼굴을 한 사나이에 틀림없을 것이라고 믿고 있었다. 그러나 할머니를 찾아온 손님은 햇볕에 탄 선량한 얼굴로 그리샤를 바라보며 뭔가 어색하다는 듯, 좀 멍청한 느낌을 주는 웃음을 띠었다.

그와 할멈 이외는 주위에 아무도 없었다. 그제서야 그리샤는 이해하게 되었다.

"당신이에요?"

소년은 남자를 뚫어지게 바라보면서 놀란 듯한 반신반의하는 표정을 지으며 다급하게 물었다.

"그래 나다."

그 남자는 환하게 웃으며 비교적 명랑하게 대답했다. 그리고는 소년에게 자리를 내어 주어야 할 것인지 망설이면서 앉아 있었다.

"이놈! 나쁜 놈아! 내가 때려 줄 테다!"

그리샤는 소리치면서 와락 덤벼들었다.

그와 동시에 갑자기 소년의 얼굴이 무섭게 일그러지

면서 입술이 떨렸다. 그리고는 큰 소리로 울음을 터뜨렸다. 그것은 순진한 아이의 울음소리였다. 순경은 딱하다는 듯이 웃으면서 손을 흔들며 바라보고 있었다.

그리샤는 자기 방으로 달려갔다. 그리고는 구석진 침대 뒤에 숨어 몸을 벽에 붙이고 두 손으로 가슴을 힘껏 눌렀다. 알 수 없는 분노가 가슴 속에 가득 차 터져 나올 구멍을 찾고 있는 것 같았다.

그는 마룻바닥에 누나의 인형이 떨어져 있는 것을 보자, 발로 힘껏 밟아버렸다. 그리고는 방 저쪽 구석으로 차 던졌다. 벽에는 소년이 그린 그림이 걸려 있었는데 그것을 찢어서 마룻바닥에 내던졌다.

그렇게 법석을 떨고 있는 동안에 차츰 마음이 안정되는 듯싶었다. 소년은 쇠로 된 접이식 침대에 이마를 대고는 생각에 빠졌다. 난생 처음으로 힘이라는 능력에 대해서 공상을 하기 시작했던 것이다.

적을 치기 위해서는 힘이 필요하다는 사실을 깨닫는 최초의 자기 발견이었던 것이다. 모든 참혹하고 부정한 사람들, 즉 이그나트를 유죄라고 말한 재판관, 그를 끌고 가지 않으면 안 되는 순경, 그런 사람에게 잼을 접대해 준 할멈이나 또 아버지까지도 혼을 내주기 위해서는 절대적으로 힘이 필요했다.

그리샤는 아버지가 이그나트의 운명에 대해서 냉담한 데 대해 더욱 화가 났다. 아버지는 이그나트를 위해서 최소한의 성의 표시로 구제할 방도를 마련해 주어야 옳은 주인의 태도일 것이다. 순경을 적어도 집안에서 내쫓았어야 옳았다. 그런데도 태연하게 거실에 앉아 신문만 읽고 있는 것이 아닌가. 그리고 '도둑질한 것이나 마찬가지다.'라는 따위의 말을 하고 있지 않은가.

그리샤는 자기의 좋은 친구를 못 살게 만들고 있는 모든 사람들에게 원수를 갚고 싶었다.

그는 아버지와 할멈, 순경을 어떻게 벌해 줄 것인가 그 방법을 궁리했다. 그러면서 침대의 녹슨 쇠를 손톱으로 긁고 있었다. 그는 갑자기 귀를 기울였다.

아버지의 큰 목소리와 이그나트의 힘없는 목소리가 들려왔다. 그는 재빨리 뛰어 일어나 하인방 쪽으로 달려갔다. 방 한가운데 이그나트와 마트로나가 고개를 숙이고 서 있었는데 마트로나의 곁에서 포리카가 옷깃에 코를 비벼댔다.

그 얼굴에는 두려움이나 슬픔보다도 어찌 할 바를 모르겠다는 듯한 고통 속에 사로잡혀 있는 것이 분명했다. 그들의 등 뒤로 그녀 하인들이 몰려와 재미있다는 표정을 지으며 구경하고 있었다.

"그렇지."

그리샤의 아버지가 큰 소리로 말했다.

"이렇게 된 이상 이젠 단념하게. 포리카에 대해서는 걱정하지 않아도 좋아. 우리가 잘 돌봐 줄 테니까. 하나님도 도와주실 걸세. 자아, 그럼 이그나트 왜 그러고 서 있나?"

아버지는 손을 흔들었다. 그것이 마지막 이별임을 알렸다. 그러나 아무도 그 자리를 떠나려고 하지 않았다. 이그나트는 말없이 고개를 떨구고 발끝만 내려다보고 있었다.

"이 아이는 내가 맡아서 돌보겠어요."

어머니는 떨리는 목소리로 말하며 포리카에게 팔을 내밀었다가 곧 움츠렸다.

"이젠 어쩔 도리가 없어."

아버지가 어정쩡하게 말했다. 아버지는 이그나트와 마트로나가 절망한 것처럼 침묵으로 일관하고 있는데 대해서 안절부절했다.

"이렇게 된 이상 어쩔 수 없지. 형기가 짧으니까 잠시 동안 고생하면 끝날 걸세. 왜 그러고만 있지?"

마트로나는 말없이 포리카의 손을 놓았다. 그리고는 앞으로 걸어 나와 어머니 앞에 무릎을 꿇고 정중하게 절을 했다.

"마트로나!"

어머니는 젖은 목소리로 외쳤다. 어머니의 눈에서 눈물이 흘러내렸다.

"이렇게 안 해도 괜찮아, 안심하고 가요. 이 아이는 내가 꼭 돌봐줄 테니까, 아무 걱정 말아요. 정말이지 무릎까지 꿇을 필요가 없어요. 나를 믿어요."

어머니는 허리를 굽혀 떨리는 손으로 마트로나의 연약한 어깨를 가볍게 어루만졌다. 그리고는 마룻바닥에 쭈그리고 앉았다.

"이럴 때는 누구든지 참는 게 제일 좋은 방법이에요. 참는 것이……."

어머니는 빠른 말로 속삭였다.

"이젠 됐어, 그만들 하지."

지쳤다는 듯이 아버지가 힘없이 말했다.

"나도 딱하다고는 생각하고 있네. 이그나트, 그 동안 자네는 정말 열심히 일해 주었어. 형기를 마친 뒤에 꼭 다시 내 집에 와서 일해 주게. 알겠나? 아이 걱정은 말고 몸 건강히 지내라구!"

아버지는 어머니의 손을 잡아끌었으나 그 손을 뿌리치고 마트로나를 힘차게 끌어안았다.

"참아요."

어머니는 다시 속삭였다.

마트로나는 조용히 일어서며 슬픈 얼굴로 방안을 둘러보았다. 그리고 어린 그리샤를 보았다. 한순간 그와 소년의 눈이 마주쳤다. 그러자 그리샤는 머뭇거리다가 층계를 내려가 곧장 앞을 향해 걸어갔다.

"안녕히!"

소년은 아주 작고 다정스러운 음성으로 짧게 말했다. 그러나 마트로나는 아무 말없이 그를 바라보고 있었다. 아직도 슬픔에 잠긴 표정 그대로.

그리샤는 이그나트의 곁으로 다가갔다. 그리고 손을 내밀었다. 그러자 마부는 그 작은 손을 잡더니 와락 끌어당겼다.

"포리카를 귀여워 해 주겠지요?"

그가 울먹이는 소리로 물었다.

"물론 귀여워해 주고말구요."

그리샤는 진지한, 그리고 어른스런 목소리로 대답했다. 그러면서 나이 많은 친구의 얼굴을 씩씩하게 타오르는 눈빛으로 바라보았다. 이그나트는 소년의 머리를 가볍게 쓰다듬었다. 그리고 성상을 향해 바쁘게 십자를 긋고는 문쪽으로 걸어갔다.

"마트로나!"

어느 하인이 불렀다.

"이그나트가 밖에서 기다리고 있어요. 마차가 와 있으니 어서 나와요."

마트로나는 몸을 부르르 떨었다. 그녀의 넋을 잃은 슬픈 표정은 놀라움으로 변했다. 그녀의 곁에는 아직도 옷깃 속에 얼굴을 파묻은 채 포리카가 몸을 떨면서 그림자처럼 서 있었다. 마트로나는 천천히 뒤를 돌아보면서 방을 나갔다.

소년은 터져 나오는 울음을 가까스로 참으면서 걷는 듯싶더니 뛰어서 놀이방으로 갔다. 그리고는 침대 위에 앉아 어두운 표정으로 앞쪽을 응시하고 있었다. 복도 쪽에서 아버지의 발소리가 들려왔다. 그리고 방으로 들어와서 그리샤 앞에 멈춰 섰다.

"거기서 뭘 하고 있니? 할머니한테 가거라."

아버지가 책망하듯이 말했다.

소년은 아무 말도 없이 그대로 앉아 있었다. 그러자 아버지의 엄격한 목소리가 들려왔다.

"그리샤. 내 말이 들리지 않니!"

소년은 고개를 쳐들었다. 아버지를 바라보는 눈길에는 분노와 적의가 타올랐다.

"넌 착한 애지."

아버지는 애써 목소리를 낮추어 부드럽게 말했다.

"넌 왜 나한테 화를 내고 있니? 말해 봐라. 내가 나쁜 일이라도 했단 말이냐? 아버지로서 너를 야단치지 않으면 안 되겠다. 넌 어째서 순경한테 예의 없는 짓을 했어? 어디 좀 말해 봐라!"

아버지는 더 참을 수 없다는 듯이 소리쳤다. 어린 아들의 강한 시선이 자신을 억누르는 듯한 느낌 때문에 당황하면서 감정을 자제하는 빛이 역력했다.

"괜찮아요."

그리샤는 낮고 무거운 음성으로 말했다.

"뭐가 괜찮단 말이냐?"

"암만 야단을 쳐도 괜찮아요. 난 아무렇지도 않단 말예요."

아버지는 난처했다.

"좋다! 이제부터 아빠는 아무 말도 하지 않겠다. 난 정말 너를 모르겠어."

그러고 나서 아버지는 문쪽으로 걸어갔다.

그 뒤에서 그리샤가 소리쳤다.

"아빠도 할머니처럼 순경한테 잼을 대접하죠?"

아버지는 걸음을 멈추었다. 그리고 말했다.

"사람은 누구나 자기 할 일을 갖고 있는 거야. 순경은 이그나트를 잡아오라는 명령을 받고 왔어. 그 순경은 좋은 사람이야. 그런데 너는 그에게 실례되는 말을 했거든. 게다가 너는 아빠나 할머니한테까지 몹쓸 생각을 품고 있지 않니, 대체 왜 그리는 거냐?"

그리샤는 천천히 시선을 떨구었다. 그의 얼굴에는 분명히 곤혹스러움과 고통이 떠올랐다.

"정말 어쩔 수 없는 애로구나!"

아버지는 꾸중하듯 말하고 나서 걸음을 옮겼다.

소년은 꼼짝도 않고 그대로 앉아 있었다.

'정말 어쩔 수 없는 애로구나!'

그는 아버지가 꾸중하듯 한 말, 그러나 어딘지 다정한 마음이 담겨 있는 말을 생각하고 있었다.

'어쩔 수 없다, 몹쓸 생각을 품고 있다?'

소년은 괴로운 듯이 생각을 거듭했다.

'내가 몹쓸 생각을 품었다고? 하지만 모두가 한편이 되어 이그나트를 못 살게 하지 않나…… 도대체 왜들 그러는 것일까?'

그리샤는 고개를 숙였다. 울음이 터져 나올 것만 같았다.

"누구나 자기 할 일이 있다니…… 하지만 어른들은

왜 이런 악하고 옳지 못한 일을 할 수 있는 것일까?"

소년은 얼굴을 쳐들었다. 그의 깊고 푸른 눈 속에는 괴로운 의문의 빛이 가득 차 있었다.

축제일에 생긴 일

*리에스코프

　나에게는 어릴 때부터 함께 지내 온 마음씨 착한 친구가 있었다. 그는 부자는 아니지만, 그렇다고 가난뱅이도 아니었다.

　혼자 살고 있는 독신자로서 한두 명 정도의 가정부나 도우미를 고용할 여유가 있지만 한 사람도 쓰지 않고 있다. 인색해서가 아니라 그렇게 하는 것이 오히려 귀찮기 때문이었다.

왜 그러냐 하면 고용인이 그에게 어떤 짓을 할는지도 모르고, 또 독신자인 그가 그들에게 별로 시킬 일도 없어서였다.

고용인은 할 일이 없으니 지루해질 터이고 그러다가 공연한 말다툼이나 일삼기 십상이 아닌가. 그러니 사람을 두는 것이 편리하기는커녕 오히려 불쾌감을 갖게 할 것이 자명하다는 그의 생각이었다.

이렇듯 온순하고 매사를 조심하는 내 친구에게는 싸움이란 즐길 것이 못 되고 스스로 회피하는 입장을 취했다.

그는 생활하는데 아무런 불편이 없었으므로 강가의 큰 저택 한구석에 버려진 듯 떨어져 있는 외딴 집에 살며, 오랫동안 행복스럽게 지내왔다. 그에게는 시중을 들어 줄 가정부는 없었으나 그 저택의 관리인이 그를 위해서 이것저것 잔일을 돌봐 주었다.

그가 외출할 때는 문에 자물쇠를 잠그고 열쇠를 주머니에 넣고 다녔다. 작은 집이었지만, 그래도 방은 셋이나 되었다.

이렇듯 그에게는 아무런 걱정거리도 없는 것 같았으나, 갑자기 크리스마스 날 큰 불상사가 일어났던 것이다.

여기서 나는 이야기를 잠시 바꾸어 우리 고향에서 일어난 한 가지 사건에 대해 이야기를 하고 싶은 유혹에 빠진다.

그것은 내가 그 친구와 거의 매일같이 서로 이야기하며 의견을 나누던 사건이었다.

우리 고향 마을에서 한 상인이 도둑을 재판하는 배심원이 되는 것을 한사코 거부한 사건이 화젯거리로 등장하였다.

그 이야기는 다음과 같다.

먼 옛날, 마을에는 세 명의 도둑이 살고 있었는데, 예전부터 도둑이 많기로 유명했다. 그런데 이 도둑들은 어느 날 부자 상인의 창고를 털기로 작정하고 기회를 엿보고 있었다. 그 창고는 돌로 지은 견고한 건물이었는데 창문조차 없었다. 그러나 위쪽의 지붕 처마 밑에는 아주 작은 구멍이 뚫려 있었다. 그 높은 곳까지 올라가려면 사다리가 필요했다. 그러나 요행히 올라가는 데 성공했다 하더라도 건물 안으로 들어가는 일은 불가능할 것 같았다. 왜냐 하면 구멍보다 큰 사나이가 기어들어가는 것은 역부족이다.

그러나 도둑은 상인의 창고를 털기로 작정한 이상, 조금도 그 계획을 포기할 수 없었다. 그도 그럴 것이 그 안에는 어떤 힘든 고생을 치르고도 가질 수 없는 값비싼 온갖 종류의 물건들로 차 있었기 때문이다.

여름옷, 털가죽 모자, 고급 모피, 동방에서 온 비단이불, 귀족들이 찾는 옷감들이 바닥에서 천정까지 가득 쌓여 있었다. 대담한 도둑이 어찌 이런 재물을 포기할 수 있겠는가!

그래서 도둑은 매우 교묘한 방법을 궁리해 냈다. 가족이 없는 도둑이 가족을 거느린 도둑에게 말했다.

"내게 한 가지 좋은 생각이 있네. 자네한테는 다섯 살짜리 사내아들이 있지. 그놈은 아직 몸집이 작고 호리호리하지 않나? 그 애 같으면 구멍으로 들어갈 수가 있을 거야. 그 애를 우리 편으로 만들기만 하면 일은 쉽사리 성취될 걸세. 그러니 자네는 아이 엄마를 잘 설득시켜 크리스마스 날에 데리고 오란 말이야. 그때 새벽기도에 간다고 하면 될 걸세. 그건 그렇고 구멍 난 곳까지 올라가자면 우리들 중에 한 놈이 맨 밑에 서고, 그 어깨 위에 다른 놈이 올라서고, 세 번째가 또 그 어깨 위에 올라가는 거야. 이렇게 높다란 기둥을 만들면 사다리 없이도 구멍까지 닿을 수 있거든. 그런 다음에는 자네의 애녀석을 밧줄로 묶은 뒤 손목에 등불을 매달은 다음 안으로 밀어 넣는 거지. 무사히 창고에 들어가면 사방을 잘 살펴본 뒤에 밧줄을 끄르게 하는 거야. 그러고 나서 가장 좋은 물건들을 골라 줄에 묶게 하지. 그 다음에는 우리가 밧줄을 끌어올리기만 하면 되는 거야. 이렇게 모두 끌어낸 뒤에는 애녀석이 제 몸을 다시 끈에 매게 해서 우리가 끌어올리지. 그런 다음에 우리 세 사람이 그 물건들을 똑같이 나누는 거야. 우리 몫 외에 애를 데리고 온 자네는 반몫을 더 차지하란 말일세. 그렇지! 젠장, 잊을 뻔했군. 애녀석한테는 맛난 과자를 사 주지."

"그거 참, 기막힌 생각인데."

애아범 도둑은 그 말에 즉시 찬성했다.

그리고 크리스마스 전야가 되자, 그 도둑은 아내에게 말했다.

"애한테도 잘 말해 준비를 시켜둬. 내가 같이 데리고 갈 테니까."

아내는 남편 말대로 아이를 딸려 보냈다. 그러나 그때 세 사람의 도둑들은 교회로는 가지 않고 모스크바 변두리 술집에 모여 워트카 술을 마시며 기분 좋게 잔치를 벌이고 있었다. 그들은 어린애를 잠시나마 자도록 구석의 마룻바닥에 뉘었다.

밤이 깊어가고 술집 주인 늙은이가 문을 닫기 시작할 무렵에야 그들은 일어나 초롱불을 켜 들고 목적지로 향했다. 물론 아이도 함께 데리고 갔다. 그리고 계획한 대로 모든 일을 진행시켰다. 일은 처음부터 더 바랄 수 없을 만큼 손발이 맞았다.

어린애는 생각보다 영리하여 창고 속으로 들어가자 주위를 살펴보더니 재빨리 좋아 보이는 물건들은 골라 밧줄에 묶었다. 그러자 도둑들은 곧 그것을 끌어올렸으며, 얼마 안 가서 많은 재물을 확보할 수가 있었다. 벌써 세 사람만의 힘으로는 운반할 수가 없을 만큼 창고 밖에 쌓였다. 더 이상 훔칠 필요가 없을 정도로 충분했다.

그러자 밑에 있던 도둑이 어깨 위의 도둑에게, 또 가운데 도둑은 맨 위에 있는 도둑에게 말했다.

"이봐, 그만하면 됐어. 더 꺼내도 가져 갈 수가 없단 말야. 꼬마 녀석한테 몸을 묶으라고 그래. 그 애를 끄집어 올려야 되니까."

패거리의 맨 위에 서 있던 도둑이 구멍 안으로 어린애한테 속삭였다.

"꼬마야, 이젠 더 안 꺼내도 돼. 어서 네 몸을 밧줄에 묶어. 우리가 꺼내 줄 테니까."

어린애는 밧줄로 자신의 몸을 묶었다. 도둑들은 아이를 끌어올리기 시작했다. 마침내 위까지 거의 다 끌어올렸을 때 갑자기 줄이 끊어져 버렸다. 창고 벽돌담을 스치며 많은 물건들을 끌어올리고 있는 동안 밧줄이 약해져 있었기 때문이다.

순식간에 어린애는 지금까지 물건을 훔치던 그 창고 밑바닥으로 떨어지고 말았다.

도둑들은 뜻밖의 사고를 당하자 매우 당황하기 시작했다. 그러고 있는데, 갑자기 주위가 시끄러워지면서 저택 정원에 매어 있던 개가 이리저리 뛰면서 무서운 소리로 짖어대기 시작했다. 이에 놀란 집안사람들이 잠에서 깨어 일어나게 되면 도둑들은 꼼짝달싹 못하게 될 것이다. 더구나 많은 사람들이 깨어나서 크리스마스 새벽 예배에 갈 시간이 임박해 있었다. 그러면 도둑들은 훔친 물건과 함께 붙잡힐 것은 자명한 일이었다.

도둑들은 훔친 재물을 들고 도망쳤다. 집안의 여기저기서 사람들이 모두 일어나 등불을 들고 뛰쳐 나왔다. 그리고는 창고 쪽으로 몰려갔다.

그 안으로 들어가자 정돈되어 있던 물건들이 어지럽게 흩어져 있고 쌓여 있던 많은 물건들이 도둑맞은 것을 알았다. 그때 창문 밑에 상처를 입은 어린애가 나뒹

굴어져 울고 있는 것을 보았다.

집안사람들은 어떤 일이 벌어졌는지 곧 깨달았다. 그들은 급히 길가로 달려가 창밑을 살펴보았다. 그곳에는 몹시 당황한 도둑들이 조금 밖에 물건을 들고 가지 못했기 때문에 거의 그대로 쌓여 있었다.

이를 목격한 상인 집안사람들은 경찰에 알릴 것인지, 아니면 도둑놈을 쫓아갈 것인지 서로 자기의 주장을 내세우느라고 소란을 피웠다. 그러나 깊은 어둠 속으로 달아난 도둑 일당을 어디로 갔는지 쫓아갈 수 있겠는가? 무엇보다도 그것은 두려운 일이기도 했다. 그러나 그 집 주인은 매우 훌륭한 사람이었다. 영리하고 마음씨 착하고 또 사리를 분별할 줄 아는 인물로 독실한 기독교 신자이기도 했다. 그는 집안사람들에게 단호하게 말했다.

"이쯤해서 그만두는 게 좋겠어. 소용없는 짓이니까! 이 이상 뭘 어떻게 하겠다는 건가! 물건은 모두 그대로 있으니 이만한 일로 뒤를 쫓아갈 필요가 없지 않겠나!"

그러자 집안사람들이 말했다.

"사실 그렇긴 합니다. 하나님께서 악인의 죄를 증거하기 위해 어린애를 남겨놓아 주셨으니까요. 이건 아주 확실한 증거입니다. 이 아이를 조사하면 모든 것을 알 수 있습니다. 어느 집 아이인지만 알면 모든 것이 판명되는 것이지요."

상인이 말했다.

"아니, 내 얘긴 그런 게 아니야. 이 어린아이한테는 죄가 없어. 아무것도 모르고 시키는 대로 했을 뿐이거든. 사건에 어린애를 끌어넣는 건 안 돼. 그보다도 어떻게 잘 좀 돌봐 줘야지. 꾸짖거나 때려서는 안 돼. 어린애는 하나님의 양이니까 잘 돌봐 줘야 해. 아이의 모습을 좀 보게. 온몸이 얼고 무서워서 떨고 있지 않나. 그 애한테 아무것도 물어서는 안 되네. 아이로 하여금 그의 아버지를 비방하게 만드는 것은 우리들 기독교도의 취할 태도가 아니니까. 저 아이가 이곳에 남겨진 것은 반드시 하나님의 뜻인 거야. 그 사람들로 하여 나를 모욕하고 싶지는 않네. 어쨌든 저 아이는 내게로 왔네. 그러니 자네들은 잠자코 있어. 나는 저 애를 내 집으로 데리고 갈 작정이니까."

주인의 말에 모두들 입을 다물고 어느 누구도 어린애를 위협하거나 괴롭히지 않았다. 마침내 어린애는 상인 집에서 살게 되었다.

상인은 아이를 친자식처럼 양육하며 집안일을 가르쳐

주었다. 그는 선량하고 고운 마음씨를 가지고 있었으므로 아이는 착하고 바르게 성장하였다. 그리하여 그는 아름답고 영리한 젊은이가 되었으며 집안사람들로부터 사랑을 받았다.

상인에게는 딸 하나가 있을뿐 아들은 없었다. 그리고 도둑의 아들과 함께 자란 딸은 그와 사랑하는 사이가 되었다. 이런 사실이 알려졌을 때 상인은 아내에게 말했다.

"여보, 딸아이도 이젠 시집 갈 나이가 됐지 않나. 누굴 사위로 맞아야 좋겠어? 이건 아주 중대한 문제이거든. 우리 집같이 재산이 있는 사람들은 더 그렇지만, 모두들 딸에게 많은 지참금을 주어 보내려 한단 말이야. 그런 눈치가 보이면 오뉴월 파리떼처럼 여기저기서 사기꾼이나 건달패들이 몰려올 것이 뻔하겠지."

아내는 대답했다.

"정말 그건 그래요. 여태까지도 그런 예가 얼마든지 있었거든요."

"거봐, 내 말이 맞지."

하고 상인은 말했다.

"재산을 탐내는 불량한 젊은이들이 몰려들 것은 틀림

＊리에스코프 지음

없어. 선량한 듯 보이면서 마음은 정반대인 자들이지. 사람의 마음이란 정말 알 수 없는 거야. 딸을 주고 난 뒤에 후회해 봤자 소용 없다는 얘기야. 그러니 주변에 있는 손쉬운 방법부터 생각해 보잔 말일세."

"그건 또 무슨 말씀이세요?"

"다른 얘기가 아니라, 지금 우리와 함께 살고 있는 애와 딸아이를 맺어 주자는 거야. 그 아이는 착한 젊은이로 성장해 있어. 밖에서 한 번도 말썽을 피워 본 적이 없지 않은가. 딸애는 이미 그 아이한테 마음이 끌려 있어. 두 아이를 결혼시키는 게 어떻겠어?"

부부는 그렇게 하기로 합의했다. 그리하여 젊은 그들을 결혼시켰다. 마침내 상인 부부는 연로한 끝에 세상을 떠났다. 젊은 부부는 여러 명의 아이를 낳았다. 그러는 동안 세월이 흘렀다. 그들은 명예도 얻고 행복스러운 나날을 보내고 있었다.

그런데 마을에 재판이 열리게 되어, 이미 노인이 된 그도 재판의 배심원으로 참석하게 되었다.

도둑에 대한 공판이 열렸다. 그는 떨면서 자리에 앉아 심문 내용을 주의 깊게 듣고 있었다. 그러자 얼굴이 갑자기 창백해졌다가 붉어지며 두 눈을 감았다. 눈물이 눈꺼풀 밑으로 흘러내렸다. 마침내 법정 안까지 들릴 만큼 큰 울음소리가 터져 나왔다.

　재판장이 놀라서 물었다.

　"왜 그러십니까?"

　"제 일은 걱정 마십시오. 다만 저는 남을 재판할 수가 없습니다."

　"그게 무슨 말씀입니까? 이곳은 법정입니다. 올바른 사람이 죄지은 사람을 재판하지 않으면 안 됩니다."

　여러 사람들이 말했다. 그러자 그가 대답했다.

　"옳은 말씀입니다. 하지만 제 자신은 바른 사람이 아닙니다. 저는 재판을 받은 사실은 없지만 도둑임에 틀림없습니다. 원컨대 저로 하여금 여러분 앞에서 제 죄를 자백하도록 허락해 주십시오."

　그러나 사람들은 그에게 참회할 기회를 허락지 않았다. 나중에 그는 덕망이 있는 몇몇 사람들에게 그가 겪은 지난날의 사건을 말해 주었다.

　즉 어렸을 때 밧줄을 타고 창고로 들어갔다가 붙잡혔으나 벌을 받지 않고 용서를 받았을 뿐만 아니라, 그 은인 집에서 아들과 같은 대우를 받으며 살아온 지난 이야기를 숨김없이 들려주었다.

　이와 같은 그의 참회는 마을 사람들을 감동시켰다. 그리하여 그 마을에서는 누구 한 사람 그의 재판 받지 않은 과거의 죄를 책하려고 하지 않았다. 모든 사람들은 전과 다름없이 그를 존경했다.

나는 이 이야기를 친구와 함께 주고받으면서 기뻐했던 것이다.

"이제는 안심을 해도 되겠어요. 그런 착한 마음가짐이 사람들에게 있는 것이니까요."

"그렇군요. 하지만 그보다도 더 필요한 것은 만약의 경우에 대비해서 우리들도 그런 마음의 준비를 갖추는 일이 중요하지 않을까요?"

우리들은 이런 이야기를 나누었다. 그런 바로 다음 날, 연극과 같은 사건이 일어난 것이다.

친구가 나를 찾아와서 말했다.

"사건이 일어났어요."

"무슨 사건이?"

"불유쾌한 사건이지요."

나는 생각했다. 사건이란 아마도 작은 일에 지나지 않을 것이라고. 왜냐 하면 친구는 생각이 깊고 신중한 사람이었기 때문이다.

친구는 말했다.

"아주 불쾌한 사건이에요. 어떤 자가 나의 평화로운 생활을 엉망으로 만들어 놓았어요. 한 시간쯤 외출했다가 돌아와 보니 잠근 문이 저절로 열리는 게 아니겠어요. 책상 서랍은 열려진 채 바닥에 놓여 있고 그 속에 있던 물건은 마구 흐트러져 있었어요. 온갖 값진 물건들이 바닥에 던져져 있었습니다. 무엇보다도 비장에 두었던 귀중품과 돌아가신 아버님한테서 물려받은 금시계와 내 장례식 때 쓰려고 간직해 두었던 오백 루블을 도둑맞은 것입니다."

나는 깜짝 놀라 그에게 어떤 말을 해야 좋을지 몰라 당황하지 않을 수 없었다.

"원 그럴 수가! 어제 그런 이야기를 농담처럼 했더니, 오늘은 우리들 중에 한 사람에게 똑같은 사건이 일어나다니!"

어쩌면 신이 시험을 치르고 있는지도 모른다. '어떤가? 자네는 어제 타인의 훌륭한 영혼에 의해서 위로를 받았으니 오늘은 자네가 자신 속에 어떤 영혼이 있는지 보여 주어야 할 게 아닌가?'

나는 조용히 앉은 채 물었다.

"그래, 당신은 어떻게 했나요?"

"그게 글쎄 어떻게 해야 좋은 지 알 수가 없단 말입니다. 사람들은 즉각 고발하라고 야단들이지만."

그는 우정에 힘입어 나의 의견을 묻고 있었다. 그러

나 이런 경우에 내가 어떤 말을 할 수 있겠는가! 도둑
맞은 사실을 고발하라는 이야기는 다른 사람들의 말이
었다. 그 이상 어떤 조언을 할 수가 있단 말인가?

내 재물이 아니라 그의 재물을 잃어버린 것이다. 사
람들은 남이 받은 모욕에 대해서는 누구나 쉽게 용서할
수가 있는 것이다.

나는 말했다.

"나로서는 아무 말도 할 수가 없군요. 하지만 원하신
다면, 내가 전에 당한 당신의 경우와 같은, 오히려
더 심한 사건에 관해서 이야기를 해드리지요."

그가 말했다.

"그 얘기를 꼭 좀 들려주세요."

그래서 나는 도둑맞은 일에 대해서 이야기를 시작했
다.

"언젠가 나는 새로 털 코트를 맞췄습니다. 삼백 루블
이나 들었는데, 너무 옷이 무거웠습니다. 그래서 코
트를 입으면 힘이 빠질 만큼 어깨를 누르는 것이었습
니다. 그 바람에 나는 걸을 때 항상 코트를 어깨에서
약간 벗어젖히는 나쁜 습관이 들었습니다. 그 때문에
소매를 찢고 말았습니다. 크리스마스 전날 아침 가정
부가 나에게 말했습니다."

"코트가 찢어졌는데, 저는 양복점처럼 모피를 기울 수가 없습니다. 바느질을 하면 소매가 우그러듭니다. 관리인 아저씨의 말에 의하면 자기 동네에 소문난 수선집이 있는데 바느질을 잘 하는 모양입니다. 그러니 그에게 수선해 오도록 하시면 어떻겠어요? 저녁때까지는 다 되겠지요."

"그게 좋겠군."

내가 대답하자 가정부는 코트를 관리인에게 전해 주었습니다. 그래서 그는 즉시 수선집으로 찢긴 털코트를 가지고 갔습니다.

크리스마스 이브는 진눈깨비와 함께 찾아왔습니다. 쏟아지면서 녹는 눈이었습니다. 그래서 모피 코트가 필요 없게 되고 외투를 입는 편이 낫게 되었습니다.

나는 코트에 대한 일은 잊어버리고 물어보지도 않았습니다. 그러나 크리스마스 날 집안에서 무슨 일이 있는지 시끄럽게 다투는 소리가 들렸습니다. 그러자 새파랗게 질린 얼굴로 관리인이 크리스마스 인사말도 할 사이 없이 나의 코트가 없어졌으며, 수선집 주인이 자취를 감추었다는 것이었습니다. 그리고 그는 나에게 도난 신고를 하라고 당부하였습니다. 그러나 나는 승낙하지 않았습니다. 그래서 그가 스스로 신고를 했던 것입니다.

그가 신고는 했습니다만, 코트의 행방은 모연했습니다. 수선집 주인은 어디론지 자취를 감추고 말았던 것입니다. 그래서 그의 아내가 두 어린애를 데리고 경찰에 출두했습니다. 한 아이는 서너 살이 되었고, 또 한 아이는 젖먹이었습니다.

사람들의 말에 의하면 아주 가난뱅이라는 것이었습니다. 아내와 무섭게 여윈 아이들은 쓰러진 오막살이에서 살며 먹을 것조차 변변치 않은 모양이었습니다.

나의 코트에 관해서 수선집 아내의 말을 들어보면, 그녀의 남편은 내 코트를 수선한 다음, 갖다 주기 위해 외출해서는 지금까지도 돌아오지 않았다는 것입니다. 그래서 사람들이 갈 만한 곳을 모두 찾아보았으나 행방을 알 수가 없었습니다.

나는 단념하고 새로 코트를 맞추었습니다. 그리고 잃어버린 물건에 대한 일은 거의 잊었습니다. 그런데 뜻밖에 어느 날, 관리인이 헐레벌떡 달려와서는 빠른 말로 이렇게 이야기하는 것이었습니다.

"주인님! 놀라지 마십시오. 저는 그 일이 있은 뒤로 줄곧 수선쟁이를 찾아 다녔습니다. 그놈이 자기 아내를 몰래 만나러 오기를 기다리며 감시하고 있었습죠. 보람이 있었는지 끝내는 붙잡아 가지고 재판관에게 끌고갔습니다. 지금 그놈을 간수가 지키고 있습니다. 곧 가셔서 주인님의 코트가 없어진 사실을 밝혀야 합니다."

나는 내키지 않았지만 그곳으로 갔습니다. 과연 간수가 볼품없는 한 사나이를 지키고 있었습니다. 그가 바로 수선집 주인이었습니다. 그의 한쪽 발은 차바퀴에 치였는지 더러운 헝겊으로 싸여 있었고 누추한 옷을 걸친 모습은 정말 반쯤 죽은 사람처럼 보였습니다.

재판관은 나에게 물었습니다.

"당신이 모피 코트를 잃으셨나요? 그건 어떤 물건이며 값은 얼마나 됩니까?"

나는 정직하게 대답했습니다.

"그 코트는 삼백 루불을 지불하고 만든 것입니다. 그러나 잃어버린 당시에는 얼마나 값이 되는지 알 수 없습니다. 아마도 입었던 옷이라 백 루불 정도는 되지 않을까요."

재판관은 수선쟁이를 심문하기 시작했습니다. 그리고 그는 유죄로 판정되었습니다. 왜냐 하면 그가 이렇게 진술했기 때문입니다.

"저는 옷을 수선해 그 댁 관리인한테 가지고 갔습니다. 돌려드리고 돈을 받으려고 말이죠. 그런데 운이

**리에스코프 지음

나쁘게도 그의 집에는 아무도 없었습니다. 그때 저는 나으리의 성함이나 주소도 모르고 있었거든요. 무엇보다도 저의 집에는 돈이란 한 푼도 없는 형편이었습니다. 그래서 저는 급한 나머지 나으리의 코트를 전낭뽀에 잡히고 받은 돈으로 차와 설탕과 맥주를 샀습니다. 아침이 되어 정신이 들자 겁이 난 나는 도망을 쳤던 것입니다. 나머지 돈으로 술을 마셨습니다. 내가 한 일이 너무 두려웠기 때문이었습니다. 그 뒤로는 어떻게 지냈는지 제 자신도 알 수가 없습니다."

그는 어디에 돈을 써 버렸는지, 그리고 옷을 전당잡힌 곳이 어디인지도 모르고 있었습니다.

"자네 생각으로는 그 코트 값이 얼마나 된다고 생각하나?"

그러자 수선공은 주저없이 명확하게 대답했습니다.

"아주 훌륭한 코트였습니다."

"값이 얼마나 된다고 생각하는가?"

"값으로 치자면……."

"백 루불쯤된다고 보나?"

"더 될 겁니다."

"그럼 백 오십 루불쯤으로 보나?"

"그 정도는 충분합니다."

그는 용감하였으며 조금도 부끄러워하는 기색이 없었습니다.

재판관은 형벌을 선고했습니다. 수선공은 석 달 동안 징역을 살도록 유죄 판결이 내려졌고, 나에게 코트 값을 변상하도록 선고되었습니다.

나는 충분한 보상을 받은 셈이 되었습니다. 왜냐 하면 재판관으로부터는 그 이상의 것은 기대할 수 없었기 때문입니다.

그날 나는 집으로 돌아왔고 수선공은 감옥으로 끌려 갔습니다.

그런 일이 있은 후 얼마 지나지 않아 나는 하나님께 로부터 신경통이란 병을 하사받았습니다. 그 때문에 나는 몹시 고통을 겪으면서 밤에 잠을 제대로 잘 수 없었습니다. 왜냐 하면 여러 가지 생각이 떠올랐기 때문입니다.

나의 머릿속에서는 수선공과 어린애를 안고 있는 그의 아내의 모습이 떠나지를 않았습니다.

한편으로는 내 코트 때문에 감옥살이를 하게 되었으니, 그의 아내와 아이들은 어떻게 지내고 있을까?

나는 결코 잃어버린 코트에 대한 배상금은 받지 않겠다. 그런데 왜 그 사실을 신고했다는 말인가?

✽리에스코프 지음

나는 두렵고 불안한 생각이 들어 그 수선공의 아내가 어떻게 살고 있는지, 또 아이들은 어떻게 되었는지 형편을 알아오도록 사람을 보냈습니다.

관리인이 살펴보고 와서 하는 이야기로는 수선공의 아내는 집을 내쫓게 되어 오늘 떠날 차비를 하고 있다는 것이었습니다. 오막살이 집세가 여섯 루블이나 밀렸다는 것이었습니다.

어찌된 일인지 신경통 때문에 밤새껏 잠을 이룰 수가 없었습니다. 극심한 피로감에 싸여 누워 있는데 갑짜기 그 수선공이 나타나서 불에 달군 인두를 가지고 잠옷 위를 어루만지듯 온몸을 문지르기 시작하는 것이었습니다. 무엇보다도 인두가 닿는 관절은 바늘로 찌르는 듯한 통증이 전해 왔습니다.

나는 견딜 수가 없어서 여섯 루블을 주었습니다. 하지만 나의 양심은 더욱 고통스러웠습니다. 왜냐 하면 그 수선공을 불행에 빠뜨린 죄는 남을 용서할 줄 모르는 나의 잔인함에 있었기 때문입니다.

그러자 이번에는 수선공의 아내가 여섯 루블을 보내준데 대한 인사를 하러 왔습니다. 그녀는 남루한 누더기를 걸치고 아이들은 벌거벗은 몸으로……

나는 다시 세 루블을 주었습니다. 그러나 밤이 되자

수선공은 얼음같이 찬 인두를 가지고 나타났습니다. 내가 왜 이런 고통을 당해야 하는가 하는 깊은 자책감에 빠졌습니다.

그렇다면 어떻게 해야 좋다는 말인가. 이렇게 불분명한 의식 속에서 확실한 결단을 내리지 못하는 상태에 더 이상 머물러 있을 수는 없다고 나는 고뇌와 회의에 사로잡혔습니다.

그렇게 머뭇거리는 동안 부활제가 다가왔습니다. 수선공은 앞으로도 반 달 동안은 더 감옥에 있어야만 했습니다. 나는 그의 아내에게 2루불, 때로는 3루불을 몇 번인가 주었습니다. 그러나 부활제가 오면 더 많이 주어야 될 것이라는 부담스런 마음을 가져봅니다. 그래서 나는 내 힘이 닿는 대로 격려금을 주었습니다. 그런데 수선공의 아내는 거기에 점점 익숙해져서 늘 불만스러운 표정을 짓는 버릇이 늘어갔습니다. 게다가 나한테 화까지 내는 데는 어이가 없을 정도였습니다.

그녀는 이렇게 말했습니다.

"우리의 은인은 내 가족을 쇠사슬로 묶어 놓았어. 나는 아이들을 데리고 아무 일도 할 수가 없단 말이야. 그러니 당신은 우리들을 죽인 거야. 머지않아 하나님이 당신의 목숨을 거두어 가실 거예요."

"정말 우습기도 하고, 화가 치밀어 오르는가 하면 측은하고 또 창피스럽기도 했습니다. 만약 나의 코트가 그 수선공과 함께 아주 사라져 버렸더라면 형편이 좋았을 것입니다. 그 편이 훨씬 자비롭고 유익하기도 했을 것입니다. 그러나 지금에 와서는 굶주리고 추위에 떠는 어린애들의 어머니 입을 틀어막자면 도둑의 가족을 부양할 수밖에 없는 내가 안타까울 뿐입니다. 더구나 나의 양심은 괴로움을 받고 있습니다. 사형집행인이라 하더라도 어찌 사람을 굶어 죽게 내버려 둘 수가 있겠습니까?

어쨌든 나는 그 수선공의 가족을 부양하고 있습니다. 그러나 마음속에서는 고통이 늘어갈 뿐이었습니다. 이제 나는 남의 코트를 훔친 것보다 더 나쁜 짓을 한 것 같은 죄책감에 사로잡혔습니다. 그런 생각에서 도저히 벗어날 수가 없었습니다."

나의 긴 이야기를 끝냈을 때, 도둑맞은 내 친구는 이렇게 말했다.

"나도 그렇게 생각하고 있습니다. 그래서 나는 고소를 하지 않을 작정입니다. 사람들을 시끄럽게 하기를 원치 않습니다. 도둑맞았다는 그 사실만으로 모든 것은 끝났습니다."

이런 사연으로 사건은 마무리되었다. 사실. 나로서는
별다른 이야기를 더 이상 할 수도 없는 입장이었다.

＊리에스코프 지음

행상인

＊프랑스

야채장사 제롬 크렌케빌은 거리의 이곳저곳 손수레를 끌고 다니며 소리 높여 외쳤다.

"배추요, 무우, 감자 사려."

양파를 가지고 있을 때에는 좀 달랐다.

"싱싱한 아스파라가스 사요."

왜냐 하면 파는 가난한 사람들의 아스파라가스라고 할 수 있었기 때문이다.

어느 가을 10월 20일 오전이었는데, 그가 몽마르뜨 거리로 손수레를 끌고 오자 양화점 부인이 가게 안에서 뛰어나왔다. 그리고 야채를 실은 손수레 곁으로 와서 더러운 것이라도 만지는 것 같은 손짓으로 파 한 단을 집어 들며 말했다.

"팟단이 왜 이래요? 값이 얼마예요?"

"십오 스우요, 아주머니. 이런 좋은 양파는 더 이상 살 수 없습니다."

여자는 얼굴을 찡그리며 양파단을 수레 속에 멋대로 집어 던졌다.

이때 64호란 표지를 단 순경이 와서 크렌케빌에게 고함치듯 말했다.

"이봐, 얼른 가지 못해?"

크렌케빌은 거의 50여 년 동안이나 아침부터 밤늦게까지 거리를 누비며 손수레로 노점상을 하고 있었기 때문에 순경의 명령은 그에게 있어 무엇보다도 지켜야 할 규칙이었으며, 이 세상의 질서라고 생각하고 있는 터였다. 그래서 속히 손수레를 끌고 떠날 준비를 하면서 여자에게 마음에 드는 것을 빨리 고르라고 독촉했다.

"이것저것 골라도 마찬가지야!"

여자는 화가 난 듯이 거칠게 말했다. 그리고 닥치는

대로 파단을 만지더니 제일 나은 것을 골라 내어 가슴에 안았다.

"십사 스우로 해요. 십사 스우면 됐지, 뭘 그래요. 얼른 가게에서 갖다 드릴게요. 지금은 돈을 안 갖고나 왔거든요."

여자는 파단을 가지고 가게 쪽으로 달려갔다.

마침 그때 구둣가게로 어린애를 안은 여자 손님이 들어왔다.

64호 순경은 크렌케빌에게 두 번째 명령을 내렸다.

"이봐, 그래도 안 가는가?"

"저는 돈을 받아야 갑니다."

그렌케빌은 볼멘소리로 대답했다.

"나는 자네가 돈을 기다리고 있다는 것을 모르는 게 아냐. 나는 근무자로 교통 방해가 되지 않도록 속히 떠나라고 말하는 거야."

순경은 강경한 어조로 말했다. 그러는 동안 구둣가게에서는 여주인이 어린애의 구두 크기를 재고 있는 동안 파는 초록빛 대가리를 내밀고 탁자 위에 가지런히 놓여 있었다.

크렌케빌은 손수레를 끌고 거리를 야채장사로 돌아다 닌 50여 년 동안 관리 나으리가 하는 말은 절대 복종하지 않으면 안 되는 법이라 명심하고 있었지만, 한편으로 그는 권리와 의무의 문제에 있어서는 매우 예외적인 입장에 서 있었던 것이다. 즉 그는 법률 문제에 관해서는 전혀 문외한이었다.

무엇보다도 사적인 권리를 집행함은 사회적인 의무를 수행하는데 방해가 된다는 사실을 잘 이해하지 못하고 있었다.

그는 십사 스우의 돈을 받는 일에 너무 매달려 있었기 때문에 손수레를 끌고 교통 방해에서 벗어나야 하는 사회적 의무에 대해 생각할 여유가 없었다.

순경은 네 번째로 속히 물러가라고 명령을 내렸다. 아주 침착한 태도로 뭔가 결심한 듯 말했다.

"자네에게는 내가 빨리 떠나라는 말이 안 들리나?"

크렌케빌의 눈은 무슨 일이 있든 간에 자리에 머물러 있지 않으면 안 되는 중요한 이유가 있다는 듯 빛났다. 그는 퉁명스러운 어조로 대답했다.

"나으리께서 제 말을 알아듣지 못하시는구려. 저는 돈을 받으려고 기다리고 있다고 하지 않았습니까?"

"뭐라구? 그럼, 자넨 업무방해죄로 끌려가고 싶은가? 그렇다면 그렇다고 말하게!"

그 말을 듣고 크렌케빌은 천천히 어깨를 움츠리고는

슬픈 듯이 순경의 얼굴을 쳐다보았다. 그리고 그 눈으로 흐린 하늘을 올려다보았다. 그 눈은 이렇게 말하는 듯했다.

'내가 정말 죄인인지 아닌지는 하늘에 계신 하나님만이 알고 계시지.'

하지만 그 눈이 말하는 의미를 이해하지 못했을 것이며, 동시에 그가 명령에 복종하지 않는 충분한 이유를 발견하지 못한 순경은 또다시 거친 어조로 물었다.

이 야채 장사가 자기의 명령을 따를 것인가, 끝내 거역할 것인가를 말이다.

오늘 따라 몽마르뜨 거리에는 마차가 여느 때보다 더 붐비고 있었다. 쌍두마차, 사두마차, 짐수레, 승합마차 등이 서로 부비고 부딪치자, 이쪽저쪽에서 사람들의 아우성 소리가 들려왔다.

거리 으슥한 곳에서는 마부들이 술집 여자들과 입에 담지 못할 험담을 주고받으며 지껄이고, 승합마차 차장은 이 혼란의 원인을 도로를 가로막고 있는 야채 장사 그렌케빌이라 여기고 그를 바보 팟대가리라고 욕설을 퍼부었다. 그러는 동안 보도 위에는 구경꾼들이 이 싸움에 모여들었다.

순경은 구경꾼들이 자기를 보고 있음을 깨닫고 이제

는 아무래도 직권을 행사할 수밖에 없다고 생각했다. 그는 주머니에서 낡은 수첩과 짤막한 연필을 꺼냈다.

그러나 크렌케빌은 무슨 움직일 수 없는 힘에 지배받고 있는 듯 꼼짝도 하지 않았다. 게다가 이제는 앞으로나 뒤로 움직일 수가 없었다. 불행하게도 그의 손수레 바퀴가 다른 우유배달 손수레 바퀴와 얽혀 있었기 때문이다. 그리하여 크렌케빌은 절망적인 기분으로 머리를 북북 긁으며 소리쳤다.

"저는 돈 가져오기를 기다린다고 하지 않았습니까? 이게 대체 무슨 꼴이람. 아아! 하나님 맙소사!"

이 말은 반항보다 절망을 표현한 것이었는데, 순경은 이 말 속에서 무언인가 자기에게 대한 모욕적인 의미를 캐내려고 애썼다.

순경에게 대한 모욕은 무슨 말이든 간에 전통적 관습적으로 다음과 같은 말 '소 같은 자식!'(도둑 사이에 순경을 가리키는 은어)로 정리될 수 있을 것이다.

"뭣이라고? '소 같은 자식'이라 했지. 좋아! 그럼 나하고 같이 가자!"

야채장사는 무슨 영문인지 알 수가 없었다. 커다랗게 뜬 눈으로 순경을 절망적으로 바라보았다. 그리고 순경의 푸른 제복을 두 손으로 붙잡고 외쳤다.

＊프랑스 지음

"제가 소 같은 자식이라 했다고요? 예, 제가?"

이 기묘한 체포를 보고 술집 여자들과 거리의 아이들은 배를 쥐고 깔깔거렸다.

그러나 이때 구경꾼들 사이를 헤치고 검정 신사복 차림에 높은 모자를 쓴 노인이 두 사람 앞으로 나왔다.

노인은 순경의 곁에 가서 조용하고 위엄 있는 어조로 말했다.

"당신은 오해를 하고 계시오. 이 사람은 당신을 모욕한 것이 아니잖소."

"남의 일에 참견하실 필요는 없습니다."

순경은 노인에게 말했다. 그러나 상대방이 훌륭한 옷차림을 한 사람이라 그랬는지 그의 어조는 부드러웠다.

노인은 매우 침착하고 은근한 태도로 변호를 계속했다. 그러자 순경은,

"정 그러면 경찰서에 저와 함께 가셔서 그렇게 말해 주시지요."

하고 말했다.

크렌케빌은 다시 외쳤다.

"제가 소 같은 자식이라 했습니까? 예, 제가?"

그가 이런 우스운 말을 외치고 있을 때, 그제서야 구둣가게 여주인이 돈을 쥐고 나왔다.

그러나 순경은 이미 크렌케빌의 멱살을 휘어잡고 있었다. 그러자 양화점 여주인은 경찰에 끌려가는 야채 장수에게 돈을 지불하지 않아도 좋다고 생각했는지 가지고 나온 십사 스우를 앞치마 주머니에 넣었다.

크렌케빌은 갑자기 손수레가 압수되었다는 사실, 자기가 도로법 위반, 업무 방해로 재판을 받게 되었다는 사실, 그리고 저녁 태양이 가라앉으려 하고 있다는 사실을 깨달았다.

그리하여 그는 중얼거렸다.

"아무렇게나 될 대로 되어라."

일행과 함께 낯모를 노인은 경찰서에 가서 길거리에서의 교통 혼잡 때문에 부득이 걸음을 멈추게 되어 사건 경과에 대해 자초지종을 목격했다고 증언하였다.

노인은 순경이 모욕당한 사실은 결코 없었다는 것, 그것은 순경의 오해에 지나지 않는다는 것을 누누이 설명했다.

노인은 자기의 이름과 직업까지 밝혔다. 다비드 마아체라는 암브루스 병원의 원장이며, 근위사단의 기사장이었다.

그러나 크렌케빌은 석방되지 않았고 밤늦게까지 경찰서에 유치되어 있었다. 그리고 날이 밝자 죄수 수송차에 실려 감옥으로 보내졌다.

감옥은 크렌케빌에게 있어 낯설은 곳, 고통스러운 곳으로 느껴지지 않았다. 이것도 할 수 없는 일이라고 체념했다. 감옥에서 무엇보다 그를 놀라게 한 것은 벽이나 마루가 생각보다도 깨끗하다는 사실이었다.

그는 말했다.

"이런 곳치고는 너무 깨끗한데! 마룻바닥에 앉아서 밥을 먹을 수도 있겠군!"

간수가 떠나고 혼자 남겨지자, 그는 구석에 놓여 있는 책상을 움직이려고 했으나 벽에 붙박아 놓아 꼼짝도 하지 않았다. 늙은 야채장사는 깜짝 놀라며 큰 소리로 말했다.

"어허, 이게 뭐냐? 정말 이런 곳인 줄은 몰랐어."

그는 놀라면서 주위의 것들을 만져 보았다.

차츰 적막과 고독이 그의 마음을 누르기 시작하고 지루한 시간이 이어졌다. 그는 초초한 마음으로 손수레의 행방을 떠올렸다.

'양배추와 무, 양파와 상치가 가득 실려 있었는데.'

그는 우울한 심정으로 자신에게 물어 보았다.

"순경은 내 손수레를 어디로 가져갔을까?"

사흘째 되는 날 변호사 레메리 씨가 찾아왔다. 그는

법조계에서 가장 젊은 신진이었다.

크렌케빌은 사건의 전모를 모조리 말하리라고 생각했으나 짧은 어휘밖에 모르는 그에게는 힘겨운 일이었다. 누군가의 도움 없이는 모든 이야기를 끝마칠 수 없는 형편이었다.

젊은 변호사는 이상하다는 듯이 머리를 갸웃거리며 서류를 넘기면서 혼잣말처럼 중얼거렸다.

"서류상으로 보면 사건이 될 수 없지 않은가?"

그는 피곤한 표정을 띠고 자기의 갈색머리를 쓰다듬으며 말했다.

"나는 당신이 이 사건의 전말을 처음부터 끝까지 인정하는 편이 유리하다고 믿소. 내 소견을 말한다면 그렇게 끝까지 부인해서는 이로울 것이 없습니다."

글쎄, 도대체 무엇을 인정하는 게 필요한 것인지. 그것을 알고 있었더라면 크렌케빌은 남의 말을 듣기 전에 인정했을 것이다.

프리시 재판장은 크렌케빌을 심문하는데 귀중한 6분간을 소비했다. 이 심문은 피고가 묻는 말에 대해 제대로 대답할 수만 있었다면 좋은 결과로 끝났을 것이다.

그러나 크렌케빌은 심문당하는 일에는 익숙하지 못했다. 무엇보다도 이런 높은 사람 앞에 나서게 되면 두려움과 상대방에 대한 무조건적인 존경이 입을 막아 버렸다. 그래서 늙은 야채장사는 침묵으로 일관하였다.

그리하여 재판장에서 심문하고 답변하는 법정의 진행이 이루어졌다. 그 결과 피고의 유죄는 이제 움직일 수 없는 판결이 되었다.

재판장은 끝으로 이렇게 말했다.

"결국 피고는 소 같은 자식이라고 한 말을 인정하는 것입니까?"

그러자 피고 크렌케빌의 목구멍에서 녹슨 쇠붙이가 마찰하는 것 같은, 유리조각이 부서지는 듯한 불명한 소리가 흘러나왔다.

"순경 나으리가 소 같은 자식이라고 하시길래 나도 그렇게 말한 것뿐인데요. 정말 그렇습니다."

그는 자신의 답변이 전혀 기억에 없는 난처한 내용임을 알리려고 애썼다. 그러나 그럴수록 말이 제대로 되지 않아 종이에 쓰지 않으면 이해할 수 없는 말을 정신 없이 지껄였다.

프리시 재판장은 크렌케빌이 하는 말을 전혀 이해할 수 없었다.

재판장은 의문을 가지고 말했다.

"피고 크렌케빌은 순경이 먼저 그 말을 했다는 것인

데 사실인가?"

크렌케빌은 설명을 하려다가 중지하고 말했다. 그에게는 그것이 너무나 어려운 일이었다.

"끝내 피고는 변명을 안 하는군. 그 점이 제일 핵심적인 문제임을 명심하도록……."

재판장은 증인을 부르도록 명했다. 64호 순경 그의 이름은 바스챤 마토로였는데, 진실 된 사실만을 말할 것을 선서한 다음 이렇게 증언하였다.

"본관은 시월 이십일 하오, 직무 수행 중에 몽마르뜨 가에서 행상인으로 인정되는 한 사나이를 발견했습니다. 그 사나이의 손수레는 삼백 이십팔 번지 가옥 옆에 불법으로 장소를 점령하여 굉장한 교통 혼잡을 유발시키고 있었습니다. 본관은 세 차례나 속히 퇴거하도록 명령했습니다. 그런데 그는 본관의 명령에 복종하기를 거절하였습니다. 그래서 본관이 그를 향해 구속 경고를 말하자, 그는 소 같은 자식이라고 폭언하였습니다. 그리하여 본관은 이 말을 듣고 참을 수 없는 모욕감을 느낀 것입니다."

이 간결하고 명료한 답변은 법정 안의 사람들에게 분명히 호감을 준 것 같았다. 보조관은 바얄 부인과 다비드 마체 씨를 증인대로 안내했다. 한 사람은 구둣가게 여자 주인이고, 한 사람은 파아레 병원 원장이며 근위사단의 기사장 신분을 가지고 있었다.

바얄 부인은 아무것도 못 보았으며 어떤 말도 못 들었다고 증언하였다. 한편 마체 씨는 행상인에게 속히 물러갈 것을 명령하고 있는 순경을 군중 속에서 보았다고 말했다.

마체 씨의 진술은 괴상한 결과를 가져왔다.

"저는 이 사건의 자초지종을 다 보고 있었습니다."
하고 그는 말했다.

"저는 전적으로 순경이 오해한 것으로 봅니다. 어느 누구도 그를 모욕한 사람은 없었습니다. 그때 저는 순경에게 그런 말을 했습니다. 그런데도 순경은 행상 인을 체포하고 저에게도 경찰서로 같이 가자고 연행 했습니다. 그래서 저도 경찰까지 가서 제 눈으로 본 대로 증언하였습니다."

"앉아도 좋습니다."
재판장은 다시 말했다.

"이봐, 서기! 다시 한 번 마토로 순경을 불러오게."
마토로 순경이 나왔다.

"마토로 순경, 그대가 피고를 체포했을 때 증인 마체 씨가 오해라고 주의하지 않았던가?"

"예, 마체 씨도 함께 저를 모욕했습니다."

"마체 씨는 그대에게 무어라 말했던가?"

"그 역시 저에게 소 같은 자식이라고 했습니다."

속삭이는 소리와 웃음소리가 법정 안에 퍼졌다.

"나가도 좋아."

재판장은 재빨리 말했다. 그리고 방청석을 향해 만일 다시 속삭인다든지 웃는 불미한 일이 있을 것 같으면 퇴장을 명하겠다고 경고했다.

서기는 그 경고에 우쭐거리며 돌아다녔다. 사람들은 한결같이 크렌케빌의 무죄를 믿고 있었다.

또다시 법정 안이 조용해졌을 때 레메리 씨가 자리에서 일어섰다. 그는 경관의 직무를 찬양하는 데서부터 변론을 시작했다.

"그 순경은 참으로 사회에 대한 겸허한 봉사자입니다. 적은 보수를 받으면서 끊임없는 위험을 무릅쓰고 매일매일 영웅적인 임무를 수행하고 있는 공공의 기관원입니다. 그는 병사 아닌 병사입니다. 병사! 이 한 마디가 모든 것을 말하고 있습니다."

그리고 레메리 씨는 병역의 도덕성에 관해서 설명하기 시작했다.

레메리 씨의 말에 의하면 그 자신은 무슨 일에 있어

서든 군대를 비난하는 행위를 절대로 용서하지 않는 사람이라는 것, 그리고 그 자신이 국민군에 속하는 명예를 가진 사람임을 알 수 있었다. 재판장은 자주 고개를 끄덕였다.

레메리 씨는 의용군 중위 신분으로 뷔엘·오드리에트 부대의 후보생이었다.

"진실로 저는 파리 시민들의 일상을 평안하게 유지시키고 있는 그 고귀한 임무를 잘 알고 있는 사람입니다. 그러므로 저는 피고가 군대 밖에 있는 병사를 모욕하는 장면을 실지로 보았다면, 절대로 크렌케빌을 변호하는 일은 맡지 않았을 것입니다. 피고는 소 같은 자식이라고 망언함으로써 기소된 자입니다. 이 말의 의미는 매우 명백합니다. 만약 여러분이 사전을 찾아보시면 다음과 같은 내용을 알 것입니다. 즉 '소는 그 성질이 우둔하고 충실함. 하는 일없이 빈둥빈둥 놀고 돌아다님으로 해서인지 경관을 비하하는 의미로 사용되기도 함' 이렇게 되어 있습니다. 그리고 소 같은 자식이란 이 말은 사회의 어떤 부류에서 상용되는 말입니다. 그러나 문제의 요점은 어찌하여 피고가 이 말을 사용하게 된 점이 문제가 아닐까요? 여러분, 용서하십시오. 여기에 이러한 의문을 제출함은 결코 마토로 순경을 저의 나쁜 감정으로써 의심하려는 것이 아닙니다.

그러나 마토로 순경은 이미 우리들이 주지하는 바와 같이 비상한 노역에 종사하고 있는 공인입니다. 그 결과로 하여 때로는 심한 피곤에 빠지는 경우도 있을 것입니다. 그리하여 어떤 경우에는 잘못 듣는 일이 없다고는 단정할 수 없을 것입니다. 마토로 순경은 다비드·마체 씨조차도 자기를 향해 소 같은 자식이라고 말했다 합니다.

마체 씨로 말하자면 근위사단의 기사이고 동시에 파레 병원장인 의학자이며 상류사회에 있는 분이 아닙니까? 마토로 순경이 신경쇠약증에 희생되어 있었다는 점, 만약 지나친 말이라면 여러분의 관용을 비는 바입니다만, 그 결과 마토로 순경은 최면술에 있어서와 같은 착오에 빠졌다고 생각지 않을 수 없는 결과에 도달해 있는 것입니다. 그리고 이런 경우에 설령 피고 크렌케빌이 실제로 소 같은 자식이라 외쳤다 치더라도 과연 이 말이 처벌할 의미를 가지고 있는가 어떤가를 다시 재고할 필요가 있는 것입니다.

피고 크렌케빌은 술주정과 음란 행위 때문에 파멸한 소매상인의 사생아입니다. 그는 유전적으로 알코올

중독자입니다. 그러한 그가 이제 육십 년의 빈곤한 생애의 끝마무리를 절실하게 여러분 앞에 내놓고 있는 것입니다. 여러분, 저는 이 가엾은 노인에게 대한 관대한 용서를 빌어 마지않는 바입니다."

레메리 씨는 자리에 앉았다.

프리시 재판관은 이 빠진 입으로 판결문을 읽었다.

크렌케빌은 두 주일간의 금고와 오십 프랑의 벌금형을 받았다. 결국 법정은 마토로 순경의 진술을 신뢰한 것이다.

길고 어두운 재판소 복도로 호송되어 갈 때 크렌케빌 영감은 누구한테 동정을 받고 싶은 강한 욕구를 느꼈다. 그는 그를 호송하는 간수를 세 번이나 불렀다.

"여보시오, 나으리! 여보시오!"

노인은 한숨을 내쉬었다.

"당신이 이 주일 전에라도 이런 일이 벌어진다는 사실을 말해 주었더라면!"

그리고 그는 자기가 생각하고 있는 바를 말했다.

"저 나으리님들은 너무 빨리 지껄이는 것이 병이란 말야. 훌륭한 말씀들을 하지만 저렇게 빠른 말로 지껄이다간 천천히 생각하고 말할 수도 없지. 아, 간수님! 당신도 저 나으리님들이 너무 빨리 지껄인다고 생각지 않소?"

그러나 간수는 묵묵히 걷기만 했다. 아무런 대답도 없이 노인의 말에는 귀도 기울이지 않았다.

크렌케빌은 간수에게 재차 물었다.

"어째서 당신은 대답을 하지 않소?"

그러나 간수는 침묵으로 일관했다. 노인은 성을 내며 말했다.

"개하고 말하는 것도 아니고, 당신은 어째서 아무 말이 없소? 당신은 입을 벌릴 일이 없는가 보지. 옳아, 당신은 입 안에 공기가 들어가는 게 무서운 모양이군?"

다시 감옥에서 혼자 있게 된 크렌케빌은 무서운 고독 속에 잠기면서 벽에 붙박아 놓은 책상에 걸터앉았다.

그의 생각으로는 재판이 잘못된 것이라고 판단할 수가 없었다. 그토록 굉장했던 분위기로 보아 법정은 그 판결의 약점을 가리고 있었다.

노인은 자기에게 이해하기 곤란한 판결을 내린 재판장을 비롯하여 하잘 것 없는 관리들이 잘못되었다고는 믿을 수가 없었다.

노인은 그렇게 으리으리한 의식 속에서 무엇인가 자신의 무지함이 절룩거리고 있음을 깨닫을리 없었다. 교회에도 가 본 일이 없는 노인은 그 법정보다도 훌륭한 곳을 본 적이 없었다.

그는 자기 입으로 소 같은 자식이라고 말하지 않았음을 잘 알고 있었다. 그런데 그 말을 했다는 죄과로 두 주일 간의 금고형이 선고된 것이다.

그의 머릿속에는 모든 것이 굉장한 비밀처럼 생각되었다. 이 세상에 가장 착한 사람들이 믿는 신앙심과 같은, 그리고 존경과 공포가 동시에 따르는 어떤 비밀의 계시와도 같이 노인을 압박해 왔다.

이 불쌍한 노인은 자기가 무슨 신비적인 혼돈으로 하여 64호 순경을 모욕한 것이라 생각하고 자기의 죄를 인정하게 된 것이다.

그것은 카테키즘(초기 기독교의 비밀)의 교육을 받은 어린아이가 이브의 죄와 동일시 생각하는 것과 같은 감정이었다.

자기를 감옥에 집어넣고 나으리님들은 그가 소 같은 자식이라 외쳤다고 꾸짖었다. 그러자 그는 자신도 모르게 정말 그렇게 외친 것이라고 믿게 되었다.

그는 초자연의 세계로 끌려들어갔다. 그리고 자기에 대한 재판은 하늘의 계시인 것처럼 생각하기에 이르렀다.

만약 그가 자기의 죄에 대해서 똑똑한 생각을 가질 수 있었다면, 자기의 형벌에 대해서도 확실한 판단을 가질 수 있었을 것이다.

그에게는 법정이 자랑스러운, 그리고 거룩한 축제장처럼 생각되었다. 그저 눈부신 광경으로만 느껴졌다. 그것은 이해할 수 없는 일이고 반항할 수 없는 절대적이며, 거기 대해서는 슬픔이나 기쁨도 가져서는 안 될 것처럼 생각되었다.

감옥을 나온 후 크렌케빌은 전과 같이 몽마르뜨 거리를 손수레를 끌고 다녔다.

"배추요. 무, 감자 사려!"

이렇게 외쳤다.

그는 자기가 금고형을 받은 것을 자랑으로는 생각지 않았지만 부끄러워하지도 않았다. 그는 그 사건에 대한 괴로운 기억을 이미 잊고 있었다.

그것은 그의 머릿속에서 연극 같기도 하고, 여행 같기도 하고, 꿈같기도 한 환상과 같은 것이었다.

어떤 노파가 손수레 곁으로 와서 상치를 고르면서 그에게 말했다.

"그 동안 어디 갔다 왔수, 크렌케빌 영감님. 한 달 동안이나 보이지 않았으니 몸이라도 불편하셨수? 그러구 보니 좀 파리해졌군."

"난 훌륭한 곳을 다녀 왔다우, 마리오시 할머니!"

노인은 편하게 대답했다.

그의 생활에는 별다른 변화가 없었다. 다만 여느 때보나 사주 선술집을 찾을 뿐이었다. 왜냐 하면 그에게는 모든 것이 제사 잔치 때처럼 느껴지고 형벌로 하여 매우 신분이 높은 분들과 안면이 있게 된 것이 퍽이나 기뻤기 때문이다.

그는 전에 없이 좋은 기분으로 자기의 골방으로 돌아왔다. 그리고 자리에 누워 호도장사가 두고 간 포대를 뒤집어쓰고 생각에 잠겼다.

'감옥에서 그리 고생되는 일은 없었다. 그곳에도 사람한테 필요한 것은 다 있었지. 그렇지만 역시 내 집이 좋은 걸.'

그러나 그의 행복한 상태는 오래 계속되지 못했다. 얼마 안 가서 그는 단골 사람들의 날카로운 눈초리가 자기를 쏘아보고 있음을 깨달았다.

"최상품의 상치가 있는데요, 쿠안트로 아주머니."

"안 사요!"

"안 사요? 왜? 공기만 마시고는 못 살 텐데."

그러나 쿠안트로 부인은 대답이 없었다. 그리고 새침

해서 자기의 빵가게로 도망치듯 들어가 버렸다.

최근까지도 푸성귀와 꽃으로 가득한 그의 손수레가 오기를 기다려 주던 단골 아낙네들이나 가게 아이들은 그에게서 이미 멀어져 있었다.

그는 자신이 형벌을 받게 된 사건의 원인이 된 구둣가게 앞에 서서 외쳤다.

"바얄 아주머니, 바얄 아주머니, 십오 스우 빚을 갚아 주시오!"

그러나 바얄 부인은 계산대 옆에 앉은 채 얼굴도 돌리지 않았다.

몽마르뜨 거리의 모든 사람들에게는 크렌케빌이 죄를 지어 감옥에 들어갔다가 나왔다는 사실이 문제였다. 그리하여 그 누구도 그와 상대하지 않게 된 중요한 계기가 되었다. 그가 금고형을 받았다는 소문은 리시에 거리의 시끄러운 뒷골목에까지 퍼져 있었다.

점심나절이 지나서 야채장사는 로올 부인을 만났다. 로올 부인은 가장 신용이 있는 소중한 단골이었다. 그러나 로올 부인은 손을 흔들어 다른 야채장사의 손수레를 불러서 커다란 양배추 단을 집어 들었다.

이 광경을 본 크렌케빌의 마음은 아팠다. 그는 자기의 손수레를 풋내기 마르테레의 손수레 곁으로 끌고 가서 애원하듯이 로올 부인에게 말했다.

"아주머니, 저한테는 눈도 거들떠보지 않으시다니 너무하십니다."

로올 부인은 크렌케빌의 말에는 한 마디의 대답도 없었다. 왜냐 하면 그는 전과자였으니까.

그리하여 늙은 행상인은 이 모욕에 견딜 수가 없어 그만 큰 소리로 떠들어댔다.

"개 같은 년!"

로올 부인은 양배추를 손에서 떨어뜨렸다. 그리고 외쳤다.

"정신 차려, 이 망할 늙은 자식! 감옥에서 나온 게 언젠데 벌써 또 싸움을 걸어?"

크렌케빌은 침착한 때였더라면 절대로 이런 일로 로올 부인을 욕하지는 않았을 것이다. 그러나 이미 그는 정신을 잃은 상태에 빠져 흥분해 있었다.

그는 세 번이나 로올 부인을 욕했다. 첫 번째는 '개 같은 년', 두 번째는 '쌍년', 세 번째는 '갈보 같은 년'이라고 했다. 그리고 이 때문에 크렌케빌은 마침내 몽마르뜨 리시에 거리의 모든 사람들로부터 배척을 받는 외톨이가 되었다.

노인은 혼잣말을 중얼거리며 그 자리를 떠났다.

"저런 개 같은 년이 어디 있담. 저런 계집은 생전 처음이야."

마침내 로올 부인 한 사람만이 그를 돌보지 않게 된 것이 아니라, 모든 사람이 그를 멀리 하는 참으로 딱한 처지에 놓이게 되었다.

그리하여 그의 성질은 차츰 거칠어져 갔다. 로올 부인과 싸운 그는 이유 없이 말다툼을 하고 걸핏하면 단골손님에게 욕을 퍼부었다.

만일 물건을 고르는 손길이 조금만 늦어도 느림보, 바보니 하고 욕설을 퍼부었다.

술집에 가서도 주위 사람과 늘 말다툼을 했다. 그의 친구 호도장사까지도 크렌케빌 영감은 이제 어쩔 수 없는 악당이 되었다고 한탄할 정도였다.

그는 손을 댈 수 없는 거칠고 싸움을 즐기는 불량한 노인으로 전락하고 말았다.

그는 교양이 없는 사회에 태어났기 때문에 대학의 사회과학 교수만큼 현대 사회조직의 불완전성이나 그 피치 못할 개혁에 대해 자기의 생각하는 바를 발표할 수는 없는 무능자였다.

그는 여러 가지로 궁리는 하고 있었으나 그것은 그의 머릿속에 아무런 근거도 없이 되는 대로 쌓여져 있는

✳프랑스 지음

쓰레기 더미 같은 사고력에 불과했다.

불행은 그를 몹쓸 사람으로 만들었다. 그리하여 그는 자기에게 아무런 악한 일을 하지 않은 사람, 때로는 자기보다 약한 사람에게까지 복수를 하게끔 변질되었다.

한 번은 술집의 소년을 몹시 때렸다. 소년이 그에게 감옥이 어떠냐고 물었기 때문이었다.

"이 빌어먹을 꼬마 녀석아!"

크렌케빌은 소년을 향해 고함을 쳤다.

"네 애비놈이 감옥에 끌려가는 게 더 옳은 일이다! 이런 독약물을 팔아서 신사들한테서 돈을 긁어내는 뻔뻔스런 놈!"

마침내 그는 거리의 거친 사람으로 전락하고 말았다. 한 인간이 이런 혼돈 상태에 이르면 다시금 일어설 수는 없는 불능의 존재가 되는 것이다. 그의 곁을 지나는 사람은 모두 그에게 침을 뱉고 욕설을 퍼부었다.

설상가상으로 불행한 노인에게 가난이 찾아왔다. 참으로 시궁창 같은 삶의 나날이었다.

예전에는 몽마르뜨에서 하루에 십오 프랑이나 번 일이 있는 늙은 야채장사는 하루 종일 손수레를 끌고 다녀도 한 스우의 돈도 주머니에 들어오지 않았다.

추운 겨울이 닥쳐왔다. 골방에서까지 쫓겨난 그는 손

수레 밑에 거적을 깔고 밤을 새우지 않으면 안 되었다. 거의 한 달 가까이 겨울비가 쏟아졌기 때문에 하수도가 넘쳐서 그 손수레 밑에 찬물이 흘러들었다.

악취가 나는 시궁창 위에 거적때기를 깔고 우두커니 쭈그리고 앉아 노인은 어두운 생각에 잠겨 있었다. 그 주위는 쥐와 파리, 고양이의 세계였다.

하루 종일 아무것도 먹지 못했다. 이제는 뒤집어쓸 포대조차 없어 보였다. 노인은 꼬박꼬박 먹고 시간이 되면 잘 수 있었던 때의 일을 희미하게 떠올렸다.

그의 마지막 바램은 굶주림과 추위에도 고생하지 않는 죄수들에 대한 그리움이었다.

문득 그의 머리에 번개 같은 생각이 떠올랐다.

"옳지! 나도 그 방법을 알고 있다. 어째서 그 짓을 하지 않았담."

그는 일어서서 비슬비슬 거리를 빠져 나갔다. 밤 열한 시가 지난 흐린 우중충한 날씨였다. 찬 무서리가 내리고 있어 비가 올 때보다 더 춥고 몸이 오그라드는 듯했다. 어쩌다가 지나가는 행인은 벽에 바싹 붙어서 걸어갔다.

크렌케빌은 에우스타피 교회 옆을 지나 몽마르뜨 거리로 가려고 했다. 그런데 이미 거리는 텅 비어 있어

을씨년스러웠다.

순경은 교회 입구 가스등 아래 보도 위에 서 있었다. 가스등 불빛에 젖은 가랑비가 연무처럼 퍼지며 내리고 있는 것이 보였다.

순경은 우징을 뒤집어쓰고 얼어붙은 그림자처럼 미동도 하지 않고 어두운 곳보다 밝은 곳이 좋아서인지 또는 단순히 걷기가 싫어서인지 가로등 밑을 사이좋은 친구나 되는 듯이 떠나지 않았다.

오직 비에 젖어 떠는 듯한 불빛이 인기척 하나 없는 어두운 밤의 연인처럼 그를 지켜주고 있을 뿐이다.

순경의 부동자세는 인간이라고 단정하기에는 너무나 견고했다. 빗물에 젖어 보도에 비치고 있는 그의 긴 장화의 검은 그림자가 길게 뻗쳐 있어 멀리에서 보면 반신이 물 속에서 일어선 거대한 동물처럼 환상적으로 보였다.

가까이 다가가서 보니 낮은 모자를 쓴 순경의 모습은 마치 승려나 병정 같기도 했다.

그의 커다란 얼굴 윤곽이 모자챙의 그림자 때문에 더욱 크게 보였다.

그의 얼굴은 조용하고 슬픈 표정을 숙명처럼 간직하고 있는 듯싶었다. 순경은 짧지만 새까만 그리고 잿빛이 섞인 수염을 기른 마흔 살이 넘은 고참 경사였다.

크렌케빌은 가만가만 그의 곁으로 가서 떨리는 목소리로 말했다.

"이 소 같은 자식아!"

그리고 그는 이 신성한 말에서 일어날 효과적인 결과를 기다렸다. 곧 놀라운 변화가 일어날 것이라는 확신 때문에 알 수 없는 행복감을 느꼈다.

그러나 아무 일도 일어나지 않았다.. 순경은 비옷 주머니 속에 손을 넣은 채 미동도 하지 않고 서 있었다. 그의 어둠 속에서 커다랗게 빛나는 두 눈은 슬픈 듯이, 그리고 얼마간 가엾은 듯한 빛을 띠고 젖어 있는 노인을 바라보고 있었다.

크렌케빌은 놀라지 않을 수 없었다. 그러나 다시 용기를 내어 말했다.

"나는 당신에게 소 같은 자식이라고 했어. 내 말을 듣지 못했나?"

긴 침묵이 냉기를 띠며 밀려왔다.

그런 동안 가랑비가 내리고 어두운 밤이 지배하고 있을 따름이었다.

마침내 순경은 입을 열었다.

"노인장, 그런 말을 하는 게 아니요. 난 진심으로 충

고하지만, 그런 말을 해서는 안 돼요. 당신 같은 나이가 되면 자기 스스로를 돌볼 줄 알아야 하오. 자, 어서 가요."

"왜 당신은 날 잡지 않아?"

크렌케빌은 실망했다는 듯 물었다.

순경은 축축히 젖은 머리를 흔들었다.

"무례한 말을 한다고 모두 체포한다면 내가 할 일이 너무 많아 지쳐 떨어지지. 또 그게 무슨 소용이 있단 말이오?"

크렌케빌은 이 관대한 경멸에 적지 않게 놀라며 알 수 없다는 듯이 한참 동안을 젖어 있는 보도 위에 멍청하게 서 있었다.

그러나 그곳을 떠나기 전에 뭔가를 꼭 설명해야 한다고 애썼다.

"나는 당신 때문에 소 같은 자식이라 한게 아니요. 나는 딴 놈 때문에 말한 거요. 나는 어떤 목적이 있어서 말한 거라구."

순경은 엄격한 어조로 그에게 말했다.

"어떤 목적이 있든 또 누구 때문이든 간에 그런 말을 무책임하게 해서는 안 되오. 왜냐 하면 한 사람이 자기의 의무를 충실히 수행하기 위해 적지 않은 고통을 견디고 있는데, 하찮은 말로 모욕당해서는 안 되오.
내 말을 이해하겠소? 다시 한 번 말하겠는데, 어서
집으로 가시오."
　　그리하여 크렌케빌은 고개를 숙이고 손을 희미하게
흔들면서 어둔 밤비 속을 헤치며 어디론가 사라졌다.

＊프랑스 지음

미리엘 승정

*위고

샤르르 미리엘 씨는 데이뉴 승정이었다.

어느 날 밤, 이 승정댁 문을 두드리는 사람이 있었다.

"들어오시오."

승정은 나직히 말했다. 그러자 문이 활짝 열렸다. 누군가가 힘껏 밀어서 연 것이 분명했다.

그와 동시에 남루한 옷차림의 사나이가 안으로 들어왔다. 그는 힘겨운 자세로 한 걸음씩 다가오더니 등 뒤에 문을 열어놓은 채 우뚝 섰다.

허름한 차림에 배낭을 메고 지팡이를 들고 있었는데, 그의 눈은 거칠고 대담하면서 피로한데다가 흥분한 빛이 떠돌았다. 난로의 불빛이 그를 불안하게 비치고 있었다.

승정은 조용한 눈길로 그를 바라보았다. 그리고 방금 들어온 사나이에게 어떻게 왔느냐고 물어보려고 했을 때, 그 사나이는 지팡이를 두 손으로 고쳐 잡고는 승정을 향해 무거운 음성으로 말했다.

"내 말을 들어주시오. 나는 장발쟝이라는 사람입니다. 감옥살이를 하고 나온 사람이죠. 나는 십 구년 동안이나 형무소 신세를 졌습니다. 그러다가 나흘 전에 풀려나와 퐁따르리에로 가려고 길을 떠난 거요. 쥐론에서부터 나흘 동안 쉬지 않고 걸어왔소이다. 오늘은 십이 마일을 걸었죠. 저녁때 이곳에 도착하여 여관으로 갔지만 내쫓기고 말았어요. 석방자 여행증을 가졌기 때문입니다. 그래서 다른 여관을 찾아갔지만 역시 재워 주지 않더군요. 아무도 나를 들여보내 주지 않는단 말이오. 알겠소?

경찰서에 사정을 이야기해 보았으나 허사였습니다. 개집에도 들어가 보았지만, 개도 사람과 마찬가지로 물려고 달려들며 내쫓는 것이었습니다. 내가 어떤 사람인지 그 개가 더 잘 알고 있었던 모양입니다. 할 수 없이 나는 들판에서 별을 친구 삼아 노숙을 하려고 했으나 별도 구름에 가리어 나와 있지 않았단 말입니다.

게다가 비까지 내릴 것 같은 날씨입니다. 비를 내리지 못하게 하는 하느님은 안 계신가 한탄도 해 봤습니다. 그리고는 하룻밤 지새울 어느 집 문간이라도 찾아보려고 다시 거리로 돌아왔습죠. 그래서 저쪽 광장에 있는 돌 위에 누워있으려니까 웬 친절한 아주머니가 이 댁을 가리키며 찾아가 보라고 일러줍디다 그려. 그래서 여기로 온 것입니다. 대체 이곳은 어떤 집입니까? 여관인가요? 그렇다면 나는 돈을 갖고 있습니다. 노역으로 적립해 두었던 돈이죠. 형무소에서 십구 년 동안 일해서 모은 백 프랑 십오 스우입니다. 돈은 꼭 치르겠습니다. 지금 나는 몹시 지쳐 있고 십이 마일이나 걸어왔으니까, 너무 배가 고픕니다. 제 사정을 살피시어 꼭 묵게 해 주시겠습니까?"

"마그로와르, 식사를 한 사람 더 준비해요."

승정이 큰 소리로 말했다.

사나이는 세 걸음 앞으로 걸어가 식탁 위에 놓인 밝

은 등불 곁으로 갔다. 그리고는 얼떨떨한 표정으로 말했다.

"괜찮겠습니까? 나는 옥살이를 하고 나온 사람이란 말예요. 형무소에서 방금 석방된 놈이란 말입니다."

그는 헐렁한 주머니에서 커다란 노란 종이를 꺼내어 펼쳐 보였다.

"내 여행증입니다. 보시다시피 노란빛입니다. 이것 때문에 나는 어디를 가나 내쫓기고 맙니다. 읽어 보시지 않겠소? 나도 몇 글자 읽을 줄은 압니다. 형무소에서 글을 배웠거든요. 지원자들을 위한 강습소가 마련되어 있답니다. 아시겠습니까? 여행증에는 이렇게 쓰여 있단 말입니다.

'장발장, 방면죄수, 생년월일……
십구 년간 징역살이를 한 자임. 가택 파괴 및 절도죄로 오년. 탈옥을 기도한 죄로 십사 년. 매우 위험한 요주의 인물임.'

바로 이렇습니다. 그래서 모두들 나를 피하는 겁니다. 그런데도 당신은 나를 기꺼이 재워 주시겠다는 겁니까? 여기는 여관인가요? 음식과 침대를 주겠다는 말씀이죠? 당신 댁에는 마구간이라도 있단 말입니까?"

"마그로와르, 침대에 흰 시트를 깔도록 해요."

승정은 침착하게 말했다.

가정부 마그로와르는 승정의 분부를 받들기 위해서 조용히 방을 나갔다.

승정은 사나이를 바라보았다.

"이봐요, 장발쟝이라고 했던가? 어서 이쪽으로 앉아 불을 쪼이시오. 곧 식사를 준비할 테니까. 그리고 식사를 하는 동안에 침대도 마련될 겁니다."

그제서야 사나이는 분명히 이해할 수 있었다. 그때까지 우울하고 굳은 표정이었던 그의 얼굴에는 의혹과 기쁨과 멍청한 표정이 떠올랐다. 그리고는 마치 정신 나간 사람처럼 중얼거리기 시작했다.

"정말입니까! 나를 재워 주신다? 내쫓지 않는다? 징역을 살고 나온 버림받은 나를? 그리고 죄인을 당신이라고 불러주시다니! 너라고는 안 하셨어. 나는 어딜 가나 개새끼 꺼지라는 말을 들어왔어요. 당신도 나를 내쫓을 줄 알고 있었죠. 그래서 나는 미리 내 신분을 솔직하게 말씀드렸던 겁니다. 그런데 식사를 시켜주시겠다, 침대, 세상 사람들과 똑같이 요와 이불이 있는 침대! 아아, 이 얼마나 훌륭한 분이신가! 주여, 부디 성함을 알려주십시오. 나는 얼마든지 돈을 내겠어요. 당신은 정말 좋은 분이십니다. 여관집 주인이시죠? 그렇지 않은가요?"

"저는 목사입니다."

하고 승정은 정중히 말했다.

"목사! 오오, 당신은 이 큰 교회의 목사님이시군요. 정말 그렇습니까. 나는 그만 당신이 쓰고 있는 둥근 모자를 미처 생각 못했습니다."

이렇게 말하면서 사나이는 배낭과 지팡이를 방구석에 놓고, 여행증을 주머니에 넣은 다음 의자에 앉았다.

그 사이에 승정은 일어서서 열려진 문을 닫았다.

마그로와르 부인이 돌아왔다. 그녀는 한 사람 분의 식사를 가져다 식탁 위에 놓았다.

"마그로와르, 그 식사 그릇은 될 수 있는 대로 난로 가까이에 놓아요."

승정은 이렇게 말하고나서 손님 쪽을 돌아보았다.

"알프스의 밤바람은 매우 차갑습니다. 당신은 몹시 추우실 테죠?"

승정이 당신이란 말을 부드럽고 무게 있는 음성으로 부를 때마다 사나이의 얼굴은 빛났다. 징역을 살고 나온 죄수를 당신이라고 부르는 것은 목마른 사람에게 깨끗한 물을 주는 것과 같았다.

천대 받는 사람은 타인의 존경에 심한 갈증을 느끼게

마련이다.

"이 등잔은 별로 밝지가 못한데."

승정이 말했다.

마그로와르 부인은 곧 그 뜻을 이해했다. 그래서 승정의 침실 난로 위에 있는 두 개의 은촛대를 가져다가 모두 켜 놓았다.

손님이 왔을 때 그 촛대에다 불을 켜는 것을 승정이 좋아한다는 사실을 그녀는 잘 알고 있었던 것이다.

"당신은 좋은 분이십니다."

사나이는 말했다.

"죄인인 나를 무시하지 않으시고 훌륭한 식사와 잠자리까지 기꺼이 마련해 주셨습니다. 내가 어디서 왔으며, 어떤 인간인가를 솔직히 말씀드렸는데도 말이지요."

승정은 석방된 죄수의 손을 잡고 말했다.

"당신이 어떤 사람인지 내게 말하지 않았어도 좋았습니다. 이곳은 내 집이 아니라 예수님의 집입니다. 이 집의 대문은 들어오는 사람들에게 그 이름을 묻지 않습니다. 다만 마음속에 슬픔이 있는 지 없는 지를 물을 뿐입니다. 당신이 괴로움과 목마름, 배고픔의 슬픔을 알고 있다면 이곳에서 환영 받습니다. 내가 당신을 이 집에 맞아들였다고 말해서는 안 됩니다. 어느 누구도 안식처를 필요로 하는 사람 이외에는 이 집 주인이 될 자격이 없습니다. 여기 있는 모든 것은 당신이 소유할 수 있습니다. 무엇 때문에 내가 당신의 이름을 알 필요가 있겠습니까? 게다가 나는 당신이 말하기 전부터 당신의 이름을 알고 있습니다."

사나이는 놀랄 듯이 눈을 크게 떴다.

"정말입니까? 이미 당신은 내 이름을 알고 있었단 말이지요?"

"그렇소."

승정은 위엄있게 대답했다.

"당신의 이름은 내 형제입니다."

사나이는 말했다.

"나는 여기 들어올 때, 매우 배가 고팠습니다. 그런데 당신께서 너무 친절히 대해 주시는 바람에 놀란 나머지 배가 고픈 것도 잊어버렸습니다."

승정은 그를 바라보며 물었다.

"당신은 많은 고통을 겪었군요?"

"말씀 마십쇼. 붉은 옷, 발에 채운 소고리, 판때기 침상, 그리고 추위와 더위, 노역과 매질! 대단치 않은 일에도 이중 쇠사슬로 묶이는 겁니다. 말 한 마디 잘

못 했다간 당장 독방에 감금을 당하죠. 누워 있는 병자들까지 쇠사슬로 묶어두니 말이죠. 차라리 개 팔자가 났습니다. 이런 생활을 십구 년 동안 계속했습니다. 지금 내 나이 마흔 여섯입니다. 그런데 이번엔 또 노란색 여행증이란 족쇄말입니다."

"음, 과연!"

하고 승정은 신음하듯 말했다.

"이제 당신은 그 슬픈 곳에서 나왔습니다. 그렇지만 들어 보세요. 백 명의 올바른 사람들의 흰 옷보다도 희개한 사람의 눈물 젖은 얼굴에 하늘에서는 더 많은 기쁨이 있을 것입니다. 만약 당신이 그 고통스러운 곳에서 인간에 대한 증오와 노여운 감정을 품고 나왔다면, 당신은 가엾은 사람입니다. 그러나 만일 거기서 호의와 온화한 생각을 지니고 나왔다면, 당신은 우리들 누구보다도 훌륭한 사람입니다."

그 동안에 마그로와르 부인은 저녁식탁을 차렸다.

승정의 얼굴에는 갑자기 남을 환대하는 성격을 지닌 사람의 독특하고 쾌활한 표정이 떠올랐다.

"자, 그럼 식사를 듭시다."

승정은 힘차게 말했다.

승정은 여느 때처럼 기도를 하고 나서 스프를 부었

다. 사나이는 허겁지겁 먹기 시작했다.

그때 승정이 말했다.

"식탁에 뭔가 빠진 것 같은데."

사실 마그로와르 부인은 식탁에 필요한 세 사람분의 식기를 갖추어 놓았을 뿐이었다. 그러나 승정이 손님과 식사를 같이 할 때는 식탁 위에 여섯 벌로 된 장식용 은식기를 차려 놓는 것이 이 집의 습관으로 되어 있었던 것이다.

마그로와르 부인은 승정의 주의를 깨닫고 말없이 방을 나갔다. 그리고 잠시 후에 승정이 말한 나머지 세 벌의 식기가 식탁에 마주 앉은 그들 앞에 가지런히 놓여 번쩍번쩍 빛났다.

식사가 끝나자 승정은 탁자 위에 놓은 두 개의 은촛대 중에 하나는 자기가 들고 다른 하나는 손님에게 주면서 말했다.

"자아, 그럼 당신의 방으로 안내해 드리지요."

사나이는 승정의 뒤를 따라갔다. 그들이 승정이 거처하는 침실을 지나쳤을 때, 마침 마그로와르 부인은 침대 머리맡에 있는 장식장 안에 은식기를 챙겨 넣고 있었다. 그것은 매일 밤 그녀가 잠들기 전에 하는 마지막 일과였다.

승정은 손님을 예배소 침실로 데리고 갔다. 그곳에는 하얀 시트를 깐 새 침대가 마련되어 있었다. 사나이는 작은 탁자 위에다 은촛대를 놓았다. 승정은 잘 자라는 인사를 하고는 자리를 떴다.

교회당의 시계가 새벽 두 시를 쳤을 때, 장발장은 잠을 깼다. 그가 눈을 뜬 것은 침대가 너무나 푹신했기 때문이었다. 그는 이십 년 동안이나 이런 훌륭한 침대에서 자 본 일이 없었다. 그래서 그는 가벼운 흥분을 감추지 못하고 옷을 벗지 않고 잤는데도 잠자리가 어색하여 깊이 잠을 들 수가 없었다.

밤하늘의 별만큼이나 복잡한 생각이 그의 머릿속을 오락가락했다. 그러나 끊임없이 이어지는 기억의 파편들을 쫓아버리는 한 가지 영상이 있었는데, 그것은 마그로와르 부인이 식탁 위에 놓았던 여섯 벌의 은식기와 커다란 한 개의 수저였다. 그것들이 그의 머릿속에서 집요하게 떠나지 않는 것이다.

지금 그 물건들은 저쪽에 불과 몇 걸음 안 되는 곳에 있지 않은가. 그가 취침하고 있는 방으로 오기 위해서 회랑을 지나왔을 때, 나이 많은 하녀가 그것을 침대 머리맡의 작은 찬장에 챙겨 넣고 있는 것을 보았다.

이미 그는 그 찬장을 눈여겨 보아두었는데 식당에서

들어가면 바로 오른쪽이었다. 그것은 두꺼운 은제 그릇으로 큰 수저까지 포함한다면, 그가 십구 년 동안 형무소에서 일해서 받은 돈의 두 배는 될 것이다.

그는 한 시간 가량이나 악몽에 시달리듯 투쟁과 망설임 속을 헤매였다.

어느 새 시계가 세 시를 알렸다. 그는 눈을 뜨고 침대 위에 일어나 앉았다. 그리고는 팔을 뻗어 침대 구석에 던져둔 배낭을 만져 보았다. 다시 다리를 늘어뜨리고 침대 위에 걸터앉았다. 하지만 그래도…… 잠시 주저하며 귀를 기울였다. 집안은 고요했다.

이윽고 그는 신발을 주머니에 쑤셔 넣고 배낭을 어깨에 짊어졌다. 그리고는 숨을 죽이고 발소리가 들리지 않게 승정의 침실로 다가갔다.

승정은 침실 문을 열어놓은 채 잠들어 있었다. 장발장은 모자를 깊숙이 내려쓰고, 찬장이 있는 곳으로 똑바로 걸어갔다.

찬장 문에 열쇠가 걸려 있었다. 하지만 그는 능숙한 손놀림으로 찬장을 열었다. 먼저 눈에 띈 것은 은식기가 들어 있는 꽃무늬 바구니였다. 그는 그것을 움켜잡자 거침없이 성큼성큼 방을 나와 예배소 안으로 들어갔다. 그곳에서 지팡이로 창문을 연 다음 배낭에 은식기를 챙겨 넣고 빈 꽃바구니는 바닥에 내버린 채 정원을 가로질러 담장을 뛰어넘어 자취를 감추었다.

다음날 아침, 해가 뜰 무렵 승정은 정원을 거닐고 있었다. 그러자 마그로와르 부인이 허겁지겁 달려왔다.

"목사님! 어젯밤의 그 사내가 은식기를 훔쳐 가지고 달아났어요. 보세요. 여길 뛰어넘어 갔어요."

승정은 잠시 침묵을 지키고 있었다. 그러더니 근엄한 표정으로 마그로와르 부인을 향해 조용히 말했다.

"그렇지만, 그 식기가 우리의 것은 아니잖아요? 나는 오랫동안 그 은식기를 내 것으로 간직하고 있었지만 사실 그것은 잘못이었어요. 그 물건은 가난한 사람들의 것이라오. 그런데 그 남자는 가난한 사람이었었거든."

몇 분 뒤에 승정은 어젯밤 장발장이 앉아 있던 그 식탁에서 아침식사를 들었다. 식사를 끝내고 막 자리에서 일어서려고 하는데, 누군가가 문을 두드렸다.

"들어오시오."

승정은 나직히 말했다.

문이 열렸다. 세 남자가 한 사나이의 목덜미를 잡고 들어섰다. 세 남자는 관헌이었으며 한 사나이는 장발장이었다.

승정은 노인인데도 불구하고 되도록 힘차게 그들에게
로 다가갔다.

"아아, 참 잘 왔소."

승정은 장발쟝을 보면서 명랑한 음성으로 말했다.

"다시 당신을 만나서 반갑소. 그런데 어떻게 된 일이
오? 나는 당신한테 촛대도 함께 주고 싶었는데, 그건
은으로 만든 거라서 이백 프랑은 될 거요. 왜 그것을
가져 가지 않았나요?"

장발쟝은 눈을 쳐들었다. 그리고 사람의 말로는 도저
히 표현할 수 없는 존경하는 마음으로 노승정을 바라보
았다.

"그럼 이 사나이가 한 말이 사실인가요?"

관헌 한 사람이 물었다.

"우리는 이 사나이를 거리에서 만났습니다. 도망치듯
걷고 있었죠. 그래서 붙잡아 가지고 조사해 본즉 은
식기를 갖고 있더군요."

"아아, 그럼 이런 말을 하던가요?"

승정은 미소 띤 얼굴로 말했다.

"하룻밤 재워준 늙은 목사가 선물한 것이라고 말입니
다. 그랬는데도 당신들은 이 사람을 이리로 데려왔군
요. 그건 당신네들의 오해였소."

"그러면 이대로 놓아 줄까요?"

"물론이지요."

승정은 거침없이 대답했다.

관헌들은 장발쟝을 놓아 주었다. 그는 뒤쪽으로 쓰러질 듯이 비틀거렸다.

"나는 정말 용서를 받은 것일까?"

그는 마치 꿈속을 헤매는 사람처럼 어리벙벙한 소리로 중얼거렸다.

"그렇지. 이미 자네는 용서를 받았어. 그걸 아직도 모르나?"

관헌 중의 한 사람이 말했다.

"자아, 그럼 떠나기 전에 이 촛대를 간직하시오. 이건 당신 것이니까."

승정은 난로가로 가서 은촛대 두 개를 가져다 장발쟝에게 주었다.

장발쟝은 온몸을 떨고 있었다. 그는 무의식적으로 그 촛대를 받아들고는 그를 멍하니 바라보았다.

"그럼 잘 가시오. 한 마디 말해 두겠는데, 이번에 올 때는 마당을 돌아서 들어올 필요가 없어요. 언제나 정 문으로 출입해도 상관없습니다. 문은 밤이나 낮이나 늘 열려있으니까요."

승정은 장발장에게 이렇게 말한 다음 관헌들을 향해서 덧붙였다.

"이젠 돌아들 가시지요."

관헌들은 더 이상 지체없이 나갔다. 장발장은 자기가 정신을 잃어가는 듯한 심한 현기증에 몸을 가눌 수가 없었다.

승정은 그의 곁으로 와서 속삭였다.

"잊어서는 안 돼요. 절대로 잊어서는 안 된단 말이요. 이 은그릇은 정직한 사람이 되기 위해서 사용하겠다고 당신이 내게 약속한 것을 말입니다."

아무런 약속을 한 기억이 없는 장발장은 그대로 넋나간 사람처럼 서 있었다.

승정은 다음과 같은 말을 하기 위해 특히 힘을 주었다. 그리고 엄숙히 말했다.

"장발장, 당신은 내 형제입니다. 더 이상 당신은 악에 속한 사람이 아니란 뜻입니다. 선한 세계로 들어온 것이지요. 나는 당신의 영혼을 맡았습니다. 나는 당신의 영혼을 암흑의 세계에서 끌어내어 그것을 하나님 앞에 드리는 것이 내 임무입니다. 이제 당신은 우리 하나님의 선한 양입니다."

슈라아트 커피점

＊상피에르

   슈라아트는 인도 지방의 한 도시이다. 그곳 거리에 아주 오래 된 고풍스런 커피점이 있는데, 여러 나라에서 온 여행자들이 모여들어 서로 이야기를 나누는 장소로 소문이 나 있었다.

   언제인가 페르샤의 위대한 신학자가 그곳에 들렀다. 이 신학자는 일생 동안 신의 존재에 대해 심혈을 기울여 많은 책을 읽었고 직접 저술하기도 하였다.

한편으로는 온갖 지식을 섭렵하여 머릿속에 변질된 지식을 채워 넣은 신학자는 불행하게도 하나님을 믿지 않게 되었다.

페르샤의 임금은 이러한 사실을 알고 신학자를 국외로 추방하기에 이르렀다.

그리하여 한평생을 바쳐 우주 만물을 창조한 하나님에 대해서 연구했으면서도, 이 불행한 신학자는 자신의 영혼까지 부정하는 정신 착란이라는 덫에 갇히고만 것이다. 그는 지식 이상의 또다른 어떤 것의 필요함을 깨닫는 대신, 이 세상을 지배하는 것은 절대적으로 지식밖에는 없다는 견고한 자기 고집에 빠졌다.

한편 신학자는 아프리카인 노예와 함께 지내고 있었는데, 늘 그를 데리고 다녔다. 신학자가 커피점 안으로 들어가자 노예는 정원의 돌계단 위에 습관처럼 익숙하게 걸터앉았다. 그리고는 달라붙는 파리를 장난하듯 쫓아내고 있었다.

신학자는 커피점 안의 푹신한 의자에 앉아 아편을 주문했다. 잠시 후 아편을 입에 물자 차츰 긴장이 풀리면서 폭발할 것 같은 흥분에 휩싸이자, 노예를 향해서 소리쳤다.

"야, 이놈아, 하나님이 있다고 생각하니 없다고 생각

＊상피에르 지음

하니?"

"물론 계십죠."

노예는 당연하다는 듯이 대답했다. 그러면서 허리춤에서 나무로 만든 작은 우상을 끄집어냈다.

"이것 보십쇼. 주인님, 이게 하나님입죠. 제가 이 세상에 살고 있는 동안 지켜 주실 하나님인 거죠. 하나님은 고맙게도 이런 나무로 되어 있기 때문에 저의 나라에서는 누구나 다 믿고 있습죠."

신학자와 노예의 대화를 듣고 있던 커피점 안의 사람들은 모두 놀랐다.

신학자의 질문에도 놀랐지만 노예의 대답에 격찬하였다. 그러자 노예의 대답을 들은 한 프라마교도가 격양된 어조로 말했다.

"가엾은 미치광이로군. 하나님이 사람의 허리춤에서 나오다니 말이 되나? 하나님은 한 분 밖엔 안 계셔. 그 목각 인형은 프라마님이시란 말이다. 프라마님은 이 세상의 어느 누구보다도 높으시지. 이 세상을 프라마님이 지으셨으니까 말이야. 그러니까 프라마님이 유일하고 위대하신 하나님이야. 이 하나님에게는 간디스 강가에 절간이 있고, 프라마교도들이 마음속으로부터 제사를 드리고 있거든. 또 우리 교도들은 누가 참된 하나님인가를 알고 있지. 이만 년이나 지난 옛날부터 말이지. 설사 이 세상이 바뀐다 해도 우리 교도들은 조금도 변하지 않거든. 유일한 참다운 하나님이신 프라마님이 우리를 지켜 주고 계시니까."

프라마교도는 그렇게 말한 다음, 모든 사람들을 설복했다고 생각하는 모양이었다. 그러나 그 자리에 있던 유태인 환전상이 그를 반박하고 나섰다. 그 환전상은 말했다.

"참다운 하나님의 성전이 인도 같은 곳에 있다니 어림없는 소립니다. 하나님께서 프라마교도의 그 까다로운 계급 차이 따위를 지켜 주신단 말요? 진짜 하나님께서는 프라마님이 아니란 말이에요. 아브라함, 이삭 그리고 여호와란 말입니다. 그리고 진짜 하나님은 다만 우리를, 즉 이스라엘 백성들만을 지켜 주시는 단 한 분의 주인이십니다. 하나님은 태초부터 우리 민족만을 사랑하고 계신다는 말씀입니다. 오늘날에 와서 우리 민족이 비록 세상 이곳저곳으로 흩어져 버리기는 했지만, 그게 모두 하나님께서 우리를 시험하고 계시는 증거죠. 불원간 하나님께선 처음 약속하신 대로 당신의 백성들을 예루살렘으로 모이게 하실 겁니다. 그때 가서는 옛날과 같은 기적이 다시 일어나

예루살렘의 성전이 온 세상의 지배자로 만들 거요."

유태인은 이렇게 말하면서 울었다. 그는 더 말을 하고 싶었지만, 그곳에 있던 이탈리아 사람이 끼어드는 바람에 중단했다.

이탈리아 사람이 언성을 높였다.

"거짓말 말아요. 당신은 하나님께 옳지 못한 일을 바라고 있소. 하나님은 한 민족을 다른 민족보다 더 사랑할 수는 없는 거요. 오히려 그와는 정반대요. 만약 하나님께서 이스라엘을 특별히 지켜 주셨다면, 어째서 진노하시어 이스라엘을 지리멸렬하게 만들어 흩어지게 하시고는 그 신앙을 전파하는 반면 그대로 정체 상태에 머물게 하면서 벌써 천팔백 년이나 지나도록 그냥 내버려두신단 말요? 하나님은 절대로 한 민족만을 편애하시지는 않소. 구원을 바라는 모든 사람들을 받아들이시는 거요. 그것은 참다운 로마 가톨릭 교회 안에서 이루어지는 하나님의 뜻이요."

이탈리아 사람은 역설했다. 그러자 옆에 있던 개신교 목사가 창백한 얼굴로 반박했다.

"구원은 당신들의 교파에만 있다니 그게 무슨 소리요? 성경 말씀에 따라 진실한 마음으로 그리스도의 뜻을 좇고, 하나님께 봉사하는 자는 누구든지 구원을 받을 수 있다는 걸 알아두시오."

그때 슈라아트 거리의 세관에 근무하는 한 터키 사람이 엄숙한 표정으로 기독교도들을 향해 얼굴을 돌렸다. 이 터키 사람은 긴 담뱃대로 담배를 피우고 있었다.

터키 사람이 말했다.

"제멋대로 로마 교회 따위를 믿어 봤자 소용없소. 당신들이 믿고 있는 신앙 따위는 벌써 육백년 전에 마호메트의 참다운 가르침으로 변해 버린지 오래요. 그리고 당신들도 아시다시피 마호메트의 가르침은 유럽이나 아시아로 점차 넓게 퍼져 갈 것이오. 오랜 옛날부터 개화된 중국 땅에까지 전파되고 있을 정도요. 당신들이 아는바 대로 유태인은 하나님으로부터 멀리 배척되어 있어요. 지금 유태인들은 곳곳에서 굴복당하고, 당신들의 유태교는 더 이상 전파되지 못하고 있다는 것이 그 증거요. 하지만 마호메트교는 어디서나 환영받아 끊임없이 퍼져가고 있다는 사실을 명심하시오. 이게 바로 마호메트교가 참다운 종교라는 증거요. 하나님의 마지막 예언자, 마호메트를 믿는 자만이 구원을 얻을 수 있단 말입니다. 그리고 오마라를 따르는 자만이 구원을 받소. 알리를 따르는 자는 구원을 받지 못합니다. 왜냐 하면 알리를 따르는 자는 믿음이 없는 자이기 때문이오."

이런 말을 듣고 알리 교파에 속해 있는 페르샤 신학자는 그 말을 반박하려고 했다. 그러자 커피집에 모여 있던 다른 신앙이나 교파에 속해 있는 사람들 간에 큰 논쟁이 벌어졌다. 커피점 안에는 또다른 기독교의 수녀나 라마승, 배화교도들도 함께 있었던 것이다.

모두들 '하나님이란 무엇인가?' '어떻게 하나님을 경배할 것인가?' 하는 문제에 대해서 격렬히 논쟁을 펼쳤다. 모두가 자기 나라 사람들만이 참다운 하나님을 알고 있으며, 어떻게 하나님을 경배해야 되는지 잘 알고 있다고 주장했다.

모두들 큰 소리로 논쟁을 계속했다. 그런데 오직 한 사람, 공자 연구가인 중국인만이 신중한 태도로 그 논쟁 속에 끼어들지 않았다. 그는 동양차를 마시면서 다른 사람들이 떠드는 소리에 조용히 귀를 기울이고 있었다. 그러면서도 그 자신은 아무 말도 하지 않았다.

그리하여 논쟁이 한창일 때 터키 사람이 그 중국인을 발견하고 말을 건넸다.

"제 말이 맞죠? 당신은 아무 말씀도 안 하시지만, 제 편이죠? 저는 요즘 중국 땅에도 여러 가지 종교가 전파되고 있다는 사실을 알고 있습니다. 당신 나라의 상인이 저한테 말해 주었습니다. 중국에서는 마호메트교를 가장 올바른 종교라고 생각하여, 모두들 이 가르침을 따르고 있다고 말입니다. 당신도 제 편이 되어 주십시오. 그리고 참다운 하나님과 그분의 예언자에 관해서 생각하시는 바를 솔직하게 말씀해 주세요."

"그렇지, 그러는 게 좋겠어. 제발 당신의 생각을 좀 말해 주시오."

다른 사람들도 그 중국인에게 시선을 집중했다.

공자 연구가인 그 중국인은 눈을 감은 채 무엇인가를 골똘히 생각하고 있더니, 잠시 후 눈을 뜨고 넓은 옷소매에서 두 손을 꺼냈다. 그리고는 가슴 앞에 두 손을 모으고 조용한 목소리로 말했다.

"여러분, 제가 보기에는 여러분들이 모두 자애를 가지고 계시기 때문에 신앙 문제에서 의견 일치를 보지 못하는 것이라고 사료됩니다. 만약 여러분들이 제 의견을 경청해 주신다면, 저는 한 가지 예를 들어 말씀드리려고 합니다. 저는 영국 기선을 타고 중국에서 이 슈라아트로 왔습니다. 항해 도중에 물을 보급하기 위해 스마트라 섬의 동쪽 해안에 정박한 일이 있습니다. 그때는 정오경이었는데, 우리들은 잠시 상륙하여 섬사람들이 사는 마을에서 그리 멀지 않은 곳에 있는 코코아나무 밑에 모여 앉았습니다. 우리들은 제각기 국적이 다른 여행객이었지요. 그때 우리가 앉아 있는 곳에 눈 먼 장님이 모습을 드러냈습니다. 뒤에 안 일이지만, 그 사람이 눈이 멀게 된 까닭은 너무나 오랫동안 태양을 바라보고 있었기 때문이라고 했습니다. 그 사람은 태양이 무엇인가를 알고 싶었고 광선을 자기 수중에 넣기 위해 그랬던 것입니다.

그는 오랫동안 고심하면서 과학적인 측면에서 많은 연구를 했습니다. 또 태양 광선을 병 속에 넣어 두려고도 했습니다. 하지만 모든 것이 수포로 그치고 그 결과 시력을 잃으면서 마침내 장님이 되고 말았습니다."

그때 그 사람은 자기 자신에게 말했습니다.

"태양 광선은 액체가 아니다. 만일 액체라면 어디에라도 따라 넣을 수 있을 테고, 바람이 불면 물결처럼 흔들릴 것이다. 태양 광선은 불도 아니다. 불이라면 물을 끼었으면 꺼져 버릴 테니까. 또 그것은 정령도 아니다. 왜냐 하면 보이는 것이니까. 그렇다고 육체도 아니다. 그럴 것이 스스로 움직일 수가 없으니까. 만약 태양 광선이 액체도, 불도, 정령도, 육체도 아니라면 결국 그것은 무(無)일뿐이다."

그는 이렇게 생각했던 것입니다. 그리하여 항상 태양만을 쳐다보고 생각한 결과 시력을 잃었을 뿐만 아니라, 이성까지도 상실하고 말았던 것입니다.

그 사람은 완전한 장님이 됨과 동시에 갑자기 태양은 없는 것이라고 믿게 되었습니다.

그런데 그 장님이 우리가 앉아 있는 곳으로 왔을 때 노예가 그의 뒤를 따르고 있었습니다. 그 노예는 자기 주인을 코코아나무 밑에 앉혔습니다. 그런 다음 떨어진 코코아 열매를 주워다가 초를 만들기 시작했습니다. 열매의 섬유로 심지를 만들어 껍데기 속에 기름을 짜 넣고 그 속에 담갔습니다.

노예가 그런 일을 하고 있는 동안 장님은 한숨을 쉬면서 그에게 말하는 것이었습니다.

"이놈아! 너 거기 있느냐? 내가 진실로 얘기하겠는데, 태양 같은 건 없단 말이다. 봐라, 이렇게 깜깜하지 않은가! 그런데 세상 놈들은 태양! 태양! 하고 지껄인단 말야. 도대체 태양이란 게 뭐야?"

"태양이 뭔지 전 모릅니다. 전 몰라도 상관없어요. 다만 저는 그 빛을 알고 있을 뿐이죠. 이렇게 초를 만들고 있는 것도 밤에 빛이 필요하기 때문입니다.

덕분에 아무리 어두운 밤이라도 집안에서 주인님 시중을 들어드릴 수가 있고 뭐든지 찾을 수가 있거든요."

이렇게 노예는 대답했습니다. 그리고는 열매를 쳐들고 말했습니다.

"이것이 나의 태양입니다."

마침 그때 지팡이를 든 절름발이가 함께 있었는데, 그는 이 두 사람의 대화를 듣자 큰 소리로 웃었습니다. 그리고는 장님에게 말했습니다.

"당신은 태양이 뭔지 모른단 말이지? 타고난 장님이로군. 태양이 뭔지 내가 가르쳐 드릴까? 태양이란 말요, 둥근 불덩어리야. 이 불덩어리는 아침마다 바다에서 떠올라 밤에는 이 섬의 산 너머로 사라진단 말씀이야. 이건 누구나 다 보고 있는 거니까. 당신도 눈만 멀지 않았다면 볼 수가 있었을 텐데 말이지."

그의 곁에 있던 어부가 이 말을 듣자 절름발이를 향해서 말했습니다.

"당신은 이 섬 밖으로는 나가 본 일이 없구먼. 만약 당신이 절름발이가 아니어서 바다 가운데로 나갈 수가 있다면, 태양은 이 섬 뒤로 사라지는 것이 아니라, 아침마다 떠오르듯이 밤에도 바다 속으로 사라진다는 사실을 알았을 거요. 이건 정말 확실하지. 내 눈으로 매일같이 보고 있는 것이니까."

이 말을 듣자, 인도인이 말했습니다.

"놀라운 일인데요. 학식이 있을 만한 분들이 이런 어처구니 없는 말씀을 하시다니 이해할 수 없습니다. 태양이 불덩어리라면 어째서 바다 가운데 떨어져도 꺼지지 않습니까? 태양은 하나님이에요. 이 하나님을 데에와라고 합니다. 하나님은 스페루브야 금산 주위의 하늘을 마차를 타고 돌고 계셔요. 한 번은 이런 일이 있었어요. 라그우와 케토우라는 간악한 뱀이 이 데에와님에게 달려들어 몸을 칭칭 감아 버렸어요. 그 때문에 갑자기 세상이 깜깜해졌어요. 그러나 데에와님의 종인 우리가 하나님이 자유로운 몸으로 되시기를 빌자 곧 그렇게 되었습니다. 한 번도 자기가 살고 있는 섬을 멀리 떠나 본 일이 없었기 때문에 세상일을 모르는 당신들 같은 사람들은 태양은 자기가 살고 있는 섬만 비치고 있는 줄 아는 겁니다."

이번에는 그 자리에 함께 앉아 있던 이집트인 선장이 말했습니다.

"아니, 그건 이치에 맞지 않는 거짓말이요. 태양은 하나님이 아닐 뿐더러, 인도의 금산 주위만을 돌고 있는 것도 아니오. 일찍이 나는 흑해와 아라비아 연안을 항해했고, 마다가스칼과 필리핀 군도까지 가 보았지만, 태양은 어디든지 다 비치고 있었소. 인도뿐만이 아니란 말요. 절대로 태양은 하나의 산 주위를 돌고 있는 게 아니오. 일본의 해안에서도 뜬단 말입니다. 그렇기 때문에 그 나라에선 자기 나라를 가리켜 해 뜨는 나라라고 합니다. 태양은 또 훨씬 서쪽에 있는 영국의 섬나라에서도 뜹니다. 나는 그것을 잘 알고 있소. 이 눈으로 수 없이 직접 보아왔고 나의 증조부한테서도 많은 이야기를 들었으니까요. 나의 증조부는 지구 끝까지 항해한 사람이란 말입니다."

그 이집트 선장은 더 말을 하려고 했지만, 우리가 타고 있던 배의 영국인 선원이 가로채어 말했습니다.

"태양이 어떤 식으로 돌아다니는가를 알려면, 영국을 빼놓고 다른 땅은 없소. 영국 땅에서만 태양의 모든 것을 알 수 있단 말입니다. 영국에서는 해가 지는 날이 없어요. 영국 땅은 지구 위의 어디에나 있습니다. 태양은 항상 지구 주위를 돌고 있다는 사실을 잘 알고 있지요. 우리도 지구 주위를 돌고 있지만 태양은 지구 어디서나 아침에 떠서 밤에 지는 거요. 그리고 우리는 태양에 부딪힌 일도 없단 말입니다."

그러고 나서 영국인은 지팡이를 들고 모래 위에 그림을 그려가며 태양이 어떤 모양으로 지구 주위를 돌고 있는지 설명하려고 했습니다.

그러나 그는 제대로 설명할 수가 없었음으로 항해사를 가리키며 말했습니다.

"참, 저 사람은 나보다 학식이 많소. 훨씬 훌륭하게 설명해 줄 거요."

그 항해사는 학식이 많은 사람이었습니다. 그러나 모든 사람들의 이야기를 잠자코 듣고만 있었습니다. 자기한테 어떤 질문을 하기까지 인내하며 듣고 있었던 것입니다. 그런데 모든 사람들이 시선을 보내오자 비로소 그는 입을 열었습니다.

"여러분들은 지금 서로를 속이고 있습니다. 그리고 자기 자신까지도 속이고 있는 것입니다. 태양이 지구의 주위를 돌고 있는 것이 아닙니다. 지구가 태양의 주위를 돌고 있는 것입니다. 스물 네 시간 동안, 일본이나 필리핀 군도나 스마트라, 아프리카와 유럽, 아시아에 이르기까지 그 밖의 모든 땅이 태양을 향해서 자전하고 동시에 태양의 주위를 돌고 있는 것입니다. 태양은 다만 하나의 산이나 섬만을 비치고 있는 것은 아닙니다. 지구를 비치고 있는 것과 같이 다른 수많은 유성들도 똑같이 비치고 있는 것입니다. 우리가 자기의 발밑이 아니라 하늘을 쳐다본다면 누구나 알 수 있는 일입니다. 그리고 태양이 자기 한 사람이나 자기 나라만을 비치고 있는 것이 아님을 알게 될 것입니다."

현명한 항해사는 이렇게 말했습니다.

"이 경험이 풍부한 항해사는 뱃길을 따라 지구의 모든 곳을 두루 다녀 보았고 하늘의 이치와 순리를 잘 파악하고 있다고 할 수 있겠지요."

공자 연구가 중국인은 이렇게 이야기한 다음 다시 말을 이었다.

"그렇습니다. 사람들이 신앙에 관해서 과신한 나머지 의견이 일치되지 않는 것은 자기에게 원인이 있습니다. 태양의 이야기는 하나님의 이야기라고도 할 수 있습니다. 누구나 다 자기만의 태양을 바라고 있기 때문이지요. 적어도 자기 나라만을 비치는 태양을 바라는 욕망에 사로잡혀 있다는 말입니다. 인간은 자기들의 사당에 전 세계를 안을 수 없는 하나님을 모시려고 하는 것입니다. 이러한 사당에 모든 인간을 위해 하나의 가르침, 하나의 신앙으로 결합하기 위해 하나님께서 세우시는 성전과 비교할 수가 있겠습니까?

모든 인간의 사당은 하나님의 세계를 만든 곳입니다. 그 안에는 세례와 궁륭, 등화와 성상, 그림과 율법서, 제물과 제단, 사제가 갖추어져 있습니다. 그러나 과연 이와 같은 사당에 태양과 같은 세례, 천공과 같은 궁륭, 일월성진과 같은 등화, 사람들을 사랑하고 도와주는 살아 있는 성상이 있을까요? 사람들의 행복을 위해서 도처에 뿌려 놓은 하나님의 은혜를 기록하고 표현한 그림들이 있을까요? 마치 마음속에 쓰여 있듯이 명백한 율법책이 어디 있겠습니까? 이웃을 사랑하는 자기 부정이라 할 수 있는 희생의 제물이 어디에 있겠습니까? 그 위에서 하나님 스스로가 그 제물을 받아들이실 만한 착한 사람의 심장과 같은 제단이 어디에 있겠습니까?

하나님을 이해하려는 마음이 깊으면 깊을수록 사람들은 하나님을 더 잘 알 수가 있는 것입니다. 하나님을 알면 알수록 사람들은 하나님께 가까이 가고, 또한 하나님의 은혜와 인간에 대한 사랑에 본받을 바가 많아지는 것입니다.

그러므로 사람들은 온 세계를 곳곳이 비치고 있는 빛을 남김없이 보아야 합니다. 그리하여 다만 자기의 우상 속에서 그 빛의 한부분만을 보고 있는 타인의 미신을 비방하거나 경멸하는 일을 그쳐야만 합니다. 또한 완전한 장님이어서 빛을 볼 수 없는 불신앙 자들까지라도 경멸해서는 안 되는 것입니다."

공자 연구가인 중국인은 이와 같이 말했다. 그러자 커피점 안에 있던 모든 사람들은 입을 다물었다. 그리하여 누구의 신앙이 옳고 잘못됐다는 따위의 논쟁은 완전히 사라지고만 것이다.

큰곰자리별

＊코우비스

옛날도 아주 먼 옛날, 이 땅 위에는 큰 가뭄이 있었습니다. 강이라는 강, 우물이라는 우물은 모조리 밑바닥까지 말라 버렸습니다.

그래서 나무나 풀들은 시들었고 사람이나 짐승들도 물을 마시지 못해 죽어갔습니다.

어느 날 밤, 한 소녀의 어머니가 병이 나서 애타게 물을 찾았습니다. 그러나 어디를 찾아보아도 한 방울의

물도 발견할 수가 없었습니다. 소녀는 물을 찾아 헤맨 끝에 너무 지쳐 풀 위에 쓰러져 잠이 들고 말았습니다.

얼마나 지났는지 그 소녀는 눈을 뜨고 무심결에 손에 쥐고 있는 바가지의 무게를 느끼고 살펴보자, 그 안에 맑은 물이 넘치도록 가득 차 있었습니다. 소녀는 너무 기뻐서 어쩔 줄 몰라 하며, 무심코 그 물을 마시려고 하였습니다.

그러나 어머니에게 물을 가져다 드리지 않으면 안 되겠다는 생각이 들자, 그대로 바가지를 들고 집으로 달려갔습니다. 소녀는 너무나 빨리 뛰었기 때문에 발길에 개가 엎드려 있는 것도 몰랐습니다. 소녀는 그만 개에 걸려 바가지를 떨어뜨렸습니다. 밟힌 개는 슬픈 듯이 비명을 질렀습니다. 황급히 소녀는 바가지를 들어 올렸습니다.

너무 놀란 소녀는 물을 엎질러 버린 줄 알았습니다. 그러나 다행스럽게도 바가지가 똑바로 떨어졌기 때문에 물은 그대로 가득 들어 있었습니다.

소녀는 손바닥에 물을 따라 흥분해 있는 개에게 주었습니다. 그러자 개는 다 마시고 나서 기쁘다는 듯이 소녀의 주위를 맴돌았습니다.

소녀가 바가지를 다시 집어 들었을 때 지금까지 나무

로 되어 있던 그 바가지는 은으로 변했습니다. 소녀는 재촉하듯 정성껏 바가지를 들고 집으로 돌아와서 어머니에게 드렸습니다. 그러자 어머니가 말했습니다.

"엄마는 이제 곧 죽을 몸이니까 안 마셔도 괜찮다. 어서 너나 마셔라."

그러면서 어머니는 바가지를 소녀에게 내밀었습니다. 그러자 그때 은으로 된 바가지는 다시 금으로 변했습니다. 소녀는 바가지를 들고 있는 동안 더 참을 수가 없어서 입으로 가져가려고 했습니다.

그때 한 노인이 와서 물을 좀 마시게 해 달라고 간청하는 것이었습니다. 소녀는 침을 삼키고 노인에게 물바가지를 갖다 주었습니다.

그때 갑자기 그 바가지 속에서 일곱 개의 커다란 다이아몬드가 튀어나왔습니다. 그리고 맑은 물이 폭포처럼 흘러넘치기 시작했습니다.

또한 일곱 개의 다이아몬드는 높은 하늘 위로 올라가 대웅성 큰곰자리별이 되었던 것입니다.

＊코우비스 지음

산송장

＊투르게네프

　다음날 아침, 나는 일찍이 눈을 떴다. 해가 막 떠오르고 있었다. 하늘에는 한 조각의 구름조차 없었다. 주위의 모든 것들은 찬란하게 빛나고 있었다.

　아침의 맑고 깨끗한 햇빛이 어젯밤 내린 소나기의 뒷자리를 비치고 있었기 때문에 더 신선하게 느껴졌다.

　마차 준비를 시키고 있는 사이에 나는 작은 과수원 쪽으로 어슬렁어슬렁 걸어갔다. 오래된 과수원은 황폐

한 텃밭에 지나지 않지만, 그래도 그 주변은 축축이 물기에 젖어 있어 좋은 향기를 풍겨 주는 숲으로 변해 있었다.

아아, 밝은 하늘 아래서 자유로운 공기를 들이마신다는 것은 얼마나 상쾌한 일상인가. 넓고 푸른 하늘에는 종달새가 노래하고 그 방울 같은 지저귐은 마치 은으로 만든 염주 알처럼 떨어져 내려왔다. 그 날개에는 필경 아침 이슬을 싣고 날아갔을 것이다. 그리고 그 노래 소리마저도 이슬에 젖은 것처럼 느껴졌다.

나는 경건히 모자를 벗고 가슴 속 깊이 신선한 공기를 들이마셨다.

낮은 골짜기 비탈 위에 자란 덩굴 가까이에서 마른 풀잎 같은 벌집이 보였다. 그리고 그쪽으로 수풀이 두꺼운 벽처럼 우거져 있는 사이를 지나 뱀처럼 꼬불꼬불 오솔길이 길게 뻗어 있었다. 그 위에서 어떻게 자랐는지 검푸른 삼나무가 뾰족한 막대기처럼 줄기를 높이 뻗치고 있어 병정놀이를 하는 것 같았다.

나는 이 오솔길을 느린 걸음으로 걸어서 벌집 가까이 갔다. 그 옆에는 가늘고 작은 나뭇가지를 얼기설기 맞추어 지은 볼품없는 헛간이 있었는데 겨울 동안 벌집을 넣어 두는 곳이었다.

나는 반쯤 열려진 쪽문 사이로 안을 들여다보았다. 그 속은 어둡고 고요했으며 건조한 공기가 떠돌고 있었다. 그리고 어디선가 박하와 향유 냄새가 풍겨왔다. 헛간 구석에는 네 발 달린 낡은 나무침대가 놓여 있었고, 그 위에는 헝겊을 뒤집어 쓴 무엇인지 분간할 수 없는 조그마한 물체가 보였다.

나는 그곳을 떠나려고 했다. 그러자

"서방님, 작은 서방님! 포오돌 페트로비치!"

이렇게 부르는 소리가 들려왔다. 그것은 힘이 없고 느릿느릿한 쉰소리였다. 갈대가 흔들리며 내는 소리 같기도 했다. 나는 주춤하고 발길을 멈췄다.

"포오돌 페트로비치! 어서 들어오세요."

그 목소리가 반복되었다. 그것은 구석에 놓여 있는 침대 쪽에서 들려오는 거칠고 마른 음성이었다.

나는 그 곁으로 가 보았다. 그리고는 깜짝 놀라 우뚝 섰다. 내 앞에는 산 사람이 시체처럼 누워 있는 것이 아닌가! 그런데 대체 뭘까?

머리는 바람 빠진 축구공처럼 형체를 잃고 있었으며, 마치 낡아서 누렇게 퇴색한 성상과 같은 모습을 하고 있었다. 날카로운 코는 뾰족한 주머니칼 같았고 입술은 어디에 붙었는지 분간할 수가 없었다. 다만 이와 눈만

이 하얗게 빛났다. 수건 밑으로 노란 머리카락 몇 오라기가 이마 위에 흐트러져 있어 유령처럼 보였다. 이불이 포개져 있는 턱에는 역시 적동색의 작은 두 손이 희미하게 움직이고 있었으며, 마른 나뭇가지 같은 손가락이 꼼지락 거렸다.

나는 깊은 관심을 가지고 천천히 주변을 살펴보았다. 그런데 그의 얼굴은 추하기커녕 너무나 아름다웠다. 하지만 어딘가 무서운 데가 엿보이는 얼굴이었다. 그 얼굴이 나에게 처참하게 보인 것은 쇠붙이 같은 적동색 볼 위에 고통스러운 미소가 떠돌고 있는 것을 느꼈기 때문이다.

"저를 모르시겠어요? 서방님."

그 목소리가 속삭였다. 그러나 입술은 거의 움직이지 않았다.

"당연히 그러실 수밖에. 어떻게 저를 아시겠어요? 저는 루케리아예요. 생각 나시는가 몰라? 서방님의 어머님이신 스파스코오에 댁에서 춤을 가르쳐 드리고 있었죠. 기억 나시나요? 합창을 할 때는 음잡이 노릇도 했었죠만."

"아! 루케리아!"

나는 외쳤다.

＊투르게네프 지음

"당신이었소? 그랬구먼!"

"네, 사방님, 제가 바로 그 루케리아랍니다."

마침내 나는 할 말을 잃었다. 그리고 멍청한 죽은 사람 같은 눈을 내게로 돌리고 있는 침침하고 움직이지 않는 그녀의 얼굴을 정신 나간 듯이 바라보았다. 이런 일이 있을 수 있을까? 이 미이라와 같은 루케리아.— 우리 집안에서 가장 아름다웠던 여자.— 키가 유난히 크고 살이 통통한 윤기 있는, 그리고 노래를 잘 부르는 웃기만 하던 그 여자라니!

루케리아에 대해서는, 나의 영리한 루케리아에게 모든 젊은이들이 그녀의 사랑을 구했으며, 당시 열여섯 살의 소년이었던 나까지도 은근히 연정을 품고 있었던 것이다.

"아아! 루케리아! 이게 대체 어찌된 일이오?"

나는 그리움과 절망이 섞인 음성으로 말했다.

"네, 아주 몹쓸 일을 당했지요! 만약 싫지 않으시다면 제 얘기를 들어 주세요. 그 작은 통 위에 앉으셔서. 좀 더 가까이 오세요. 그렇지 않으면 제 말이 들리지 않을 거예요. 이젠 말도 제대로 못하겠어요. 하지만 이렇게 만나 뵙게 되니 기뻐요! 그런데 서방님은 어떻게 이 작은 마을 아렉세에프카 같은 델 다 오셨나요?"

루케리아는 힘을 잃은 그러나 조용한 목소리로 더듬거리지 않고 분명히 말했다.

"사냥꾼 예르모라이가 데려왔다오. 그렇지만 그보다도 내가 듣고 싶은 것은……."

"제 신상 이야기 말이죠? 네 물론 말씀드리구 말구요. 아주 오래 전, 아마 육칠 년도 더 되었을 거예요. 그때 저는 와시리이 포리야코프와 결혼을 했었죠. 생각 나세요? 그 아름다운 곱슬머리 사나이 말예요. 서방님의 어머님 심부름을 맡아 하던 사내죠. 마침 그때 서방님은 시골에 안 계셨을 거예요. 모스크바로 공부하러 가셨지요. 와시리이와 저는 서로 깊이 사랑하는 사이였어요. 저는 지금도 그를 잊을 수가 없어요. 그런데 어느 봄날 예고 없는 불행한 일이 일어났지요. 밤이었습니다. 날이 밝을 무렵이 되었는데도 저는 잠을 이룰 수가 없었어요. 밤 꾀꼬리는 아름다운 소리로 정원에서 노래하고 있었지요. 저는 침대에서 일어나 그 밤새 소리를 들으려 층계까지 나가지 않고는 견딜 수가 없었답니다. 밤 꾀꼬리는 떨리는 소리로 쉬지 않고 노래를 부르는 것이었어요. 그러자 누군가가 갑자기 저를 부르는 것 같은 생각이 들었답니다. 그것은 와시리이의 목소리로 정말 다정하게 '루케리아!' 하고 부르는 것 같았어요.

저는 주위를 둘러보았죠. 그때 저는 아마 잠이 덜 깼던 모양이에요. 발을 헛디뎌 그만 윗돌계단에서 땅 밑으로 굴러 떨어지고 말았어요. 그래도 저는 크게 다치지는 않은 걸로 생각했었죠. 곧 일어나서 제 방으로 돌아갔을 정도였으니까요. 다만 몸 안의 어딘가가 좀 아픈 것 같은 기분을 느꼈어요. 아! 서방님 숨을 좀 돌려야겠어요. 잠깐만, 정말 미안해요."

루케리아는 숨을 몰아쉬며 말을 멈추었다. 나는 그녀를 보면서 놀랐다. 그녀가 재미난다는 듯 거의 숨도 쉬지 않고 신음 소리조차 내지 않으며 이야기를 계속하였기 때문이다.

"그 일이 있고나서부터는……."

루케리아는 이야기를 계속했다.

"저는 차츰 몸이 아프고 여위기 시작했어요. 피부색은 검어지고 걷기조차 괴로워졌죠. 그런 뒤로는 두 다리를 쓸 수가 없고 설 수도 없게 되어 늘 누워 있을 수밖에 없게 되었지요. 식욕이 없어지고 병세는 더욱 악화될 뿐이었죠. 서방님의 어머님께서는 친절하게도 저를 의사에게 보이시고 입원까지 시켜 주셨지요. 그랬는데도 병세는 조금도 나아지지 않았죠. 안타깝게도 의사들은 어떤 병인지조차 몰랐답니다.

의사는 여러 가지 방법을 동원해서 치료를 해 주었어요. 불에 달군 인두로 척추를 지지기도 하고 얼음으로 온몸을 차게 했지만, 아무런 효과도 없었어요. 마지막에는 몸이 비틀리고 말았던 거죠. 마침내 의사는 치료를 해 봤자 소용 없다는 선고를 했고, 또 불구자를 댁에 둘 수도 없고 해서…… 즉, 그런 까닭에 이곳으로 보내진 거랍니다. 여기에는 친척도 있고 하니까요. 보시는 바와 같이 제가 이런 곳에 버려진 것은 다 그런 병 때문이에요.”

루케리아는 가쁜 숨을 참으며 입을 다물었다. 그리고는 엷은 미소를 지었다.

“그렇지만 이건 너무 심한데, 이런 누추한 곳에 누워 있다니!”

나는 소리쳤다. 그러나 그 뒷말이 미처 생각나지 않았기 때문에 이렇게 물었다.

“그럼 와시리이 포리야코프는 어떻게 됐소?”

이것은 얼빠진 질문이었다. 루케리아는 잠깐 시선을 돌렸다.

“포리야코프가 어떻게 됐느냐구요? 그 이는 저를 동

214　*투르게네프 지음

정해 주었어요. 조금은 말이죠. 그렇지만 곧 다른 여자와 결혼했어요. 그린노오에 태생의 처녀하구요. 그린노오에를 아시죠? 여기서 얼마 멀지 않아요. 그 처녀의 이름은 아그라페나예요. 그 이는 저를 사랑해 주었지만 젊으니까 혼자 살 수 없었던 거죠. 무엇보다도 이 꼴이 된 저로서는 그 이의 상대가 될 수 없는 것은 당연하죠. 그 이가 결혼한 색시는 사람 좋고 귀엽게 생긴 처녀였지요. 이젠 아이까지 낳았답니다. 그 이도 이 근방에서 살고 있고 지금은 서기 노릇을 하고 있지요. 서방님의 어머님이 고맙게 신원보증을 서고 이곳으로 보내 주셨어요. 그런대로 일을 잘 하고 있는가 봐요."

"그렇다면 루케리아! 당신은 줄곧 이 곳에서 누워만 있었던 거요?"

나는 다시 물었다.

"네, 벌써 칠 년이나 된답니다. 여름에는 이 헛간에 누워있지만, 추워지면 욕실 쪽으로 옮겨 달라고 해서 거기 누워있지요."

"누가 돌봐 주는 사람이 있나요? 또 걱정해 주는 사람이 있는지?"

"네, 그야 어디에나 친절한 사람들은 있는 법이니까

요. 저도 여기 그냥 버려진 상태로 있는 것은 아니예요. 그보다도 저는 남에게 수고를 많이 끼치지 않고도 지낼 수 있거든요. 음식도 평상시처럼 먹고 항상 마실 물은 이 병에 들어있답니다. 이 병은 언제나 깨끗한 물로 가득 채워져 있죠. 다행히도 병을 잡을 수 있는 한 팔을 아직 쓸 수 있거든요. 그리고 고아 여자아이가 있는데 가끔 와서 제 시중을 들어줘요. 정말 착실한 아이랍니다. 조금 전에도 왔었는데 못보셨나요? 정말 귀염성 있고 예쁜 아이죠. 그 애가 이따금 꽃 같은 걸 갖다 주기도 해요. 옛날에는 정원에 꽃이 무척 많았더랬죠. 그랬는데, 지금은 다 없어져 버리고 말았답니다. 하지만 들꽃도 좋으니까요. 뜰안의 꽃보다도 좋은 향기가 나는 것들이 있답니다. 저 야생백합 같은 것들은…… 정말 매혹적인 향기를 풍기지요."

"그런데 루케리아, 당신은 지루하다거나 처량하다는 생각이 들지 않소?"

"하지만, 어쩔 수 없잖아요? 저는 거짓말을 하고 싶지는 않아요. 처음엔 아주 고통스러웠어요. 그렇지만 차츰 지내고 보니까 습관이 돼서 어지간히 견딜 수 있게 되었어요. 이젠 아무렇지도 않은 걸요. 생각해

**투르게네프 지음

보면 이 세상에는 저보다도 더 운이 나쁜 사람들이 얼마든지 있으니까요."

"그건 또 무슨 소리요?"

"생각해 보세요. 세상에는 비바람을 피할 지붕조차 없는 사람도 있고, 또 눈이 먼 사람이나 귀가 먹은 사람들도 있는데, 저는 그래도 모든 것을 분명히 볼 수 있고 또 무슨 말이나 들을 수 있거든요. 땅 속에서 두더지가 굴을 파는 소리까지도 저는 들어요. 그리고 어떤 냄새라도 맡을 수 있어요. 밭에서 자라고 있는 호밀이나 마당의 보리수에 꽃이 피면, 저는 누구한테 전해 듣지 않아도 제일 먼저 안답니다. 바람이 꽃향기를 전해 주니까요. 하나님의 뜻에 어긋나는 사람은 저보다도 훨씬 고통을 당하고 있어요. 정말 그래요. 몸이 온전한 사람은 누구나 죄에 빠지기가 쉽지만, 저는 죄하고는 전혀 인연이 없는 사람이 되어 버렸거든요. 아까도 알렉세이 목사님이 성찬식을 베풀기 위해 오셔서 '너는 참회를 할 것도 없다. 이렇게 있으니 죄를 저지를 까닭도 없을 테니까.' 하고 말씀하셨어요. 하지만 저는 이렇게 대답했죠. '마음속으로 짓는 죄는 어떻게 합니까!' 그러자 목사님은 웃으면서 말씀하셨어요. '글쎄, 뭐 별로 큰 죄는 아닐 테지.'하구요. 정말 그래요. 저는 마음속으로는 큰 죄를 짓지는 않는다고 생각하거든요."

루케리아는 다시 말을 이었다.

"무엇보다도 저는 무슨 일이건 생각지 않으려고 마음을 가다듬어요. 또 그런 일들이 떠오르지 않도록 주의를 해왔거든요. 그렇게 하니까 시간도 훨씬 빠르게 지나가요."

나는 몹시 놀라지 않을 수 없었다.

"루케리아, 당신은 늘 혼자 있는데 어떻게 아무런 생각도 않고 지낼 수가 있단 말이오? 늘 잠만 자는 것도 아니잖습니까?"

"아닙니다. 서방님! 늘 잠만 자고 있을 만큼 편한 건 아니에요. 견디지 못할 정도로 아프지는 않지만, 그래도 오른쪽 몸과 뼈가 쑤시기 때문에 뜻대로 잠을 잘 수가 없답니다. 그래도 이렇게 늘 혼자 누워 있지만 아무런 생각도 하지는 않죠. 저는 다만 제가 살아 있어서 숨을 쉰다는 것만 느낄뿐 그 무엇에도 신경이 쓰이지 않는 거예요. 저는 눈을 떠 보거나 귀를 기울이고 듣기도 합니다. 꿀벌은 윙윙 날아다니며 가벼운 소리를 내죠. 비둘기는 지붕 위에 내려앉아 꾹꾹 거립니다. 암탉은 병아리를 데리고 빵부스러기를 쪼아 먹으러 오죠. 그리고 참새와 나비들이 날아온다든가, 여간 재미난게 아니랍니다. 작년엔 제비가 저 구석에다 둥지를 틀고 새끼를 여러 마리나 깠었어요. 정말 재미있었지요. 한 놈이 둥지로 날아들어 새끼한테 먹이를 주는 겁니다. 그리고는 다시 날아갑니다. 그러면 또 다른 놈이 곧 돌아오죠. 그런데 어떤 때는 둥지로 들어가지 않고 그곳을 지나쳐 버리는 일이 있어요. 그러면 새끼들이 작은 노란 주둥이를 내밀고 쨱쨱 울어댄답니다. 저는 그 이듬해에도 다시 와 주기를 바랐는데 나중에 들으니까 어떤 포수가 총으로 쏘아 버렸다나요. 대체 그런 새를 쏴서 뭘 하겠다는 것인지 모르겠어요. 제비는 딱정벌레만큼도 소용이 없는 건데…… 하여튼 사냥이란 인간들의 잔인한 놀이 같아요."

"결코 나는 제비 같은 것은 쏘지 않았어."

나는 허둥지둥 말했다.

"하지만 한 번은……."

루케리아는 다시 말을 시작했다.

"아주 우스운 일이 있었지요. 언제인가 토끼 한 마리가 뛰어 들어오지 않았겠어요. 산토끼가 말예요. 아마 사냥개한테라도 쫓기고 있었나 보죠. 문안으로 허겁지겁 달려 들어와서는 제 옆에 몸을 숨기고 오랫동안 가만히 있었어요. 줄창 코를 벙긋거리거나 수염을 비쭉거리면서요. 마치 관리 나리처럼 말예요! 그러면서 저를 쳐다보는 것이었어요. 아마 제가 무서운 존재는 아닌 줄 알았던가 봐요. 나중에는 몸을 일으키더니 깡충깡충 뛰어 문간으로 나가서는 조심스럽게 밖을 살펴보는 거예요. 그때의 그 광경을 뭐라고 말하면 좋을까? 정말 우스운 토끼였지요!"

루케리아는 '우습지 않아요?'하는 눈길로 나를 쳐다보았다. 그녀의 기분을 만족시키기 위해서 나도 웃었다. 그녀는 마른 입술을 혀로 축였다.

"겨울이 되면 아무래도 형편이 좋지 않아요. 늘 어두컴컴하니까요. 촛불을 켜기도 그렇고, 또 불을 켜 봤자 무슨 소용이 있겠어요? 책을 읽을 때나 필요하겠지요. 저는 책 읽기를 좋아했습니다. 그렇지만 이런 몸으로 무슨 책을 읽겠어요? 읽을 거라곤 아무것도 없는 걸요. 설사 있다고 하여도 책을 손으로 들 수가 있어야죠. 알렉세이 목사님이 위안이 될 거라면서 달력을 가져왔었지만 소용이 없다고 생각하고는 도로 가져가 버렸답니다. 하지만 캄캄한 어둠 속에 조용히 귀를 기울이면 늘 무슨 소리인가 들립니다. 귀뚜라미 울음소리, 쥐가 소란을 피우는 소리에 이르기까지, 바로 이런 때 아무것도 생각하지 않는 편이 좋다는 것을! 그리고 저는 기도를 계속 드리고 있답니다."

루케리아는 잠시 숨을 돌리고 나서 말을 이었다.

"사실 저는 기도의 말씀을 그리 많이 알지는 못합니다. 그리고 하나님을 괴롭혀 드릴만 한 죄도 용서도 없습니다. 그러니 새삼스럽게 무얼 바라겠어요? 하나님은 제가 필요로 하는 것을 저보다도 더 잘 알고 계시 답니다. 하나님은 저에게 십자가를 주셨어요. 저를 사랑하시기 때문이죠. 저는 '죽음의 기도', '마리아에 대한 찬미', 그리고 '모든 괴로워하는 자의 바램'을 되풀이해 외우면서 조용히 누워 있지요. 아무것도 생각지 않고, 아무 일도 없이 나날을 보내고 있는 중이랍니다!"

잠시 침묵이 이어졌다. 나는 그 침묵을 깨뜨리지 않으려고 좁은 통 위에 꼼짝도 않고 앉아 있었다. 내 앞에 누워 있는 한 생물의 참혹한 돌 같은 정적이 나에게 전해져 왔다. 그러자 내 몸이 마비되는 것처럼 느껴졌다.

"이봐요, 루케리아!"

내가 먼저 입을 열었다.

"나는 이런 생각을 했소. 당신을 마을에 있는 훌륭한 병원에 입원시켰으면 하는데…… 어때요? 아직 치료하면 가능성도 있을지 모르니까. 어쨌든 더 이상 혼자 내버려둘 수는 없거든."

루케리아의 눈썹이 약간 움직이는 듯싶었다.

"아녜요. 제발 병원 같은 덴 보내지 말아 주세요."

그녀는 오히려 거북하다는 듯이 작은 목소리로 대답했다.

"제 일을 너무 걱정 말아 주세요. 그런 곳에 가면 오히려 고통만 더할 뿐이니까요! 이렇게 된 이상 고칠 수는 없어요. 언젠가도 어느 유명한 의사가 저를 진찰해 보겠다고 한 일이 있어요. 저는 제발 내버려두어 달라고 했는데도 듣지 않고 저를 이리저리 뒤집고 손발을 두드려 보고 또 잡아당겨 보기도 하더니만, 이렇게 말하는 것이었어요.

'나는 학문을 위해서 이런 짓을 하는 거야. 학문의 종, 즉 학자란 말이다! 그러니 당신은 절대로 불평을 말해선 안 돼. 나는 여러 가지 의학 논문 발표 공로로 상패를 받았어. 그리고 당신 같은 사람들을 위해서 봉사하고 있는 거니까 명심해.'

그 의사는 여러 곳을 툭툭 두드려 보고는 제 병명을

　**투르게네프 지음

말해 주었어요. 뭔지 아주 긴 이름이었는데, 그리고
는 치료도 해주지 않고 가 버렸답니다. 그런 뒤, 한
주일 동안 뼈가 쑤시고 아파서 아주 혼났어요. 서방
님은 '언제나 혼자서'라고 말씀하시지만, 늘 그런 건
아니거든요. 마을 사람들이 가끔 보려 와 준답니다.
그렇다고 큰 폐를 끼치는 건 아니죠. 처녀들도 찾아
와서는 이야기를 들려주고 순례하는 여자들이 길을
잘못 들어 이곳으로 와서는 예루살렘과 키에프에 관
한 이야기, 그리고 그밖에 하나님의 거리에 대한 재
미난 얘기를 들려주거든요. 게다가 저는 이제 혼자
있어도 무서운 줄 모르겠어요. 오히려 그 편을 즐길
정도예요. 정말이에요. 그러니 서방님은 제 일을 조
금도 걱정 말아주세요. 병원 같은 덴 제발 데려가지
말아 주세요. 친절은 정말 고맙습니다만, 제 문제에
대해서는 더 이상 걱정 말아 주셨으면 좋겠어요. 부
탁입니다!"

"그렇다면 당신 좋을 대로 해요. 루케리아, 나는 다
만 당신을 위해서 말해 본 것뿐이니까."

"잘 알고 있어요. 서방님이 저를 위해서 그러신다는
뜻은 잘 알겠지만, 저를 도와주시겠다는 일이 정말
이루어질 수 있을까요? 다른 사람의 마음속을 안다는

것은 하나님밖에 없어요. 사람은 스스로 자기 일을 처리하지 않으면 안 됩니다! 서방님은 제 말을 곧이 안 들으시겠지만, 사실 저도 가끔은 아주 쓸쓸하게 생각될 때가 있어요. 세상에서 저밖에는 아무도 없는 것같이 느껴지기도 해요. 저 혼자 살고 있는 것처럼 말예요! 하지만 누군가가 저를 축복해 주고 있는 것 처럼 생각되기도 하거든요. 가끔 저는 이상스런 꿈을 꾸기도 한답니다!"

"대체 어떤 꿈을 꾸는지 말해 봐요, 루케리아!"

"뭐라고 확실히 말씀드릴 수 없는 꿈이랍니다. 서방 님, 조금은 불분명한 꿈이죠. 게다가 꾸는 즉시 잊어 버리곤 해서요. 뭐랄까, 마치 구름 같은 것이 내려와 서는 확 퍼지자 표현할 길 없는 상쾌한 기분이 되는 거예요. 그렇지만, 그게 정확히 뭔지는 모르겠어요. 다만 사람들이 옆에 있을 때는 전혀 안 보여요. 또 그럴 때는 제가 불행하다는 생각 밖에는 어떤 느낌도 없어요."

루케리아는 괴로운 듯이 한숨을 쉬었다. 그녀의 호흡 도 자유롭지 못한 손발처럼 편안하지 않아 보였다.

"서방님은 저에 대해 매우 걱정하시는 것 같은데, 안 심하실 수 있도록 다른 이야기를 해드리지요. 기억나세요? 제가 젊었을 때는 얼마나 활발한 여자였어요? 말괄량이였지요. 서방님, 그래서 저는 지금도 가끔 노래를 부르곤 한답니다."

"노래를 불러? 당신이?"

"네, 옛날의 노래를 말예요. 합창할 때 부르던 노래, 연회때 부르던 노래, 크리스마스 노래, 기억나는 노래들을 부르는 거죠! 다행히도 저는 많은 노래를 잊어버리지 않고 있지만 무도회의 노래만은 안 불러요. 이런 몸으로는 춤을 출 수가 없으니까요."

"어떤 식으로 부르는데? 기분 전환을 위해서인가요?"

"네, 기분을 바꾸기 위해서죠. 큰 소리는 낼 수 없지만 사람들이 알아들을 수 있을 정도는 돼요. 아까 작은 여자아이가 저를 돌봐준다고 말씀드렸지만, 그 애는 정말 똑똑한 고아예요. 벌써 노래를 네 가지나 배웠거든요. 제 말을 곧이 안 들리시겠죠? 조금만 기다리세요. 제가 곧 노래를 들려드릴 테니까요."

루케리아는 숨을 들이마셨다. 이 반쯤 죽은 것 같은 인간이 노래를 부르려고 한다는 생각이 말할 수 없는 두려운 감정을 느끼게 하였다. 그러나 내가 아직 뭐라고 한 마디도 하기 전에 겨우 들릴 만한, 그러면서도 맑고 깨끗한 노랫소리가 풀향기처럼 귓가를 맴돌았다.

그녀는 '목장에서'라는 노래를 불렀다. 그 돌과 같은 표정은 조금도 변하지 않고, 눈도 못 박힌 듯 한곳만을 응시하고 있었다. 그러나 한 가닥 연기처럼 흔들리며 사라져가는 그 맑은 노랫소리가 사람의 마음을 감동시키는가 하면 영혼의 문을 열어놓는 듯했다.

그녀는 노래를 부르면서 자신의 모든 것을 쏟아놓는 천상의 여인이었다. 나는 그녀에 대해서 아무런 두려움도 느끼지 않았다. 내 가슴은 이루 말할 수 없는 연민의 감정으로 두근거렸다.

"아아, 이젠 안 되겠어요!"

루케리아가 갑자기 신음하듯 말했다.

"힘이 없는 걸요. 서방님을 만난 기쁨 때문에 정신이 어디론가 떠나가는 것 같아요."

그녀는 가쁜 숨을 몰아쉬며 조용히 눈을 감았다.

그녀의 작고 싸늘한 손가락 위에 나의 손을 얹었다. 순간 그녀는 힐끗 나를 쳐다보았지만, 그 금빛 속눈썹의 침침한 눈꺼풀은 다시 감기고 조각처럼 움직이지 않았다.

조금 있자, 그녀의 두 눈이 희미한 어둠 속에서 빛났다. 눈물에 젖어 있었던 것이다.

나는 미동하지 않고 앉아 있었다.

"전 정말 바보예요!"

루케리아가 갑자기 힘찬 목소리로 말했다. 그리고는 눈을 크게 떴다. 그녀는 눈을 깜박거리며 맺힌 눈물을 떨치려고 했다.

"정말 부끄러워요, 내가 왜 이래야 하지요. 이런 일은 오랫동안 없었는데…… 작년 봄에 와시리이 포리아코프가 찾아 온 뒤로 여태껏 없었지요. 그 이가 내 곁에 앉아서 이야기를 하고 있을 동안에는 아무렇지도 않았는데, 가고 나니까 갑자기 쓸쓸해져서 어찌나 울었던지. 왜 눈물을 흘렸을까요? 하지만 우리들 여자란 대수롭지 않은 일에도 울게 마련이니까요. 서방님, 참 서방님은 손수건 갖고 계시죠? 미안하지만 좀 닦아 주시겠어요?"

나는 곧 그녀가 바라는 대로 해 주었다. 그리고 손수건을 루케리아에게 주었다.

그녀는 사양했다.

"이런 걸 받아봤자, 저에게 무슨 소용이 있겠어요?"

그녀는 슬픈 목소리로 말했다.

손수건은 값싼 것이었지만 깨끗하고 질 좋은 향수 냄새를 풍겼다. 그러나 나중에 그녀는 가냘픈 손가락으로 그 손수건을 잡더니 놓으려 하지 않았다.

나는 차츰 이 헛간 안의 어둠에 익숙해져서 그녀의 용모를 확실히 분간할 수 있게 되었다. 그녀 얼굴의 적동색 밑으로 감추어져 있는 가냘프고 불그스레한 빛깔조차 볼 수가 있었다. 적어도 내가 본 바로는, 아직도 그녀의 얼굴에는 옛날의 아름다웠던 흔적이 비껴간 연륜처럼 남아 있었다.

　"서방님은 내가 편히 잠을 잘 수가 있느냐고 물으셨죠?"

　루케리아는 다시 말을 시작했다.

　"잠을 아주 짧은 시간에 불과하지만, 잠들 때마다 꿈을 꿔요. 그건 정말 기막힌 꿈이죠! 꿈속에서는 병을 앓고 있지 않답니다. 언제나 건강하고 젊은 몸이죠. 다만 한 가지 슬픈 일은 잠에서 깨어나 기지개를 펴려고 할 때, 마치 쇠사슬에 묶여 있는 것 같은 부자유를 느끼는 거예요. 언제가 한 번은 정말 굉장한 꿈을 꾸었지요! 그 얘기를 해드릴까요? 그럼 인내심을 가지고 들어주세요. 꿈속에서 저는 어느 목장에 서 있었는데, 그 둘레는 온통 황금빛으로 물결치는 밀밭이었지요. 그때 저는 털이 붉은 개를 한 마리 데리고 있었는데, 심술궂은 놈이어서 저를 물어뜯으려고 하는 거예요. 그런데 저는 낫을 한 자루 갖고 있었어요. 그건 보통 낫이 아니라 낫 모양의 달님이었어요. 저는 그 달님으로 나보다 키가 큰 밀을 베야만 했던 거죠. 그러는 동안 저는 더위에 지쳤고, 달님이 빛으로 번쩍번쩍 쏘는 것 같아 축 늘어지는 기분이 되어 버리고 말았어요. 그런데 갑자기 주위에 들국화가 피어나기 시작했어요. 활짝 핀 꽃송이들은 모두 저를 향해 있었고, 저는 정신없이 꽃을 따려고 허둥댔지요. 와시리이가 올 약속이 되어 있어서 화환을 만들어야겠다고 마음먹었던 거지요. 화환을 만들 시간은 충분하다고 생각한 나는 꽃을 꺾기 시작했죠. 그런데 아무리 꽃을 꺾어도 손가락 사이로 빠져 버린단 말예요. 이러니 화환을 만드는 게 여간 힘든 것이 아니었어요. 그러고 있는데 누군가가 내 바로 곁에 와서 '루케리아! 루케리아!'하고 부르는 거예요. '아아, 시간에 맞추지 못했구나. 정말 아깝다!' 이렇게 저는 단념했죠. 하지만 더 이상 어쩔 수가 없어서 저는 들국화 대신 달님을 머리 위에 얹었어요. 그러자 온 몸에서 빛이 나면서 사방을 환하게 비치는 것이었어요. 이 무슨 조화일까요! 밀밭을 가로질러 빠른 걸음으로 저한테 다가오는 사람은 와시리이가 아니라 예수님 바로 그 분이 아니었겠어요! 어떻게 그 분이 예수님인 줄 알았는지 그건 모르겠어요. 그림에 그려 있는 모습과도 아주 달랐죠. 그렇지만 그 분은 틀림없는 예수님이었어요. 수염이 없고 키가 크고 젊었는데, 몸에는 흰 옷을 두르고 허리띠는 금빛이었답니다. 예수님은 손을 제게 내밀며 말씀하셨어요.

'두려워 말라. 나의 축복받을 신부여. 나를 따르라. 그대는 천국의 합창과 무도를 지휘하고, 또 낙원의 노래를 부를지어다.'

그래서 저는 그 손에 와락 매달렸지요. 붉은 개도 저의 발뒤꿈치를 따라왔어요. 그러자 우리는 모두 하늘을 향해 떠올랐어요! 예수님이 앞장서서 그 기러기 같은 긴 날개를 하늘 가득히 활짝 펼치고…… 나는 그 뒤를 따라갔죠. 하지만 저의 붉은 개는 뒤에 그대로 남아 있지 않으면 안 되었어요. 그제서야 저는 처음으로 깨달았답니다. ― 그 개가 바로 나의 병이었다는 것, 그리고 천국에는 병이 있을 자리가 없다는 것을 말이죠."

루케리아는 잠시 숨을 돌렸다. 그런 다음 다시 말을 이었다.

"그리고 한 가지 분명히 본 것이 있어요. 어쩌면 그건 환상이었는지도 몰라요. 저는 그게 무엇이었는지 전혀 모르겠어요. 그때 난 이 오막살이에서 자고 있었나 봐요. 그러자 돌아가신 부모님이 찾아오셔서 정중히 절을 하고는 말씀은 한 마디도 안 하시는 거였어요. 그래서 물었죠."

'아버님, 어머님! 저한테 절을 하시다니 웬일이세요?'

그러자 부모님이 말씀하셨어요.

'웬일이냐구? 너는 이 세상에서 온갖 고통을 다 겪었잖니. 그 때문에 너는 자신의 영혼을 살렸을 뿐만 아니라, 우리들의 무거운 짐까지도 없애 주었다. 그래서 저승에 있던 우리들도 아주 편해졌단다. 너는 네 자신의 죄를 속죄하고 우리의 죄까지도 대속해 주었단다.'

이렇게 말하고는 저한테 다시 절을 하는가 싶더니 그만 보이지 않게 되었지요. 그 뒤에는 헛간의 벽 밖에는 아무것도 남아 있지 않았답니다. 그 후로 저는 이 일이 매우 마음에 걸려서 참회를 하며 목사님께 이야기를 했어요. 그러자 목사님은 그것은 환상이라며, 환상이란 성직자들에게만 나타나는 것이라는 의견이었어요."

"한 가지 더 이야기를 하죠."

루케리아는 말을 이었다.

"꿈속에서 저는 길가의 버드나무 밑에 앉아 있었어요. 그때 제 모습은 지팡이를 들고 전대를 어깨에 둘러메고 손수건으로 이마를 동여맨 순례자와 같았지요. 그리고 저는 어딘가 먼 곳으로 순례를 떠나지 않으면 안 되었지요. 다른 순례자들이 끊임없이 내 옆을 지나갔어요. 터벅터벅 걸어와서 같은 방향으로 가버리는 거예요. 모두들 피곤한 안색을 하고 있었고 거의 비슷비슷한 모습들이었어요. 그런데 저는 그 사람들 가운데서 서성거리고 있는 한 여자를 발견하였어요. 그 여자는 다른 사람들보다도 튼튼하고 키가 컸으며 야릇한 옷을 입고 있었는데 러시아 복장은 아니었어요. 거칠고 험상궂은 얼굴이었어요. 그리고 다른 사람들은 모두 그 여자의 곁을 피해 가는 거예요. 그런데 그 여자가 갑자기 뒤돌아보더니 저한테 성큼성큼 걸어왔어요. 그리고는 우뚝 서서 저를 뚫어질 듯이 쳐다보는 게 아니겠어요? 그 눈은 누런빛을 띠고 크게 떴는데, 마치 매 눈 같았어요. 저는 '누구시죠?'하고 물었죠. 그랬더니 그 여자는 '나는 너의 사신이다' 하는 거였어요. 하지만 저는 조금도 놀라지는 않았지요. 오히려 아주 기뻤어요. 저는 십자를 그었답니다. 그러자 저의 사신이라는 그 여자는 이렇게

＊투르게네프 지음

말하는 것이었어요.

'루케리아! 안 됐지만, 아직 너를 데려갈 수는 없어. 그럼 잘 있어!'하고 말이죠. 저는 어찌나 슬프던지! '데려가 주세요. 아주머니 제발 데려가 주세요!' 이렇게 졸랐죠. 그러니까 저의 사신은 저를 돌아보면서 말했어요. 무슨 소린지 분명치 않은 말이었지요. '성 베드로제가 지난 다음에'라고요. 그 말을 듣자마자 저는 잠을 깬 것입니다. 정말 이상스런 꿈이었어요."

루케리아는 눈을 위쪽으로 치켜뜨고 깊은 생각에 잠겼다.

"그런데 슬프게도 이따금 일주일이나 한 잠도 자지 못할 때가 있지요. 작년에 어느 아주머니가 찾아오셔서 수면제를 한 병 주셨어요. 그러면서 한 번에 마흔 방울을 마시라고 하더군요. 약은 효과가 아주 좋아서 잠을 잘 수 있었는데, 이젠 그 약도 거의 다 떨어져 버렸어요. 그 약이 어떤 약인지 서방님은 아시나요? 어떻게 하면 그 약을 구할 수 있을까요?"

그 부인은 아마도 루케리아에게 모르핀제를 주었을 것이다. 나는 그것과 같은 약을 구해 주겠다고 약속했다. 그리고 그녀의 인내력에 대해서 다시금 경탄의 말을 하지 않을 수 없었다.

그러자 그녀는 대답했다.

"참 서방님도! 왜 그런 말씀을 하시죠? 인내력이라니 그게 뭐 대단하다고. 그게 누구더라? 참, 고행자 시메온이죠. 그 이야말로 인내력이 대단한 사람이에요. 삼십 년 동안이나 기둥 위에서 살았다지 않아요! 그리고 어떤 성도는 가슴까지 땅 속에 묻힌 채 개미떼한테 얼굴을 파 먹혔다는 이야기도 있어요. 또 어느 학자한테서 들은 얘긴데, 이스마엘 사람들이 이웃 나라를 쳐들어가서 사람들을 괴롭히고 죽이는 등 갖은 행패를 다 부리자, 그때 한 정결한 처녀가 나타났대요. 그 처녀는 큰 칼을 차고 무거운 갑옷을 입고 적군 이스마엘 사람들을 공격해서 멀리 쫓아 버렸다지 뭡니까. 싸움에서 승리한 후 그 용감한 처녀는 적을 향해서 이렇게 말했대요. '나를 화형에 처해 주세요. 나라를 위해서 나는 화형으로 죽겠다고 맹세했으니까'라고요. 그래서 이스마엘 사람들은 그 여자를 붙들어 불에 태워 죽였답니다. 이런 행위야말로 정말 거룩한 희생이지요! 거기에 비한다면 저 같은 것은 아무것도 아니에요."

나는 잔 다르크의 전설을 그녀가 어떻게 들었는지 이

상스럽게 생각했다. 나는 잠시 후 그녀의 나이를 물어
보았다.

"스물여덟, 스물아홉, 서른 살까지는 아직 안 됐다고
생각하지만, 왜 나이 같은 걸 물으시죠? 저는 다른
얘기를 할 게 있는데……."

루케리아는 갑자기 숨이 넘어갈 듯 심한 기침을 하면
서 괴로워했다.

"너무 많은 이야길 해서 그런가 보지."

나는 젖은 목소리로 말했다.

"그런가 봐요."

그녀의 목소리는 겨우 들릴 만큼 작았다.

"이젠 이야기를 그만하는 게 좋을지도 몰라요. 그렇
지만 그게 무슨 상관이에요! 서방님이 떠나 버리시면
저는 또 얼마든지 잠자코 있을 수가 있는 걸요. 어쨌
든 가슴이 꽉 매이는 것 같아요."

나는 작별을 고하면서 꼭 약을 보내주겠다는 약속을
되풀이했다. 그리고 다시 한 번 잘 생각해 보고 필요한
게 있으면 말하라고 당부했다.

"아무것도 필요한 건 없어요. 저는 이 상태로 충분하
답니다!"

그녀는 감격한 목소리로 말했다.

"부디 여러분들 모두 안녕하시기를! 서방님, 어머님께도 꼭 안부 말씀 전해 주세요. 이곳의 농부들은 모두가 가난하답니다. 만약 소작료를 조금이라도 덜어 주신다면! 농부들은 가진 것이 없거든요. 만약 그렇게 해 주신다면, 모두들 얼마나 고마워할까요. 하지만 저는 아무것도 바라는 게 없어요. 지금의 저는 아주 만족하고 있으니까요."

나는 루케리아의 소원이 꼭 이루어지도록 해 주겠다고 약속했다. 그리고는 희미하게 빛이 스며들고 있는 문가 쪽으로 걸어갔다. 그때 그녀가 나를 불렀다.

"서방님, 생각나세요?"

이렇게 말하는 그녀의 눈 속과 입술에서 이상스런 광채가 빛났다.

"옛날, 제 머리카락이 어떠했는지 기억나세요? 무릎까지 닿는 치렁치렁한 긴 머리였었죠! 그걸 큰맘 먹고 잘라 버렸답니다. 벌써 오래 전 일이에요. 정말 탐스러운 머리였는데! 하지만 몸이 이렇게 되고서는 빗을 수도 없으니까. 그래서 미련없이 잘라 버렸던 거죠. 그럼 서방님, 안녕히 가세요! 이젠 얘기할 기운도 없답니다."

그날 사냥을 나가기 전에 나는 그 마을의 이장과 루

케리아에 관해서 이야기를 나누었다. 나는 그에게서 루케리아가 마을에서 '산송장'이라고 불리우고 있다는 말을 들었다. 그리고 그녀가 그런 몸인데도 조금도 마을 사람들에게 폐를 끼치지 않을 뿐만 아니라 한 마디도 불평이나 불만을 털어놓지 않는다는 이야기를 들었다.

"아무것도 해 달라는 말을 하지 않습니다. 그렇지만 어떤 일을 해 줘도 기뻐하지요. 정말 보기 드문 마음 착한 여자랍니다."

이장은 말을 이었다.

"그 여자가 하나님으로부터 벌을 받고 있다고 생각하는 사람도 있겠지요. 그러나 우린 그렇게 생각지 않습니다. 그 여자가 벌을 받고 있는 건지 아닌지, 어쨌든 그런 판단을 할 수는 없겠죠. 그냥 지켜볼 뿐입니다."

몇 주일이 지난 뒤 나는 루케리아가 죽었다는 소식을 들었다. 그녀의 죽음은 성 베드로제가 지난 뒤에 찾아왔던 것이다.

소문으로는 그날 루케리아는 종소리를 듣고 있었다고 한다. 알렉세프에서 교회까지는 5마일도 더 떨어져 있고, 더구나 그날은 일요일도 아니었는데 말이다.

그러나 루케리아는 사람들에게 종소리가 교회에서 들

려오는 것이 아니라 위쪽에서 들려온다고 말했다고 한
다! 아마 그녀도 감히 그 소리가 하늘에서 들려오는 것
이라고는 말할 수 없었을 것이다.

✱투르게네프 지음

참 새

＊투르게네프

　나는 사냥을 끝내고 귀가를 서두르며 오솔길을 걷고
있었다. 그런데 갑자기 내가 데리고 간 사냥개가 앞쪽
을 향해 달려가더니 눈앞에 먹이라도 발견한 듯 살금살
금 기어갔다.

　나는 오솔길 저편에 작은 참새한 마리가 있는 것을
발견했다. 아직 노랑 주둥이가 둥글고 머리 위에 보송
보송 털이 나 있는 새끼였다. 참새는 둥지에서 떨어진

것이 분명했다(바람이 강하게 나무를 흔들었기 때문이다).

아직 연약한 새끼 참새는 날개를 팔딱거리면서 불안한 모습으로 웅크리고 있었다.

개는 천천히 새끼 참새를 향해 다가갔다. 자신감에 찬 개의 행동은 조금도 빈 틈을 보이지 않았다. 그때 느닷없이 옆의 나무 위에서 가슴팍이 검은 어미인 듯싶은 참새 한 마리가 돌멩이처럼 수직으로 개의 콧잔등을 향해 날아왔다. 그리고 깃털을 곤두세우고 미친 듯이 소리를 지르면서 이를 드러낸 개의 입언저리를 향해 거침없이 덤벼들었다.

참새는 제 몸을 내던져 새끼를 구하기 위해 날아 내려온 것이었다. 그 작은 참새는 공포로 떨고 있었다. 짹짹거리는 울음소리는 거칠고 쉬어 있었다. 어미 참새는 자기의 목숨을 희생하고 있었던 것이다.

그 작고 가엾은 참새에게 개는 커다란 괴물로 보였을 것이다. 무엇보다도 어미 참새는 가만히 나뭇가지 위에 앉아 있을 수만은 없었을 것이다. 그 참새의 의지보다도 강한 어떤 힘이 나뭇가지에서 공격적으로 날아 내리게 한 것이었으리라.

개는 주춤했다. 그리고 뒷걸음질을 쳤다. 분명히 개

도 이 커다란 힘을 느낀 것이다.

나는 급히 망설이고 있는 개를 불러들여 불현듯 감사에 충만한 마음으로 그 자리를 떠났다.

그렇다, 나는 감사했던 것이다. 이 작은, 마음이 풍족한 새에 대해서, 그리고 그 사랑의 본능에 대해서 감사했다.

나는 생각했다.

'사랑은 죽음보다 강하다. 죽음의 공포보다 강한 것이다. 다만 사랑에 의해서만 인생은 지탱되고, 그리고 움직여지는 것이라고……'

항 해

＊투르게네프

　　나는 함부르크에서 런던까지 항해한 일이 있었는데,
그때 배 안의 선객은 단 두 명이었다. 나와 작은 원숭
이였다. 낳은 지 얼마 안 되는 부드러운 털을 가진 암
컷 원숭이로 함부르크의 무역 상인이 영국에 있는 친구
에게 선사하기 위해서 배에 태웠던 것이다.

　　새끼 원숭이는 갑판 위에 가는 쇠사슬에 묶여 이리저
리 뛰면서 슬픈 듯이 객객 소리를 지르며 나의 시선을

끌었다.

내가 그 원숭이 옆으로 지나갈 때마다 검고 작은 손을 내밀었다. 그리고 우울한, 마치 사람과 같은 눈으로 나를 바라보는 것이었다.

나는 인사라도 하듯 그의 손을 잡아 주었다. 그러자 원숭이는 뛰는 것도 비명 지르는 모습을 자제했다.

조용한 항해였다. 바다는 연빛의 탁상보처럼 둥글게 펼쳐진 채 움직이지 않았다. 그때 길게 늘어진 원숭이의 울음소리에 못지않은 슬픈 여음을 끌며 식당의 작은 종이 울렸다.

가끔 바닷개가 헤엄쳐 왔다. 그리고는 다시 힘차게 몸을 돌려 바다 속으로 사라졌다. 그럴 때면 해면은 잔물결에 밀려 순간적으로 어지러워졌다.

선장은 말이 없는 사나이였다. 햇볕과 해풍에 씻긴 구릿빛 얼굴에 파이프 담배를 물고 있었다. 그리고는 화난 듯한 표정으로 해면에 침을 뱉었다.

내가 여러 가지 일을 물으면 선장은 건성으로 대답했다. 그래서 나는 하는 수 없이 동반자인 원숭이에게로 돌아갔다.

나는 원숭이 옆에 앉았다. 원숭이는 발버둥치는 동작을 멈추고 갈색의 손을 내밀었다.

갑자기 안개가 자욱이 끼어 배가 움직이지 않는 것 같았다. 그 습한 공기가 우리 두 명에게 지루한 졸음을 재촉하는 여운을 주었다. 그러자 곧 우리는 고독한 외톨백이인 듯한 생각에 빠져들었다. 우리의 모습은 마치 한 식구처럼 앉아 있는 광경을 연출하였다.

나는 마침내 유쾌한 마음이 들었다. 그러자 그 특별한 감정이 내 마음 속에 일어났다.

우리들 모두가 한 어머니의 자식이라는 초자연적인 생각이었다. 그리고 내게는 가엾은 짐승이 양순해지고 마치 집안 식구를 대하듯 나하게 믿고 다가오는 작은 새끼 원숭이가 매우 기쁘게 느껴졌다.

가난한 사람들

＊도스토예프스키

　어두운 폭풍이 무너지고 있는 밤. 가난한 어부의 오막살이 안.

　쟈니는 난롯가에 홀로 앉아 누더기 조각의 낡은 돛을 깁고 있었다. 바람은 윙윙 울어대고 비는 작은 들창을 사정없이 때리고 거센 물결은 바닷가로 밀려들며 울부짖었다. 그 요란한 소리가 끊임없이 쟈니의 귀를 어지럽혔다.

바깥은 굉장한 날씨로 불안하도록 어둡고 추웠다. 하지만 가난한 어부의 오막살이 안은 따뜻하고 아늑했다. 바닥은 마른 흙 그대로였지만 깨끗이 치워져 있었고, 난로에는 마른 나뭇가지들이 바작바작 소리를 내면서 타오르고 통나무로 짠 찬장에는 말끔히 닦은 접시들이 가지런히 놓여 있었다.

방 안 구석에는 흰 천으로 덮은 낡은 침대가 놓여 있는데 아무도 누워 있지 않았지만, 방바닥 위에 펼쳐 놓은 커다란 요 위에는 다섯 명의 어린애들이 바다가 울부짖는 소리를 자장가 삼아 잠들어 있었다.

지금까지도 쟈니의 남편은 바다에서 돌아오지 않고 있었다. 어쩌면 빈 배로 돌아올 수가 없어서 어두운 바다에 그물을 던지고 있을지도 모른다. 이렇게 어둡고 추운 밤에 바다에서 고기잡이를 한다는 것은 위험한 일이다. 하지만, 그렇다고 해서 고기잡이를 하지 않을 수는 없지 않은가? 가족들을 굶주리게 내버려 둘 수는 없었다.

그녀는 파도와 바람의 무시무시한 요동소리에 귀를 기울였다. 이따금 날카로운 갈매기의 울음소리가 어둠을 찢고 들려왔다. 빗발이 점점 거세졌다. 그녀의 마음은 차츰 불안으로 흔들렸다. 그녀의 머릿속에 난파라는 무

＊도스토예프스키 지음

서운 환영이 떠오르기 시작했다. 배는 바위에 부딪쳐 산산조각이 나고 사람들은 물에 빠져 허덕이고 있다. 무서웠다!

낡은 벽시계는 쉰 듯한 소리로, 그러나 제법 착실히 시간을 따라 흘러가고 있다. 똑딱똑딱…… 지금 아이들은 깊은 잠의 바다에 빠져 있었다.

그녀는 생각에 잠겼다. 세상을 살아간다는 것은 정말 어려운 일이다. 지금도 남편은 자기의 몸을 돌보지 않고 추위와 폭풍의 바다에서 식구들을 위해 시시각각 닥쳐오는 숱한 위험 속에 몸을 내맡기고 그 사이 그녀 역시도 아침부터 밤늦게까지 흐린 램프 불빛을 벗삼아 일을 계속하지 않으면 안 되었다. 그런데 그 결과는 어떠한가. 낮과 밤을 구별하지 않고 부지런히 일하면서 살아간다는 것은 과연 훌륭한 일일까?

그녀의 어린 아이들은 여름이건 겨울이건 맨발로 돌아다니고 밀가루 빵 같은 것은 생각조차 해 본 적이 없는 보리밥이나마 굶지 않고 먹게 되면 고마운 일이다. 어쩌다 가끔 생선은 먹을 수 있었다. 그나마 아이들이 앓지 않고 건강하게 있어 주는 것만도 하나님의 은혜라고 생각했다.

가난한 생활은 그렇다치고 바람과 바다는 왜 저토록

무서운 소리로 울부짖는단 말인가. 그 이는 지금 어디쯤에 있는지 몰라!

'하나님, 아무쪼록 그 이를 지켜주옵소서. 은혜를 베풀어 주십시오.'

잠을 자기에는 너무나 걱정이 앞섰다. 그녀는 일어서서 두꺼운 겉옷을 걸치고 등불을 들고 밖으로 나갔다. 남편이 돌아왔는지, 바다의 풍랑이 다소 잠잠해졌는지, 또 등대에 불이 켜져 있는지를 살펴보기 위해서였다.

밖은 어두웠다. 가늘지만 세차게 비가 내리고 있었다.

그녀는 마을 어귀 해변에 반쯤 쓰러져가는 낡은 오막살이를 향해 발걸음을 옮겼다. 마치 그 오막살이는 빗속에 잠겨 있는 작은 섬처럼 보였다. 썩어 검은 벽에 낡은 문이 달려 있었는데 바람이 불 때마다 덜컹덜컹 소리를 냈다. 바람은 마치 휩쓸어 갈듯이 이 초라한 오막살이를 몰아쳤다.

문은 처량한 소리를 질렀고, 지붕 위를 덮은 갈대잎은 마치 구원을 청하듯이 웅성거렸다.

그녀는 오막살이 문앞에 서서 찌그러진 창문으로 안을 들여다보았다. 안은 몹시 캄캄했다.

"저 불쌍한 병자를 돌봐 주는 걸 깜빡 잊고 있었구나. 밤이 되면 병세가 더 나빠진다고 마을 사람들이 얘기했는데. 정말 저 이는 혼자 몸으로 아무도 돌봐 줄 사람이 없지."

이렇게 그녀는 생각했다.

그녀는 문을 두드리고 나서 무슨 소리가 들려오지 않을까 귀를 기울어 보았다. 그러나 집안은 조용했다. 아무런 대답이 없었다.

샤니는 문앞에 선 채 생각했다.

"딱하게도! 자기가 가족들을 돌보지 않으면 안 될 때 병이 나다니. 정말 야속도 하지. 둘째아이를 낳자마자 과부가 되어 모든 일을 혼자 도맡아 하지 않으면 안 되는 때 병이 났으니! 이게 무슨 변이람!"

그녀는 몇 번이나 문을 두드려 보았다. 그러나 대답이 없었다.

"이봐요, 어떻게 된 거예요?"

샤니는 목소리를 높였다. 그만큼 바람소리도 요란스러웠다.

"괜찮아요. 잠들었으면 일어나지 않아도 좋아요."

바람은 그치지 않았다. 추위와 비에 젖어 몸이 으슥으슥 떨려오기 시작했다. 그녀가 집으로 돌아가려고 발길을 돌렸을 때, 돌연 겉옷을 채 갈 듯한 강한 비바람에 문이 열렸다.

그래서 그녀는 오막살이 안으로 들어갔다. 비에 젖은 등불이 어둡고 적막한 집 안을 비췄다. 안은 밖과 마찬가지로 축축하게 젖어 음산하고 추웠다. 오랫동안 집 안에서 불을 지핀 일이 없다는 것을 곧 알 수 있었다. 지붕의 이곳저곳에서 빗물이 떨어졌다.

　쪽문 반대편 지저분하게 쌓여 있는 짚더미 위에 과부가 누워 있었다. 머리는 뒤쪽으로 처져 있었고 창백한 얼굴은 싸늘하게 입을 벌린 채 고통과 절망의 표정으로 얼어붙어 있었다. 무엇을 잡으려는 듯 뻗은 여윈 손은 갈대로 엮은 침상 밑으로 축 늘어져 있어 시체임이 분명했다.

　죽은 엄마의 발밑에 놓인 더러운 포대기 속에는 두 어린 것들이 창백한 얼굴이었지만 곱슬머리의 볼이 귀여운 어린애가 얼굴을 찌푸리고 금발의 머리를 서로 맞대고 깊은 잠에 빠져 있었다.

　죽음이 가까이 있는 것도, 폭풍의 성난 울부짖음도 모르는 평화로운 모습이 가슴을 뭉클하게 했다.

　엄마는 죽어가면서도 아이들의 발을 커다란 헝겊 조각으로 감싸주고, 자기의 옷을 아이들에게 걸쳐 주는 것을 잊지 않았다.

　한 아이는 자그마한 손을 볼에 밀어 넣고 다른 아이

는 목에 귀여운 얼굴을 맞대고 있었다. 아이들의 숨소리는 조용하고 순조로웠다. 어느 누구도 아이들의 평화스러운 잠을 방해할 수 없으리라.

그러나 폭풍은 점점 거칠어갈 뿐이었다. 지붕에서 새는 빗방울이 죽은 이의 이마에 떨어지며 흘러내렸다. 마치 우울하게 일그러진 그녀의 얼굴 위의 눈물방울처럼 말이다.

마침내 그녀는 비바람 속을 뚫고 단숨에 집으로 돌아왔다. 겉옷 밑에다 무엇인가를 감추어 가지고 있음이 분명했다. 심장 뛰는 소리가 요란스럽게 들려왔다. 누군가가 뒤쫓아오는 것 같아 뒤를 돌아볼 수가 없었다. 그녀는 오막살이집에서 무엇인가 훔쳐 가지고 온 것이 분명했다.

집에 돌아오자, 그녀는 가져 온 짐을 침대 위에 놓고 허둥지둥 포대기로 덮었다. 그런 다음 의자를 가져다가 침대 옆에 놓고 그 위에 앉았다. 그리고는 침대 끄트머리에 머리를 묻었다. 자신의 돌발적인 행동에 파랗게 질려 흥분하고 있었다. 그녀의 양심은 괴로움에 스스로를 비난하고 있는 듯했다. 자기 감정을 못 이겨 이따금 외마디 소리를 질렀다.

"이제 그 이는 뭐라고 할까. 내가 무슨 짓을 했단 말인가! 다섯이나 되는 애들 돌보기에도 허덕이면서 이 무슨 못난 짓이란 말인가? 그이가 돌아오셨나? 아니야, 차라리 나를 때려 주기나 했으면 속이 편할 텐데. 정말 난 매맞을 짓을 했단 말야. 아아, 그이가 뭐라고 한다면! 좋아, 차라리 단숨에!"

그때 문소리가 들렸다. 누가 온 모양이었다. 그녀는 몸을 떨면서 일어섰다.

"또 바람이 문을 두드린 거야. 하나님, 왜 저는 이런 못된 짓을 저질렀을까요. 어떻게 그이를 대할 수가 있을까요?"

그녀는 불안 속에서 온갖 괴로운 상념으로 안절부절하면서 오랫동안 침상 옆에 묵묵히 앉아 있었다.

비는 멎어 있었다. 어느 새 새벽이 잿빛으로 펼쳐졌다. 그러나 바람은 여전히 울어대고 바다는 포효를 멈추지 않았다. 그때 느닷없이 문이 열렸다. 그리고 방 안으로 신선한 습기 띤 바깥 공기가 흘러들어왔다. 키가 훤칠한 검게 탄 어부가 젖은 그물을 끌면서 집안으로 들어왔다. 그는 말했다.

"지금 돌아왔어, 쟈니."

"아, 어서 오세요."

그녀는 이렇게 대답했지만 일어선 체 제대로 얼굴을

＊도스토예프스키 지음

들 수가 없었다.

"지독한 날씬데."

"정말 그래요. 무서운 날씨였어요. 그런데 고기잡인 어땠어요?"

"말도 말어! 한 마리도 안 걸렸다니까. 그물만 찢겨 가지고 돌아왔어. 정말 지독한 폭풍이더군. 난 오늘 밤 같은 폭풍은 처음 봤어. 바람은 악마처럼 짖어대고 배를 구슬처럼 갖고 논단 말야. 나는 밧줄이 끊어져 배와 함께 바다 속에 삼켜지는 줄 알았어. 그래도 덕분에 목숨만은 건져 가지고 돌아왔지. 그 동안 당신은 혼자서 뭘 하고 있었지?"

어부는 집안에 그물을 끌어들여 놓고 젖은 몸으로 난롯가에 앉았다.

"저요?"

그녀는 새파랗게 질린 얼굴로 말했다.

"전, 그냥 앉아서 뜨개질을 하고 있었어요. 바람이 너무나 요란한 소리를 내기에 혼자 있기가 무서워서…… 당신 일이 걱정돼서 말예요."

"그랬겠지. 정말 굉장한 폭풍이었으니까. 그래서 어떻게 했지?"

남편은 중얼거리듯 말했다.

그들은 한동안 말없이 앉아 있었다.

이윽고 그녀는 무슨 죄를 저지른 사람처럼 머뭇거리며 말했다.

"여보, 시몬이 죽었어요. 언제 죽었는지 모르지만요. 아마 어젯밤 당신이 그이 집에 다녀온 뒤였을 거예요. 죽을 땐 괴로웠겠죠. 아이들 생각을 하면 전 가슴이 메어져요. 아직 젖먹이를 둘씩이나 놔두고 죽었는 걸요. 밑의 애는 아직 말도 못하구. 큰 애는 겨우 기어다니기 시작할 정도인데……."

여자는 입을 다물었다. 어부는 눈을 껌뻑거렸다. 선량하고 정직하게 보이는 그의 얼굴은 진지하게 상념에 잠긴 얼굴이 되었다.

"참, 기막힌 일도 다 있군 그래."

그는 참다못해 목을 긁으면서 말했다.

"어떻게 하면 좋을까? 우선 아이들을 데려오지 않으면 안 되겠군. 잠이 깨면 엄마를 찾을 텐데. 하지만, 아냐. 어떻게든 함께 살아봐야지. 여보! 빨리 가서 데려 와요!"

그러나 여자는 앉은 자리에서 떠나려고 하지 않았다.

"왜 그래, 싫은가? 아이들을 데려오는 게 맘에 내키지 않아? 왜 그러는 거야? 쟈니."

이윽고 그녀는 일어섰다. 그리고 잠자코 남편을 침상 옆으로 데리고 갔다. 그리고는 덮었던 포대기를 벗겼다.

거기에는 죽은 이웃 여인의 두 어린애들이 평화로운 꿈속에 잠의 나라를 여행하고 있었다.

감방에서의 죽음

*도스토예프스키 지음

　지금 이 글을 쓰면서 나는 결핵으로 외롭게 죽음을
맞이한 한 사나이의 마지막 삶을 똑똑하게 기억하고 있
다. 그는 나와 마주보고 누워 있던 미하이로프였다. 그
러나 그에 관해서 내가 알고 있는 것은 아주 사소하다.

　그는 스물다섯을 넘지 않은 매우 젊은 사나이였다.
키가 크고 좀 여위었으나 아름다운 용모를 지닌 젊은이
였다. 그는 수감되어 있었는데, 이상하리만큼 말이 없

어 언제나 조용하고 우울한 표정을 짓고 있었다. 이 감옥 안에서 그의 삶은 끝내 시들어 버릴 것 같았다.

나중에 같은 죄수들도 여러 가지로 이야기를 했지만, 그는 모든 사람들에게 좋은 인상을 남긴 것만은 틀림없어 보였다. 나는 그의 눈이 유난히 아름다웠다는 것을 기억하고 있을 뿐이다.

그는 찬 서리가 내린 어느 맑은 날 오후 세 시쯤에 삶과 마지막 이별을 고했다. 나는 강한 햇살이 초록빛으로 약간 얼어붙은 유리창을 통해서 감방 안을 내려쪼이고 있던 아스라함을 기억하고 있다. 그 빛은 불행한 젊은이의 침상 위에도 어김없이 내리쬐였다.

그는 죽을 때, 사람을 분간하지 못하는 듯싶었다. 오랫동안 고통 속에 잠겨 괴로워하는 모습이 역력했다.

그날은 아침부터 자기 옆을 지나는 사람이 누군지 분간치 못할 정도로 병세가 악화되어 있어서 사람들은 그가 몹시 괴로워하고 있는 것을 보자 어떻게든 좀 편하게 해 주려고 주변을 정리해 주었다.

그는 숨쉬기조차 힘겨운 듯 숨을 헐떡이고 가슴은 공기가 부족한 듯 높게 부풀어 올랐다. 그러자 그는 입고 있던 옷을 벗기 시작하더니 내복까지도 찢어 버렸다.

그의 볼품없는 긴 신체, 피골이 상접한 발과 손, 움

푹 꺼져 버린 배, 하나하나 그린 듯 두드러져 보이는 갈비뼈 위의 가슴 — 마치 해골과 꼭 같은 형상이었다. — 그것은 보기에도 소름이 끼칠 정도였다. 그의 재산이란 몸에 붙이고 있는 부적 주머니와 쇠사슬과 나무로 만든 십자가가 전부였다.

그가 숨을 거두기 삼십 분 전부터 우리는 아주 조용히 몸을 삼갔다. 속삭이는 목소리조차도 거의 들리지 않았다. 모두들 걸을 때도 발소리를 죽였다. 눈길로 주고받으며 다른 이야기들은 거의 하지 않았다. 그리고는 목구멍에서 글글 소리를 내는 죽음이 임박한 그 병자에게 가끔은 동정의 시선을 보냈다.

이윽고 그는 제대로 움직이지 않는 손으로 가슴 위의 부적 주머니를 잡아당겨 떼려고 안간힘을 썼다. 마치 그 부적 주머니가 그에게는 몹시 무겁고 답답하게 억누르고 있는 것처럼 보였다. 동료 죄수들은 그 주머니를 끌러 주었다. 그 후 십 분쯤 지나서 그는 한마디의 말도 없이 죽고 말았다.

죄수들은 곧 간수에게 이 사실을 알렸다. 간수는 들어와서 감정 없는 표정으로 죽은 사람을 내려다 본 다음 의사를 부르러 나갔다.

의사는 선량하게 생긴 젊고 몸집이 작은 사나이였는

데 곧 달려왔다. 빠른 걸음으로 높은 발소리를 내면서 감방으로 들어와 죽은 사람에게로 다가가서 언제나 그랬다는 듯이 무표정하게 맥을 짚어 보고 타진하더니 가볍게 손을 흔들며 나가 버렸다. 곧 두 명의 죄수가 간수에게 알리기 위해 갔다.

간수가 오기를 기다리고 있는 동안, 누군가가 작은 소리로 죽은 사람의 눈을 감겨 주는 게 좋지 않겠느냐고 말했다. 그러자 다른 한 사람이 머리를 끄덕이면서 그 말대로 잠자코 죽은 이의 두 눈을 감겨 주었다.

그리고는 베개 위에 놓여 있는 십자가를 집어서 목에다 걸어 주었다. 그런 다음 십자가를 그었다.

그러고 있는 동안에 죽은 이의 얼굴은 굳어졌다. 햇살은 그 위에서 어른거렸다. 입은 반쯤 벌려진 채 하얀 치열이 엷은 입술 사이로 드러나 보였다.

이윽고 간수가 들어왔다. 중년의 체격이 좋은 간수는 짧은 칼을 차고 헬멧을 쓰고 그의 뒤에는 두 사람의 보조 간수가 따르고 있었다. 그는 걸음을 늦추면서 사방에서 힐끔힐끔 쳐다보고 있는 죄수들을 의아스러운 듯이 둘러보았다.

그는 한 걸음 죽은 사람의 앞까지 오자, 마치 못 박힌 것처럼 우뚝 멈춰 서서 더 이상 앞으로 나갈 힘이 없다는 자세를 취했다. 완전한 벌거숭이로 말라 버린 시체의 역한 냄새가 그를 당황하게 한 모양이었다. 간수장은 급히 가죽끈으로 된 단추를 끄르고 헬멧을 벗었다. 그리고는 크게 십자가를 그었다. 그는 날카로운 눈매의 근엄한 얼굴을 하고 있었다.

그때 나는 잿빛 얼굴의 치크노프 노인의 일을 떠올렸다. 노인은 한참 동안 아무 말없이 줄곧 간수장의 얼굴에 이상한 시선을 보내며 일거일동을 뚫어지게 주시하였다.

두 사람의 시선이 마주쳤다. 그러자 치크노프의 아랫입술이 웬일인지 갑자기 떨리기 시작했다. 그는 이상하게 입술을 씰룩거리며 이를 드러냈다.

그리고는 정말 뜻밖의 모습으로 간수장을 향해 죽은 사람을 가리키며 빠르게 말했다.

"이 사나이에게도 어머니가 있었을까요?"

그리고 나서 황급히 저쪽으로 가 버렸다.

잠시 후 시체는 옮겨졌다. 그와 동시에 그의 침대도 함께 옮겨졌다.

침대의 짚이 바스락거리고 쇠사슬이 짤랑거렸다. 그리고 조용한 침묵 속에 시끄러운 소리를 내면서 마룻바닥 위로 끌려갔나. 모두 다 치워지고 시체도 옮겨졌다.

죄수들은 갑자기 웅성웅성 떠들며 제멋대로 이야기를 시작했다.

간수가 이미 복도에 나가 대장장이를 불러오라고 명령하는 소리가 들려왔다. 죽은 사람의 쇠사슬을 풀어주지 않으면 안 되었던 것이다.

독수리

＊도스토예프스키 지음

　　우리는 얼마동안 독수리 한 마리를 감옥에서 길렀다. 매우 작은 야생 독수리였다. 어느 죄수가 상처를 입어 거의 죽어가는 놈을 주워왔다.

　　독수리는 오른쪽 날개가 부러졌고 한쪽 다리는 심한 상처를 입고 있어 화가 난다는 듯 사람들을 노려보며 갈고리 같은 주둥이를 벌렸다.

　　죄수들이 오랫동안 그놈을 구경하고 있다가 흩어지

＊도스토예프스키 지음

자, 절름발이 새는 한쪽 발로 톡톡 뛰어 날개를 파딱거리며 구석진 곳을 찾아서 검은 그림자처럼 숨었다. 독수리는 도랑에 면한 한쪽 편편한 자리에 거처를 정한 듯 좀처럼 움직이지 않았다.

그 독수리는 감옥 안뜰에서 석 달 동안 길러졌는데, 한 번도 구석에서 나온 일이 없었다. 처음에는 자주 그 놈을 보러 갔다. 그리고 때로는 개를 끌고가서 밖으로 나오도록 얼러댔다.

그때마다 개는 화가 나서 덤벼들었다. 그러나 가까이 가기를 꺼렸다. 그 광경이 죄수들을 몹시 재미스럽게 해 주었다.

"이 겁쟁이 놈아, 무서워하지 말어!"

그러나 얼마쯤 지나자 개는 무서움을 이기고 독수리를 공격했다. 사람들이 얼러대자 힘을 얻은 개는 새의 다친 날개를 물었다. 그러자 독수리는 필사적으로 주둥이와 발톱으로 개의 공격을 막았다. 그리고는 상처 입은 임금님처럼 자기의 재난을 구경하며 떠들어 대는 죄수들을 쏘아보면서 거만하고 용맹한 자세를 취하며 자기 자리인 구석진 곳으로 물러가는 것이었다.

얼마쯤 지나자 죄수들은 독수리를 갖고 노는 데도 싫증이 났다. 그래서 독수리는 다시 관심 밖으로 밀려났다. 그런데 누군가 매일 아침 고기 덩어리와 물을 담은 그릇을 그놈 가까이에 놓아 주는 사람이 있었다.

처음 며칠 동안 독수리는 아무것도 먹으려 하지 않았다. 그러나 그놈도 본성을 버릴 수 없다는 듯한 망설임 끝에 자기에게 주어지는 먹이를 먹기로 결심한 모양이다. 놈은 야생의 맹수답게 절대로 사람 손에서 직접, 또는 사람이 보고 있는 앞에서는 먹이에 연연하지 않았다. 하지만 나는 가끔 좀 떨어진 곳에서 먹이를 먹고 있는 모습을 훔쳐 볼 수가 있었다.

아무도 곁에 없고 혼자만 있다는 생각이 들면, 그놈은 마음 놓고 구석에서 나왔다. 그리고는 열 서너 걸음을 울타리를 따라 절름거리면서 걸었다. 그런 다음 다시 제자리로 돌아갔다. 이렇게 왔다 갔다 했는데 마치 의사의 지시에 따라 자기 건강을 위해 운동이나 하는 것처럼 여유를 부렸다.

어쩌다가 나를 발견하면, 놈은 발을 절름거리며 재빨리 구석으로 들어가 숨었다. 그리고는 목을 움츠리고 입을 벌리고 털을 곤두세웠다. 그 모습은 마치 싸울 준비를 하고 있는 용사처럼 보였다.

나는 가끔 친목을 도모하기 위해 그놈을 쓰다듬어 주려고 했지만 소용이 없었다. 제 몸에 손이 닿기만 하면

가차없이 물어뜯으며 소란을 피웠다. 두세 번 그놈은
내가 건네주는 고기를 먹은 일이 있었다. 그러나 내가
그놈 곁에 있는 동안, 줄곧 그 흉악한 찌를 듯한 눈으
로 나를 노려보았다.

그놈은 쓸쓸하게도 원망을 품고 죽음을 기다리고 있
었던 것이다. 모든 물건, 모든 사람에 대해서 싸움을 시
도하고 화해하기를 거부하면서 견고한 죽음의 성을 쌓
고 있었다.

두 달 가까이 독수리에 대해서 까맣게 잊고 있다가
불현듯 죄수들은 다시 그놈의 일을 생각해 냈다. 그리
고는 동정의 마음을 나타냈다. 그 독수리를 초원으로
돌려보내 주자는 데 모든 죄수들이 동의했다.

"죽게 해 줘. 자유로이 자기의 땅에서 죽도록 해 주
자는 말일세."

죄수들은 이구동성으로 말했다.

"그렇지, 이런 방자한, 멋대로 생겨먹은 새는 감옥생활
에는 길들지 않거든."

다른 죄수가 덧붙였다.

"그놈은 우리 하고는 달라."

또 누군가가 말했다.

"그렇구말구, 그놈은 새고 우리는 사람이니까."

"독수리는 말이지, 숲의 왕자라는 사실을 알아야 돼."

스쿠라토프가 말했다. 그러나 그날은 아무도 그 새에게 별다른 주의를 기울이지 않았다.

어느 날 오후, 작업 시작을 알리는 종소리가 울렸을 때, 사람들은 그 독수리를 잡아다가 주둥이를 묶었다 (그놈이 미친 듯 몸부림을 쳤기 때문에). 그리고 놈을 감옥에서 망루 벽 위로 데리고 갔다. 감방 안에 있는 열 두 명의 죄수들은 그놈이 어디로 가는지 꼭 알고 싶어 했다. 그것은 이상한 일이었다. ― 그들 모두는 마치 자기가 자유를 얻은 듯 기뻐했다.

"이 괘씸한 짐승아, 사람은 네놈에게 친절을 베풀어 주려고 하는데, 그 인사가 고작 사람의 손을 할퀴는 거냐?"

그 독수리를 붙잡고 있던 사나이가 성질 사나운 새를 귀여운 듯 바라보면서 말했다.

"날려 보내라, 미키도카!"

"죄수로 묶여 있다는 것은 그놈에게 걸맞지 않아. 이제부터라도 자유로운 몸으로 만들어 줘. 즐거운 자유의 몸으로……"

그들은 독수리를 망루 벽 위에서 초원으로 던졌다. 늦가을 무렵의 잿빛 하늘이 내려앉은 추운 날씨였다.

바람은 헐벗은 초원 위를 휙휙 소리를 내면서 노랗게 말라버린 숲 사이를 지나갔다.

독수리는 상처 입은 날개를 펄떡거리면서 똑바로 날아갔다. 재빨리 우리의 곁을 떠나 몸을 감추려는 것처럼 비상했다.

죄수들은 풀 위를 스치듯이 머리를 쳐들고 날아가는 그 독수리를 계속 지켜보고 있었다.

"아직도 보이나?"

한 죄수가 매우 걱정스럽다는 듯한 표정으로 물었다.

"그놈은 곁눈질도 안 하는군. 한 번 뒤돌아보지도 않는단 말야."

다른 사람이 서운하다는 듯 말했다.

"여보게, 자네는 그놈이 혹시 인사를 하려 되돌아오기라도 할 것으로 생각했었나?"

세 번째 사나이가 말했다.

"참, 그렇군. 그놈은 자유의 몸이지. 분명 그것을 느끼고 있어. 오랜만의 자유를 느끼고 있는 거야!"

"그렇지 자유를!"

"여보게들, 이젠 아무도 그놈을 만날 수 없는 거지."

"이놈들아, 거기서 뭘 꾸물거리고 있어? 빨리 작업장으로 가지 않고!"

호위병의 고함소리가 들렸다. 그러자 모두들 천천히 자기 일자리를 향해 걸어갔다.

기 도

＊톨스토이

"오오, 안 돼요. 안 돼! 그런 일이 있을 수 있습니까.
선생님! 이젠 어쩔 도리가 없단 말씀이죠? 오, 모두
들 기도 따위나 드리고……."

이렇게 말하면서 젊은 아이엄마는 무슨 결심이라도
한듯 성급한 걸음걸이로 아이들의 방을 나왔다. 그 방
에서 세 살 먹은 외아들이 머리에 부종이 나서 죽었던
것이다.

작은 소리로 무언가 말을 나누고 있던 남편과 의사는 입을 다물었다. 남편은 조용조용 그녀의 옆으로 가서 형클어진 머리를 쓰다듬어 주었다. 그리고는 무거운 한숨을 내쉬었다.

의사는 고개를 숙인 채 그 옆에 서서 입을 굳게 다물고 꼼짝도 하지 않았다. 그의 태도는 모두가 절망임을 암시하고 있었다.

"이를 어떡하지, 어쩌면 좋아."

남편은 절망하듯 말했다.

"잠자코 계세요. 아무 말씀도 마시고!"

그녀는 울부짖었다. 그 말소리에는 무엇을 증오하는 듯한 울분이 묻어 있었다. 그리고는 몸을 돌려 아이들 방으로 갔다. 남편은 황급히 그녀를 붙잡으려고 했다.

"가아챠, 이리 좀 와."

그녀는 피로한 듯한 커다란 눈으로 남편을 쳐다보더니 말없이 아이들 방으로 들어갔다.

어린애는 흰 베개를 베고 유모 팔에 안겨 있었다. 눈은 뜨고 있었지만, 아무것도 보지를 못했다.

유모는 심각한 표정으로 어린애의 얼굴을 바라보고 있었는데, 꼭 다문 아이의 입에는 거품이 묻어 있었다. 아이 엄마가 들어왔지만 미동도 하지 않았다.

아이 엄마가 어린애를 안으려고 베개 밑에 손을 넣었을 때, 유모는 조용히 말했다.

"저쪽에 가 계세요."

그리고는 아이 엄마로부터 몸을 피했다. 그러나 아이 엄마는 유모의 말에는 귀도 기울이지 않고 익숙한 솜씨로 어린애를 안았다. 그녀는 아이의 헝클어진 머리카락을 손으로 쓰다듬어 주면서 창백한 작은 얼굴을 물끄러미 들여다보았다.

"틀렸어! 이젠 그만이야."

그녀는 속삭이듯 말하며 재빠르게 어린애를 유모에게 다시금 건네주었다. 그리고는 방에서 나갔다.

어린애는 두 주일 동안 병으로 누워 있었던 것이다. 아이가 앓고 있는 동안 어머니는 하루에 몇 번씩 절망과 희망 사이를 오고갔다. 그녀는 하루에 한 시간 그 반쯤 밖에는 자지 못했다.

그러면서 하루에도 몇 번씩 침실로 가서 큰 성상 앞에 금빛 법복을 입고 어린애를 살려 달라고 하나님께 빌었다.

어두운 빛깔의 성상은 작은 손에 금빛 책을 들고 있었는데, 그 책에는 다음과 같은 글이 쓰여 있었다.

'괴로워하는 자, 무거운 짐을 진 자는 모두 내게로 오

라. 내가 너희를 편히 쉬게 하리라.'

이 성상 앞에 서서 그녀는 간절히 기도를 올렸던 것이다. 영혼까지 모든 힘을 기도에 흡입시켜 간구하면 그녀의 마음 속 깊은 곳에서 산은 움직이지 않는다는 것, 그리고 하나님은 그녀를 위해서가 아니라 스스로 위해서 계시다는 것을 느꼈다. 그러나 그녀는 빌었다. 성경에 쓰인 글과 자신이 지은 말을 외었다. 그리고 열심히 기도했다.

어린애가 죽었다는 사실을 분명히 깨닫게 되자, 그녀의 머릿속에서는 모든 것이 갈가리 찢겨지고 세상이 무너지는 슬픔과 고통에 한없이 눈물을 흘렸다. 그리고는 자기 침실로 돌아와서도 그곳이 어딘지 모르는 듯, 낯익은 물건들을 놀란 시선으로 바라보았다. 잠시 동안 극도의 허탈감에 빠져 있다가 겨우 침상에 누워 남편의 잠옷을 똘똘 말아 베고는 의식을 잃고 말았다.

그러자 꿈속에서 그녀는 죽은 코스챠카가 튼튼하고 건강한 모습으로 귀여운 곱슬머리와 가늘고 하얀 목덜미를 드러내놓고 안락의자에 앉아 있는 것을 보았다.

아이는 살찐 통통한 다리로 거실 안을 활기차게 뛰어다니며 붉은 입술을 내밀고 열심히 한쪽 발이 없고 잔등에 구멍 뚫린 종이의 장난감 말 등에 인형을 태우려고 열중하고 있었다.

"저 애가 살아있었을 때는 얼마나 기뻤는지 몰라."
하고 그녀는 꿈속에서도 생각했다.

"그런 애가 죽다니 이 무슨 끔찍한 벌이람. 왜 죽었
을까? 내가 그처럼 빌었는데도 하나님은 이토록 고통
스런 이별을 주신 것일까? 저 생명이 나의 삶이며,
그애 없이는 살아갈 수 없다는 것을 하나님은 모르신
다는 말인가? 저 불쌍하고 귀여운 죄 없는 어린 것을
예고없이 빼앗아 가시고 나의 생활을 산산이 부수어
버리시다니. 내가 밤낮없이 열심히 기도를 드렸는데
도 왜 이런 고통을 주신다는 말인가? 정말 하나님은
계신 것일까?"

아이 엄마는 또다시 생각에 빠졌다. 아이가 걸어가고
있다. 작은 아이가 저렇게 높은 곳에 있는 문 속으로
들어가다니, 귀여운 아이들이 하듯이 작은 손을 흔들면
서 뒤를 돌아보며 생글생글 웃으면서 걸어가는 아이.

"오오, 귀여운 애기야. 이렇게 귀여운 내 애기를 하
나님은 빼앗아 가시다니! 하나님은 정녕 무자비한 분
이신가? 왜 내가 기도를 드린 것일까?"

그때 유모 마트로사가 이상한 말을 했다. 아이 엄마
는 그 말의 당사자가 유모임을 알고 있었지만, 그녀가

천사처럼 보였다.

"이게 천사라면 왜 날개가 없을까?"

아이 엄마는 이렇게 생각했다. 그러나 그녀는 누구인지 똑똑하게 기억은 안 났지만, 교회와 관계있는 사람이 한 말을 기억해 냈다. 요즈음 천사에게는 날개가 없다는 것이다. 그러자 천사 마트로사가 말했다.

"주인 아주머니, 하나님에게 욕을 하셔도 소용없어요. 하나님께서도 모든 사람이 하는 말을 다 들어주실 수는 없지 않아요? 그들이 말하는 대로라면 다른 사람을 원망하거나 해치는 일을 하나님께 비는 거예요. 요즈음은 더 그래요. 러시아의 많은 사람들이 빌고 있어요. 대승정님, 큰 사원 스님, 모든 교회 사람들, 누구 할 것 없이 다 하나님의 힘으로 소원이 이루어지도록 빌고 있어요. 하지만 그렇게 빌어도 소용없으며 하나님도 결코 환영하지 않으실 거예요. 하나님은 이 세상 모든 사람의 아버지이십니다."

"그건 그래요. 옛날부터 전해 내려오는 말이니까요. 하지만 나의 경우는 달라요. 난 나쁜 일을 하나님께 고한 것은 아니니까요. 나는 오직 내 귀여운 애기를 살려 달라고 빌었을 뿐인데, 어째서 하나님은 그 말을 들어 주시지 않는지 몰라?"

이렇게 아이 엄마는 슬픔과 감정에 북받쳐 울음을 참는 듯했다. 한편으로 아이가 토실토실 살찐 손으로 자기 목을 끌어안고 재롱을 부리던 일, 아이의 따뜻한 체온을 느꼈던 일들을 회상했다.

"그 애가 죽지만 않았더라면 얼마나 좋았을까?"

하고 깊은 연민에 빠졌다.

"하지만, 하나님을 믿는 이유가 뭐죠. 무엇 때문에 기도를 올리는 걸까요. 아주머니?"

마트로사는 언제나 그렇듯 잠자코 쳐다보았다.

"누가 무엇을 빌든지 하나님이 그 소원을 들어주실 수 없을 때가 있어요. 이건 누구나 다 알고 있는 일이에요. 저도 그런 경우를 겪었으니까요."

천사 마트로사는 진심으로 말했다. 그것은 어젯밤 주인을 부르러 보냈을 때, 그녀가 유모를 보고 말했을 때와 꼭 닮은 목소리였기 때문이다.

"주인님은 지금 집에 계셔요. 조금 전에 보았으니까요."

"그런 일은 얼마든지 있어요."

하고 마트로사는 대수롭지 않게 말했다.

"어느 젊은이가 죄를 짓지 않고 술에 취해 방탕하지 않도록 힘을 달라고 간절히 빌었어요. 세상의 악을 멀리하여 온전한 생활을 빌었던 거예요."

'어쩜, 저렇게 마트로사는 말솜씨가 좋아졌을까?'

하고 아이 엄마는 생각했다.

"하지만 하나님은 도와주시지 않았어요. 왜냐하면 사람은 자기 스스로 노력하여 해결하는 능력이 필요하기 때문입니다. 노력에 의해서 좋은 결과를 얻을 수 있다는 삶의 이치를 깨달아야 합니다. 아주머니는 저에게 검정닭 이야기를 읽으라고 가르쳐 주셨죠? 그 이야기는 검정닭이 자기 목숨을 살려준 아이에게 답례로서 마법의 대마초 씨앗을 선물했다는 내용이죠. 그 씨앗이 아이의 바지 주머니에 들어 있는 동안은 공부를 하지 않아도 무엇이나 잘 할 수 있었기 때문에 그것을 믿고 게을리 하였지요. 그러자 지금까지 알고 있던 것까지도 어디론가 달아나 버리고 말았다는 이야기입니다. 하나님도 인간에게서 악을 뽑아 버리실 수는 없답니다. 그래서 하나님께 빌어도 응답을 해 주시지 않아요. 그 대신 하나님은 우리에게 자기 스스로 악을 뽑아내고 마음을 깨끗이 하는 지혜의 능력을 주셨지요."

"어쩌면! 당신은 어디서 이런 것을 배워 가지고 왔을까?"

아이 엄마는 감탄하며 말했다.

"하지만 마트로사, 넌 아직 내가 물어본 말엔 대답을 하지 않았어."

"잠깐만 기다려 주셔요. 다 말씀드릴 테니……."

마트로사는 말했다.

"이런 일도 있었어요. 어느 집안이 자기들은 아무 죄도 없는데 몰락해 버렸거든요. 그 집 가족들은 너무 허망해서 울었습니다. 그리고 지금까지 살아온 훌륭한 저택에서 쫓겨나 불결한 단칸방에서 살며 먹을 식량조차 없었습니다. 그래서 하나님께 도와달라고 빌었지만, 여전히 하나님은 그 소원을 들어주시지 않았습니다. 왜냐 하면 그렇게 하는 것이 그들을 위해서 좋다고 생각하셨기 때문입니다. 그 사람들에게는 알수 없는 일이었지만, 하나님은 만일 그 사람들이 아쉬움없이 살고 있다면 타락하리라는 것을 예견하고 계셨기 때문입니다."

"그건 그래요."

아이 엄마는 그녀의 말이 옳다고 고개를 끄덕였다.

"하지만 어떻게 그런 심한 말을 사용할 수가 있을까요? 더구나 하나님에 대한 말을 하면서 형편없더라니 불경스러워요."

"······."

아이 엄마는 다시 말을 이었다.

"하지만, 나는 무엇 때문에 하나님이 내 아이를 빼앗아 가셨는지를 묻고 있는 거예요."

그리고 아이 엄마는 자기 앞에서 죽은 코스챠가 살아 마치 종소리와 같은 귀여운 웃음소리를 듣는 듯한 슬픔에 휩싸였다.

"왜 나에게서 아기를 빼앗아 가셨죠? 만약 하나님이 그런 일을 하신다면 나쁜 분임이 틀림없어요. 그런 하나님이라면 아무 소용이 없어요. 하나님이 어떤 존재인지 알고 싶지도 않아요."

그러자 웬일인가! 마트로사는 이미 그녀가 아닌 새롭고 이상한 존재로 변모되어 있었다. 그녀의 입으로 하는 말이 아니라 무엇인가 특별한 힘에 의해 아이 엄마의 가슴에 격렬한 불길로 울려왔다.

"너는 불쌍하고 철없는 맹목적인 생물이야."

이렇게 그녀의 변신이 소리치듯 말했다.

"너는 일주일 전만해도 코스챠가 튼튼하고 탄력 있는 몸매와 긴 곱슬머리로 사람들에게 귀여운 미소를 짓는 모습을 알고 있다. 언제까지나 그 모습을 그대로 간직하고 있을까? 너는 그 애가 엄마 또는 아빠라는 말을 할 수 있고, 사물을 구별하는 재능에 놀라움을 나타낸 때도 있었을 것이다. 또 그 애가 비틀거리면서 뛰어가는 귀여운 모습이라든가, 방안을 이곳저곳 기어 다니는 것을 보며 집안 식구들이 함께 즐거운 한때를 보내던 일, 작은 모자를 서투른 손동작으로 머리에 쓰려고 안간힘을 쓰는 모습, 그보다 어린 아이가 이도 없는 잇몸으로 젖꼭지를 빠는 모습에 황홀했겠지. 그리고 알몸으로 엄마의 몸속에서 세상 밖으로 나오려고 숨을 몰아쉬며 우주를 무너뜨릴 힘찬 탄생의 소리를 듣고 몹시 기뻐하던 때가 있었을 것이다. 무엇보다도 그 이전에는 당신의 아이가 어디 있는 것조차도 모르면서 지낸 수년간의 시절을 그리워하면서 그대로 젊음이 멈추어 있어야 하며 또 사랑하는 사람이 지금 모습 그대로 있어야 된다고 생각하고 있다. 하지만 당신들은 단 일분간도 멈춰 있지 못하는 흐름 속의 존재다. 당신들은 끊임없이 흘러가는 강물과 같으며 떨어지는 돌과 같이 죽음을 향해서 추락하고 있을 뿐이다. 죽음은 시간을 조이며 당신들을 기다리고 있다. 당신은 그 애가 귀여운 모습으로 태어났으나 죽은 뒤에는 단 일분도 똑같은 형상일 수 없다는 사실을 전혀 모르고 있다. 인간의 과정은 무에서 시작하여 갓난애로 태어나 어린이가 되고, 유년, 소년시절을 거쳐 청년, 장년, 노년으로 성장 소멸되어간다는 사실을 깨닫지 못하고 있는 것이다. 만약 그 애가 살아 있었다면 어떤 사람이 되었는지 당신은 모른다. 그러나 나는 알고 있다."

그러자 아이 엄마는 갑자기 눈앞에 나타난 한 늙은 신사를 보았다. 그는 전등불이 휘황한 음식점에 언젠가 아이 엄마는 남편과 함께 이런 음식점에 가 본 일이 있었다. 식탁을 앞에 두고 뚱뚱하게 살찐 몸매와 주름이 잡힌 얼굴에 수염을 꼿꼿이 위로 추켜세운 꾀죄죄한 모습으로 푹신한 장의자에 깊숙이 몸을 파묻고 앉아 술취한 눈으로 목마른 듯이 굵고 새하얀 목을 드러낸 음탕스러운 짙은 화장을 한 여자들을 바라보고 있었다.

그리고 추잡스러운 농담을 되풀이하면서 큰 소리를 질렀다. 이에 같은 여자 패거리들의 추켜세우는 웃음소리가 일어나자, 그는 만족스러운 표정을 지었다.

"저게 우리 애라니? ― 우리 코스챠라니, 절대로 그럴 리 없어."

아이 엄마는 몸서리치며 말했다. 이 추잡스런 노인을 살펴보고 있노라니까, 눈매와 입 주위가 코스챠와 닮은 것이 무서웠다. 이 모든 것이 꿈이었으면 하고 애써 자신을 정리해 본다. 실제로 코스챠는 이런 노인이 아니라고 다짐하면서 목욕탕에서 물장난을 치고 있는 알몸의 코스챠를 떠올린다.

포동포동한 앞가슴, 코스챠의 해맑은 웃음, 아이 엄마는 이런 모습을 상상히면서 느꼈던 것이다.

"그렇지, 이런 모습이 코스챠란 말야. 저런 영감쟁이 하고는 전혀 다르지."

그녀는 이렇게 중얼거렸다. 그와 동시에 눈을 뜨고 두려운 현실로 돌아왔던 것이다.

그녀는 아이들 방으로 갔다. 유모는 죽은 코스챠의 몸을 씻기고 모든 준비를 갖추어 놓았다. 높고 깡마른 코, 이마를 덮은 머리카락, 어린 것은 약간 높은 침상에 뉘어 있었다.

그 주위를 촛불로 밝혀 놓았고 머리맡의 작은 탁자 위에는 하얀 자정향꽃과 장미, 히야신스가 핀 채로 향기를 뿜었다.

유모는 의자에서 일어나 돌처럼 굳어 움직이지 않는 귀여운 얼굴을 들여다보았다. 그때 마트로사가 안으로 들어왔다. 그녀는 여느 때처럼 단순하고 선량한 얼굴 모습에 눈에는 눈물이 가득 차 있었다.

"나더러는 울지 말라더니, 자기가 울고 있군."

아이 엄마는 이렇게 생각하면서 죽은 아이에게로 시선을 옮겼다. 순간 아이의 얼굴과 꿈에 본 노인의 얼굴이 한데 합쳐져 있어 너무 놀라 비틀거렸다.

그러나 그녀는 나쁜 생각을 떨쳐 버리고 가슴에 십자를 그은 다음, 자기의 따뜻한 입술로 죽은 아이의 찬 이마와 합장하고 있는 작은 손에다 입을 맞추었다. 그러자 갑자기 히야신스의 짙은 향기가 죽은 아이의 영혼이 다시 돌아오지도 않는다는 사실을 말해 주고 있는 듯 생각되었다.

그녀는 숨이 막힐 듯이 흐느껴 울었다. 다시 한 번 죽은 아들의 이마에 입을 맞추고 흐느끼기 시작했다.

이제 그녀의 눈물은 절망이 아니었다. 겸허하고 평화로운 눈물이었다. 그녀는 괴로웠으나 초조하지는 않았다. 그녀는 이 세상에 일어나는 모든 일은 없어서는 안 되는 생존의 법칙이며 전능하신 하나님의 뜻임을 깨닫기 시작한 것이다.

"이젠 울음을 그치세요, 아주머니."

유모가 나직히 말했다. 그리고 작은 주검 옆으로 가서 아이의 흰 이마에 남아 있는 어머니의 눈물을 닦아 주었다.

"아주머니가 우시면 죽은 애기가 오히려 괴로워질 겁

니다. 코스챠는 이제서야 평안한 곳에 머물게 되었습니다. 죄 없는 천사가 된 것이지요. 만약 살아 있었다면 어떤 인간이 되었을지 아무도 모르는 게 아니겠어요."

"하지만 엄마인 난 슬퍼요."

아이 엄마는 슬픈 목소리로 말했다.

그녀의 음성에는 슬픔과 사랑이 묻어 나오고 있었다.

딸 기

*톨스토이

 바람 한 점 없는 무더운 7월의 어느 날이었다. 숲속의 무성한 나뭇잎은 싱그럽게 푸르렀다. 여기저기에 백엽나무와 도토리나무의 잎들이 떨어져 진한 물감을 덩어리로 풀어 놓은 것 같았다.

 들장미는 달콤한 향기를 풍기고 숲속 빈 터는 마치 클로버로 짠 융단이 깔려 있는 듯했다. 어느 새 높이 자란 보리는 밭고랑에 그늘을 만들고 반쯤 익은 이삭은

따사롭게 물결쳤다. 숲지에는 낮은 관목이 서로 엉켜 있고 귀밀밭 사이에서 메추라기가 시끄럽게 울어댔다.

숲속의 꾀꼬리는 생각이 난 듯 짧게 노래를 부르는가 싶더니 잠잠해졌다. 넓은 들판은 약속한 것처럼 무더웠나. 길바닥은 발이 묻힐 만큼 마른 흙먼지가 쌓여 있어 잠시도 가만있지 않고 짙은 구름처럼 날아올라 조금만 바람이 불어도 사방으로 뽀얗게 흩어졌다.

농부들은 집을 고치기도 하고 수레로 거름을 운반하며 제각기 바쁜 일손을 멈추지 않았다. 가축들은 빈 밭에서 모이를 찾아 이리저리 몰려다니는가 하면 소는 마른 풀밭에서 꼬리를 쳐들고 귀찮게 달라붙는 파리를 쫓고 있었다.

사내아이들은 길바닥에서 거친 풀을 뜯어먹고 있는 말을 바라보며 할 일없이 서성거렸다. 그 사이 여자애들은 숲속에서 산나물을 뜯어 자루에 담는가 하면, 냇가 밝은 곳에 있는 넝쿨 속으로 기어들어가 별장에 갖다 팔 딸기를 따느라고 정신이 없었다.

별장은 아름답게 꾸며져 있었다. 그 안에 살고 있는 사람들은 모두가 호화롭고 깨끗하고 사치스러운 옷을 입고 화사한 양산을 쓰고 한가롭게 오솔길을 걷거나 나무 그늘에 앉아 간이탁자를 앞에 놓고 더위를 잊기 위해 가지고 온 차나 음료수를 마시고 있었다.

고풍스런 석탑이라든가 베란다, 발코니, 그리고 전설이 흐를 듯한 회랑 등(모든 것이 새롭고 깨끗했다)이 달려 있는 니코라이 세메요노비치의 으리으리한 별장 옆에는 항상 삼두마차가 머물러 있었다. 이 마차는 십오 웨르스트쯤 떨어진 마을에서 센트 페테르부르크에 살고 있는 한 신사를 태우고 온 것이었다.

이 신사는 유명한 진보파의 인물로서 온갖 정부 공사 입찰에 관계하며 교묘하게 표면적으로는 정부쪽을 가장하면서 사실은 자유주의를 표방하는 친구들과 교제를 맺고 있었다.

그는 시골 마을(매우 바쁜 사람이었기 때문에 그곳에서는 하루 밖에 묵은 일이 없었다)에서 살며 자기와 뜻이 같은 사상을 지니고 어릴 때부터의 오랜 친구를 찾아온 것이다.

두 사람은 헌법 원리의 운용에 관해서 약간의 견해 차이를 가지고 있었다. 이 센트 페테르부르크의 신사는 사회주의 성향을 띤 서구적인 인물로 자기가 종사하고 있는 여러 사업에서 많은 수입을 얻고 있는 사업가이기도 했다.

반면 니콜라이 세메요노비치는 성격적으로 토박이 러

시아 사람이다. 범슬라브주의 색채를 띤 정교도 신자로
서 대지주였다.

그들은 잘 손질한 정원에서 함께 식사를 하고 있었는
데, 더위 때문에 거의 음식에는 손을 대지 못했다. 손님
을 위해 애써 음식을 만든 요리사와 조수의 노력이 헛
수고가 되고 말았다. 그들은 얼음으로 차게 한 생선 스
프와 흰 설탕과 비스킷을 섞어 예쁘게 만든 얼음만을
먹었다.

손님과 함께 식사를 하고 있는 사람은 시골 의사와
아이들의 가정교사(그는 저돌적인 사회혁명 사상을 가
진 학생이었지만, 니콜라이 세메요노비치는 그것을 억제
시키는 방법을 알고 있었다), 그리고 이 집 여주인격인
아내 마리아와 세 명의 아이들이었는데, 그 중에 막내
아이는 과자를 먹기 위해 따라 온 것이다.

식사 분위기는 어색하리만큼 딱딱했다. 왜냐하면 신
경질적인 마리아가 막내 고오카에 대해 너무 신경을 썼
기 때문에 소화불량을 일으켰다.

고오카란 사내아이인 니콜라이를 상류가정의 습관에
따라서 부르는 이름이었다.

또 그녀의 신경에 거슬리는 일은 손님과 남편 사이에
정치 이야기가 나오면 전혀 사양할 줄을 모르는 저돌적

인 가정교사가 끼어드는 광경이었다. 그러면 손님은 입을 다물고 말았지만, 니콜라이 세메요노비치는 젊은 혁명론자를 타이르기에 애를 먹었다.

그들은 일곱 시쯤 되어 식사를 끝냈다. 식후에 두 친구는 베란다로 나가서 차가운 탄산수와 백포도주를 마시며 유쾌하게 이야기를 나누었다.

그들은 선거의 가장 좋은 효율적 방법은 직접선거인가, 간접선거인가 하는 데서 의견을 달리 했다. 그리고 파리 때문에 창문에 방충망을 친 식당에서 차를 마시게 되었을 때에는 약간의 격론까지 벌렸다. 차를 마시면서 여러 가지 이야기를 나누는 동안 이 집의 안주인 마리아도 함께 있었다.

그녀는 소화불량이된 막내 고오카의 용태가 걱정되어 이야기에 별로 재미가 없었지만, 화제는 그림과 예술에 관한 것으로 옮겨갔다. 마리아는 데카당파의 작품 중에는 아직도 부정할 수 없는 화풍이 있다는 것을 주장했다. 그녀는 이때 데카당 미술에 관한 것만을 생각하고 있었던 것은 아니다. 전부터 여러 번 말한 내용을 되풀이한데 지나지 않았다.

손님에게 이 문제는 조금도 흥미가 없어 보였다. 그러나 데카당 미술에 관해서는 여러 가지 이야기를 들어 알고 있는 입장이어서 그것을 매우 자연스럽게 되풀이해서 말했으므로 아무도 그가 데카당파 미술에 관해서 이해하지 못하고 있다고는 생각하지 않았다.

이렇게 이야기를 나누고 있는 동안에 니콜라이 세메요노비치는 아내의 표정을 보고 뭔가 불만스럽고 불쾌한 일이 있다는 것을 느꼈다. 그는 아내가 하는 이야기에는 싫증을 내는 편이었다. 이미 백 번도 더 들은 것처럼 생각되었기 때문이다.

호화로운 거실 안의 청동 램프에 불이 켜지자, 정원의 불도 밝아졌다. 아이들은 침대로 들어갔다. 병이 난 고오카는 이미 의사의 치료를 받아 안정된 상태였다.

손님은 니콜라이 세메요노비치와 함께 베란다로 나가자 뒤따라 하인이 등피가 달린 촛대와 탄산수를 가져왔다. 그리고 한밤중에 다시 논쟁이 벌어졌다. 이번에는 현재와 같은 위급한 시기에 러시아는 어떤 정책이 필요한가 하는 문제였다. 두 친구는 다같이 담배를 한 모금씩 빨고는 계속해서 이야기를 이어갔다.

별장 옆 마구간에는 먹이를 주지 않은 세 필의 말이 묶여 있었는데 목에 붙어 있는 작은 종이 땡그랑 하고 어둠 속을 울렸다. 마차 안에는 늙은 마부가 기지개를 켜기도 하고 하품을 하며 졸면서 앉아 있었다.

이 마부는 이십 년 동안이나 같은 주인을 섬기며 이삼 루불을 술값으로 쓰는 외에는 급료를 모두 멀리 있는 형제들한테 보내 주는 성실한 사람이었다.

그때 별안간 별장 뒤뜰 안에서 수탉이 큰 소리로 날카롭게 울자 마부는 주인이 자기의 존재를 잊은 것이 아닌가 할 정도로 불안한 생각에 휩싸였다. 그는 마차에서 내려와 곧장 안으로 들어갔다. 그는 주인이 음식을 먹으며 담소하는 모습을 눈여겨 보았다.

그는 주인한테 갈 마음이 내키지 않아 별장 하인을 찾으러 갔다. 그때 하인은 작업복을 입은 채 대기실에 앉아서 졸고 있었는데, 그는 농노 출신으로서(급료와 손님에게서 받은 팁을 합치면 웬만한 금액이 되었다) 다섯 명의 딸과 두 아들의 대가족을 먹여 살렸다.

마부는 그를 깨웠다. 그러자 그가 벌떡 일어나 눈을 비볐다.

마부가 너무 늦어 걱정된다면서 돌아가고 싶어한다는 뜻을 주인에게 전하러 갔다.

하인이 집안으로 들어갔을 때는 논쟁이 한창이어서 의사가 주인과 손님 사이에 끼어들어 말참견을 하고 있는 중이었다.

"나는 러시아 국민들이 달리 발전의 길이 있다는 뜻

의 이야기는 인정할 수 없습니다. 무엇보다도 필요한 것은 자유입니다. 정치적 자유, 이것이야말로 일반 대중에게 있어 가장 큰 자유이지요. 물론 타인의 최대 권리를 인정한다는 조건하에서 말입니다."

손님은 이렇게 말했지만, 차츰 머리가 산란해져서 자기가 바른 말을 하고 있다고는 생각되지 않았다. 논의에 열중해서 어느 것이 가장 바른 판단인지 분별이 되지 않았다.

"그건 그렇지요,"

니콜라이 세메요노비치가 불분명하게 대답했다. 손님의 말에는 귀도 기울이지 않고, 자기가 하고 싶은 이야기만을 골똘히 생각하면서 부정도 긍정도 하지 않았다.

"그건 그렇습니다 만은 다른 수단으로서도 할 수 있을 겁니다. 투표의 다수에 의해서가 아니라 일반적인 동의에 의해서지요. 미르(러시아의 마을회의)의 결의를 보십시오."

"아, 미르 말이지요?"

"아무도 이것을 부정할 수는 없습니다."

의사가 끼어들었다.

"즉, 슬라브인에게는 그들만의 특성이 있다는 것만큼은 인정해야 합니다. 정말 그래요. 예컨대 폴란드인의 거부권처럼 말입니다. 나는 굳이 좋다고는 주장하지 않습니다만……."

"내 결론을 말씀드리게 해 주십시오."

니콜라이 세메요노비치는 계속해서 말했다.

"러시아의 국민성은 특색을 가지고 있습니다. 그 특색은……."

그러나 이때 작업복 차림의 하인 이반이 졸린 눈으로 들어왔기 때문에 그의 말은 중단되었다.

"마부가 걱정을 하고 있는뎁쇼."

"곧 가지. 오늘은 수고 값을 톡톡히 주겠노라고 가서 말해 주게."

"네, 알겠습니다."

하인이 나갔으므로 니콜라이 세메요노비치는 자신의 생각을 끝까지 설명할 수가 있었다. 그러나 손님이나 의사는 이미 그의 말을 스무 번 가까이 들어왔던 터에 역사상의 예를 들어 그의 말을 반박했다. 그는 역사에 매우 정통한 견해를 갖고 있는 듯했다.

의사는 손님의 편을 들어 그의 박식을 칭찬하고 서로 알고 지낼 기회를 얻게 되었음을 기뻐했다. 이야기는 계속되어 어느 새 길 건너편의 숲이 훤하게 밝아오고 꾀꼬리도 눈을 떴다. 그러나 아직도 친구들은 담배를 피우며 이야기를 나누고 있었다. 아마도 하녀가 들어오지 않았더라면 이야기는 더 오래 계속되었을 것이다.

하녀는 고아 출신으로 먹고 살기 위해서는 남의 집살이를 하지 않으면 안 되었다. 그녀는 처음 어느 상인의 가정에 있었는데, 점원의 꾀임에 빠져 어린애를 낳았다. 그 아이가 죽었기 때문에 다음에는 어느 관리의 집에 하녀로 들어갔지만 거기서도 학생인 아들이 그냥 두지 않았다.

그래서 그녀는 리콜라이 세메요노비치 집의 하녀가 되었던 것이다. 이번 주인은 그녀를 식구처럼 대해 주며 급료도 확실하게 지불해 주었으므로 행복한 생각 속에 열심히 일했다.

그녀는 마님이 의사와 주인을 부른다는 말을 전하러 왔던 것이다.

"음, 고오카의 용태가 나빠진 모양이로군."

불현듯 세메요노비치는 막내아들을 생각했다.

"왜 그러지?"

하고 물었다.

"코오카 도련님이 좀 아프시데요."

하녀가 근심어린 표정으로 말했다.

"야아, 이것 봐라. 벌써 날이 밝았군. 정말 너무 오랫동안 이야길 했군요."

손님이 말했다. 그는 이렇게 긴 시간 동안 이야기를 나눈 것이 스스로 대견스러운 듯 자신과 친구를 칭찬하는 말을 했다. 그리고 나서 그는 작별을 고했다.

이반은 손님의 모자와 양산을 찾기 위해 지친 다리를 끌고 뛰어다녔다. 그러나 양산은 손님이 찾지 못할 구석에 놓아 팁을 받으려니 하고 기대했으나 허사였다. 평소에는 기분 좋게 일 루불이나 주던 손님이 오늘은 너무 이야기에 골몰했기 때문에 그만 잊어버리고만 것 같았다.

"이젠 할 수가 없군."

마부는 자리에 앉자 줄을 당겼다. 종이 가볍게 울렸다. 센트 페테르스부르크의 신사는 기분 좋게 마차에 흔들리며 친구가 편협된 사상에 사로잡혀 있다고 생각했다.

한편 니콜라이 세메요노비치는 곧장 아내가 있는 곳으로 가려고는 하지 않고 같은 일을 생각하고 있었다.

'페테르부르크의 친구가 가지고 있는 사상은 너무 견고하군. 너무 깊이 빠져있어.'

아직도 그는 아내에게로 서둘러 갈 필요를 느끼지 않는 모양이다. 가 보았자 별 신통한 방법도 없을 것이라고 생각했다.

그 달갑지 않은 사건은 모두가 딸기 때문에 일어났다. 어제 마을의 아이들이 딸기를 팔러 왔었다. 그는 잘 익지도 않은 것을 값도 깎지 않고 두 사발씩이나 사 주었던 것이다. 그러자 아이들이 달려와 딸기를 마구 먹어댔다. 마리아는 그때까지 침대에서 일어나지 않았으나 뒤에 고오카도 딸기를 먹었다는 사실을 알자, 그 애는 전부터 배를 앓고 있는 터였으므로 화를 내지 않을 수 없었다. 그녀는 남편에게 잔소리를 했고 거의 싸우는 것처럼 언쟁이 오갔다.

밤이 되자, 고오카의 배는 더 아팠다. 니콜라이 세메요노비치는 그냥 두면 낫겠거니 했던 것인데 의사를 불러올 만큼 상태가 악화되었던 것이다.

그가 아내가 있는 곳으로 가자, 그녀는 지금은 볼품 없이 되었지만, 옛날에는 화려한 빛깔의 비단 잠옷을 입고 촛물이 떨어지는 양초를 켜든 채 의사와 함께 아들 방에 서 있었다. 의사는 안경 너머로 주의 깊게 그릇 속에 담긴 것을 검사하고 있었다.

"그래요, 모두가 그 딸기 때문이에요."

마리아는 힘주어 말했다.

"하지만, 딸기가 어쨌다는 거야?"

남편이 우물우물 건성으로 말했다.

"딸기가 어쨌느냐구요? 당신이 옆에 있으면서 아이들한테 그걸 먹이시지 않았어요? 그 때문에 저는 밤새도록 아이의 병간호를 하지 않으면 안 되었어요. 그 애는 어쩌면 죽을지도 몰라요."

"아닙니다. 생명에는 관계없습니다. 약을 먹이고 조심하기만 하면 아무렇지도 않을 겁니다. 약을 곧 지어 드리지요."

의사가 웃으면서 말했다.

"잠이 깊이 들어 있는데요."

그녀가 짜증 난 소리로 말했다.

"그래요? 그럼 그냥 두십시오. 제가 내일 다시 들리겠습니다."

"네, 그렇게 해 주세요."

의사는 돌아갔다. 니콜라이 세메요노비치는 아내와 단둘이 남게 되자, 오랫동안 아내의 마음을 진정시키느라고 애를 먹었다. 그가 잠든 것은 날이 훤하게 밝은 무렵이었다.

이때 이웃 마을에서는 농부와 어린아이들이 말을 타고 밭일을 끝내고 돌아오고 있었다. 어떤 사람은 말을 타고 다른 사람은 말을 끌고 왔으며, 그 뒤로 두 살짜리 망아지들이 따라왔다.

열두 살난 소년 타라스카 레즈우노프는 털가죽 코트를 입고 맨발에 모자를 쓴 모습으로 암놈 얼룩소를 타고 새끼 망아지를 데리고 다니는 어미말의 고삐를 잡고 마을 언덕을 달려 올라갔다.

검둥개가 즐거운 듯 뒤를 따라 내달렸다.

제법 통통하게 살이 오른 망아지는 검은 점이 섞인 다리로 좌우를 걷어차면서 따라갔다. 타라스카는 집으로 돌아오자 문앞에 말을 매어놓고 거침없이 안으로 들어갔다.

"얘들아, 아직도 자고 있어?"

그는 남루한 이불 속에서 자고 있는 동생들에게 소리쳤다. 그들 옆에서 자고 있던 어머니는 어느 새 일어나셨는지 우유를 짜러 가고 없었다.

오리그우시카는 헝클어진 머리카락을 두 손으로 매만지면서 벌떡 일어났다. 그러나 그 옆에 자고 있던 페지카는 낡은 털가죽 코트 속에 머리를 처박고 꼼짝도 하지 않았다. 그리고는 한쪽 발뒤꿈치를 이용해 잠옷 자락 사이로 내민 미끈한 다리를 긁으면서 자는 체 했다.

전날 밤 아이들은 딸기를 따러 가기로 약속하였기 때문에 타라스카가 밭에서 돌아오자 동생들을 깨웠던 것이다.

그래서 타라스카는 동생들과의 약속대로 한 것이다. 밭일을 하는 동안에는 숲속에 앉아서 졸음이 오는 것을 겨우 참았지만, 지금은 정신이 말똥말똥하여 여자아이들과 딸기를 따러갈 생각만을 하고 있었다. 어머니가 우유를 가득 따라 주었다. 그는 높은 걸상의 탁자 앞에 앉아 손으로 빵을 잘라 먹었다.

그는 셔츠와 바지만을 입고 흙먼지로 맨발 자국을 남겨 놓으며 성급하게 뛰어갔다. 길바닥에는 먼저 간 아이들의 분명하고 크기도 거의 같은 발자국들이 흩어져 있었다. 여자아이들의 모습이 어두컴컴한 나뭇잎 사이로 빨갛고 흰 점처럼 보였다.

지난밤에 그들은 작은 병이나 항아리를 준비해 두었었다. 그리고 아침이 되자 밥도 먹지 않고 간식도 지니지 않은 채 성상 앞에서 두어 번 십자를 긋고는 곧장 밖으로 뛰어나왔던 것이다. 타라스카는 숲 뒤쪽에서 그들을 따라 잡았다. 그곳은 길에서 퍽 떨어져 있었다.

이슬이 풀숲 위와 작은 나뭇가지 위에 내려앉아 반짝거렸다. 여자 아이들의 맨발은 이미 젖어 있었다. 처음에는 차가웠지만 부드러운 풀밭과 땅 위를 걷고 있는 동안 곧 따뜻해졌다.

＊톨스토이 지음

딸기를 발견한 곳은 나무를 벌채한 잡목숲이었다. 여자아이들은 우선 작년에 딸기를 딴 넝쿨을 찾았다. 연한 새순이 돋아난 관목 사이에 키 작은 풀들이 자라고 있는 곳이 보였다. 그 풀숲 속에는 아직도 갈색 빛깔이거나 너무 익어 새빨간 산딸기들이 수두룩했다.

여자아이들은 몸을 구부리고 햇볕에 그을린 작은 손으로 하나하나 정성껏 딸기를 땄다. 그리고는 좋지 못한 것은 입에 넣고 좋은 것은 항아리 속에 담았다.

"구로우시카 이리 좀 와 봐, 좋은 것들이 있어."

"그래 갈게."

그들은 길에서 그다지 멀리 떨어지지 않은 숲속에 있었으나 큰 소리로 주고받았다.

타라스카는 다른 아이들과 떨어져서 개울 건너 벌채한 숲으로 갔다. 어느 새 그곳에는 어린 나무들이 녹색 잎을 달고, 특히 호두나무와 단풍나무가 사람 키만큼이나 자라 수풀도 무성하였으며 딸기는 다른 곳의 것보다 더 크게 열려 있었는데 짙은 그늘에 숨어 물기도 많았다.

"구로우시카!"

"왜 그래?"

"늑대가 오면 어쩌지?"

"늑대가 온다구? 그까짓 것 어때, 난 조금도 무섭지 않아."

구로우시카가 당당하게 말했다. 그리고는 늑대 같은 것은 아주 잊어버리고 열심히 딸기를 땄다. 그리고 좋은 딸기를 항아리에 담는가 하면 자기도 모르는 사이에 입으로 가져가기도 했다.

"어마, 타라스카가 골짜기를 건너갔어. 애애! 타라스카."

"그래, 이리 와아."

골짜기 건너편에서 타라스카가 대답했다.

"애들아, 저기로 가자, 저쪽이 훨씬 많데."

그러면서 여자아이들은 어린 나무를 붙잡고 의지하여 언덕을 내려가 골짜기 건너편 풀숲으로 갔다. 그러자 그들은 금세 딸기로 가득한 햇볕이 잘 드는 경사진 풀밭을 발견했다. 모두는 아무 말도 하지 않은 채 손을 부지런히 놀렸다.

그러자 그 침묵을 깨뜨리며 느닷없이 그들 가까이에서 무언가 헝클어지듯 뛰쳐나왔다. 나무와 풀밭 사이를 가르며 무너지는 소리를 냈다.

구로우시카는 너무나 놀라서 애써 딴 달기를 반이나 쏟아 버렸다. 그리고는,

"엄마!"

하면서 울음을 터트렸다.

"토끼다, 토끼. 타라스카! 토끼가 있어."

오리우시카는 빽빽한 나무 사이를 뚫고 재빠르게 달아나는 귀기 긴 밤색의 동물을 가리키며 소리쳤다.

"왜 그러지?"

토끼가 사라지자, 오리우시카가 놀란 구로우시카를 재미있다는 표정으로 바라보면서 말했다.

"난, 늑댄 줄 알았어."

구로우시카가 대답했다. 그리고는 놀라움과 무서움에 눈물을 흘리더니 금세 웃음을 터뜨렸다.

"이런 바보!"

"무서운 걸 어떡해."

구로우시카는 웃음소리를 섞어 말했다.

평온을 되찾은 그녀들은 딸기를 따면서 앞으로 나아갔다. 태양은 이미 높이 떠올라 밝은 빛과 그림자로 나뭇잎을 물들이고 이슬은 반짝반짝 빛을 발했다. 이미 여자아이들은 그 이슬로 허리까지 젖어 있었다.

어느새 여자아이들은 숲의 끝까지 와 있었다. 그러면서도 앞으로 나가면 딸기가 더 많은 줄 알고 멈출 수가 없었다.

이때 반대편에서 뒤늦게 와서 딸기를 따고 있던 아이들과 어른들이 부르는 큰 소리가 들려왔다.

아침밥을 먹을 때쯤이 되자 항아리와 병에 딸기가 거의 가득 찼다. 막 산기슭을 내려오려고 하는데 그녀들과 마찬가지로 딸기를 따러 온 아크리나 아주머니를 만났다. 그녀의 뒤로는 배가 나오고 런닝셔츠를 입은 사내아이가 아장아장 따라 오고 있었다.

"이 애는 덮어놓고 나를 따라온다고 떼를 쓰지 않겠어? 하기야 함께 있어 줄 사람이 없기도 하지만."

아크리나는 어린아이를 안으며 변명하듯 말했다.

"방금 말이죠, 큰 토끼가 튀어나왔어요. 굉장한 소리를 내면서요. 우린 깜짝 놀랐거든요."

"정말이야?"

아크리나는 어린애를 내려놓으면서 말했다.

여자아이들은 아크리나와 헤어져서 다시 딸기를 따기 시작했다.

"좀 쉬자."

그러면서 오리구시카는 호두나무 그늘에 앉았다.

"배가 고픈데, 빵을 가져왔으면 좋았을 걸."

"맞아, 나도 먹고 싶어."

구로우시카가 맞장구를 쳤다.

"아크리나 아줌마가 큰 소리로 부르고 있잖아? 들리니?"

"오리구시카아!"

아크리나가 조금 더 큰 소리로 불렀다.

"왜 그래요?"

"애가 거기 없니?"

아크리나가 다급하게 외쳤다.

"없어요."

잠시 후 수풀 속을 달려오는 소리가 나더니 옷자락을 무릎까지 걷어 올리고 바구니를 팔에 건 아크리나가 나타났다.

"그 애 못 봤어?"

"못 봤는데요."

"이거 큰일 났구나, 아, 미시카!"

"미시카아!"

숲속 어디에서도 대답이 없었다.

"이걸 어떡해, 길을 잃어버렸나 봐. 이런 넓은 숲속에서 길을 잃다니. 그 어린 것이……."

오리우시카는 황급히 일어나서 구로우시카와 함께 찾으러 나갔다. 아크리나 아주머니는 반대쪽으로 갔다. 그들은 계속해서 큰 소리로 미시카를 불렀으나 메아리만 돌아올 뿐이었다.

"이젠 지쳤어."

뒤로 주저앉으면서 구로우시카가 힘없이 말했다. 그러나 오리우시카는 쉬지 않고 소리를 지르며 사방으로 찾아보았다.

아크리나의 비통한 목소리는 넓은 숲속으로 울려 퍼졌다. 다소 지치고 짜증이 난 오리구시카는 찾기를 그만두고 집으로 돌아갈까 생각하고 있는데, 그때 도토리 나무밑 그늘진 수풀 속에서 무엇인가에 놀라 필사적으로 울어대는 새소리를 들었다.

그녀는 무성한 수풀로 둘러싸여 있는 곳을 보았다. 그 안에는 나무줄기와는 다른 작고 부드러운 것이 있었다. 그녀는 주의 깊게 그것을 살펴보았다. 어린 미시카였다. 새가 놀라 소리를 지른 것은 그 때문이었다.

미시카는 머리 밑에다 손을 받치고 불룩한 배가 런닝셔츠 밑으로 드러내고 누워 있었는데 통통하고 귀여운 다리를 뻗은 채 기분 좋게 잠들어 있었던 것이다.

오리구시카는 흥분한 나머지 아주머니를 불렀다. 그리고는 아이를 깨워서 딸기를 주었다. 그런 일이 있은 후 오리구시카는 만나는 사람마다 집에서는 부모와 이웃 사람들에게는 자기가 어떻게 아크리나의 아이를 찾아 주었는지를 자랑스럽게 이야기했다.

태양은 숲 뒤에서 높이 솟아올라 대지와 그 위에 있는 모든 것을 눈부시게 내리쬐이고 있었다.

"오리구시카, 미역 감으러 가지 않을래?"

뒤를 따라온 아이들이 말했다. 그래서 모두늘 노래를 부르며 개울로 갔다. 껑충껑충 뛰기도 하고 소리를 지르기도 하고 발로 물장구를 치기도 하면서 목청을 높였다. 놀이에 열중한 아이들은 서쪽 하늘에서 검은 구름이 뒤덮이기 시작한 것도, 해가 구름에 숨었다가 다시 나온 것도, 그리고 주위가 온통 꽃과 백엽나무 잎으로 훈풍을 이루고 있는 것도, 또 멀리서 천둥소리가 울리고 있는 것도 모르고 있었다.

그녀들은 비가 쏟아져 흠뻑 젖을 때까지 옷을 입지 않았다. 비에 젖어 살갗에 달라붙은 낡은 치마를 입은 두 여자아이가 집으로 달려가 무엇인가를 먹으면서 밭에서 감자를 캐고 있는 아버지에게 점심밥을 가지고 달려갔다.

그녀들이 집으로 돌아와서 점심을 먹었을 때는 이미 치마는 말라 있었다. 정성껏 딸기를 골라서 바구니에 담아 니콜라이 세메요노비치 별장으로 가지고 갔다. 언제나 후한 값으로 사 주곤 했었는데, 이번에는 거절

당했다.

베란다 안락의자에 앉아 더위에 지쳐 있던 마리아는 딸기를 팔러 온 여자아이들을 보자 손에 들고 있던 부채를 흔들면서 소리쳤다.

"필요 없다. 필요 없어."

그러나 학교 공부에 너무 지쳐 있었기 때문에 집에서 쉬면서 근처의 동무들과 공차기 놀이를 하고 있던 열두 살 난 맏아들 와리아는 딸기를 보자 오리구시카한테로 달려갔다. 그리고는

"그거 얼마니?"

하고 물었다.

"삼십 카페이카예요."

"비싼데."

별장집 아들은 어른들이 늘 그렇게 말했기 때문에 흉내를 냈다.

"조금 기다려. 저쪽으로 돌아와."

그는 그렇게 말하면서 유모를 찾으러 뛰어갔다.

그 동안 오리구시카와 구로우시카는 정원등과 숲, 뜰 안 풍경이 반사되어 있는 유리창에 정신이 팔려 있었다. 하지만 그녀들은 별로 놀라움을 나타내지 않았다.

왜냐하면 부자들의 생활을 이해할 수 없는 세계에서

살고 있는 사람들이라고 전부터 생각하고 있었기 때문이다.

와리아는 유모에게로 달려가서 삼십 카페이카만 달라고 졸랐다. 유모는 이십 카페이카도 많다고 하면서 상자 속에서 돈을 꺼내 주었다.

와리아는 지난밤의 피곤한 잠에서 방금 일어나 담배를 피우면서 신문을 읽고 있는 아버지의 눈을 피해, 여자아이들에게 이십 카페이카를 주고 접시에 딸기를 받았다. 그리고는 정신없이 먹었다.

한편 오리구시카는 집으로 돌아오자 이십 카페이카를 싸서 묶은 손수건을 이빨로 풀어서 어머니에게 드렸다. 어머니는 그 돈을 잘 간수한 다음 개울로 가져 갈 빨랫감을 챙겼다.

아침식사를 끝낸 뒤 아버지와 함께 감자밭 손질을 마친 타라스카는 어두컴컴한 참나무 그늘에서 낮잠을 즐기고 있었다. 사실은 아버지가 매어둔 말을 지켜보기 위해서는데 그만 잠이 들어버린 것이다. 남의 땅 경계에서 풀을 뜯기고 있었기 때문에 밀밭이나 야채밭에 조금이라도 피해를 주어서는 안 되었다.

그날도 니콜라이 세메요노비치 댁은 평소와 다름없었다. 조금도 변화가 없었다. 세 그릇의 런치가 놓여져 있었고 파리가 벌써부터 그것을 빨고 있었다. 그러나 아무도 식탁에 와 앉는 사람이 없었다. 왜냐하면 모두들 식욕이 없었기 때문이다.

별장 주인 니콜라이 세메요노비치는 자기의 견해가 옳았음에 만족해 했다. 아침 신문에 그것이 암시되어 있었기 때문이다.

마리아는 평화스러웠다. 고오카에게 먹인 약이 효과가 있어 의사도 만족했다. 그럴 것이 자기가 한 치료가 좋은 결과를 가져 왔으니까.

맏아들 와리아도 기분 좋은 표정이다. 왜냐하면 딸기를 한 그릇 가득히 먹었기 때문이다. 얼마 후면 태양은 회색빛으로 긴 밤을 부를 것이다.

달걀만한 낱알

＊톨스토이

　언제인가 산기슭 사이를 뻗어간 오솔길에서 마을 아이들이 달걀만한 크기의 이상한 물건을 주웠다. 그것은 곡식 낱알과 비슷한 모양을 하고 있었다.

　그 곳을 지나던 마을 사람이 아이들이 갖고 있는 그 묘한 물건을 보자 호기심에서 과자값을 주고 샀다. 마을로 돌아오자 진기한 물건이라고 생각했으므로 곧장 궁궐로 달려가 그것을 임금님에게 바쳤다.

임금님은 그 물건을 받자, 학자들을 불러 그 이상한 물건이 달걀인지 또는 낟알인지 알아보라고 명했다. 학자들은 골똘히 생각했다. 그러나 알 수가 없었다. 그래서 그 물건을 창가에 놓아두었다.

그러자 닭이 와서 부리로 쪼았다. 그리하여 그 물건에 구멍이 뚫렸다. 그제서야 사람들은 그것이 낟알임을 알게 되었다. 학자들은 임금님에게 돌아가서 그 물건은 귀밀 낟알이라고 아뢰었다.

임금님은 놀랐다. 그래서 이런 낟알이 대체 언제 어디서 생긴 것인지 꼭 알아오라고 명했다. 학자들은 또 골똘히 생각했다. 온갖 책들을 다 뒤져 보았지만, 전혀 알 수가 없었다. 그래서 임금님께 대답을 드릴 수가 없다고 아뢰었다.

"저희들이 갖고 있는 책 내용에는 그에 대한 어떤 것도 쓰여 있지 않습니다. 농부를 불러다가 이런 묘한 낟알이 언제 어디서 생겼는지 들어본 일이 있는가를 물어보시는 쪽이 좋을 듯싶습니다."

임금님은 신하를 불러 아무라도 좋으니 나이 많은 농부를 데려오라고 명했다. 그래서 명을 받은 신하는 나이 많은 농부를 임금님 앞에 대령시켰다. 그는 창백한 얼굴에 이가 빠지고 두 개의 지팡이를 의지해서 겨우

✳톨스토이 지음

걸어 다니는 노인이었다.

임금님은 그 노인에게 낟알을 보여 주었다. 그러나 노인은 너무 나이를 많이 먹어 시력을 잃은 까닭에 손으로 그 낟알을 이리저리 주무르고 쓸어볼 뿐이었다.

임금님은 노인에게 어디서 이런 낟알이 생겼다는 말을 들은 일이 있는지 없는지, 또 농사짓는 밭에 이와 같은 정체불명의 낟알을 심어본 일은 있었는지, 아니면 장터나 길거리에서 낟알을 산 적이 있었는지를 물었다.

노인은 귀까지 멀어 임금님의 말을 알아듣는데 많은 노력이 필요했다.

그러나 노인은 현명하게 대답했다.

"저는 이런 낟알을 저의 밭에다 심은 일도, 거두어들인 일도 없습니다. 이런 것을 산 일도 없습니다. 제가 곡식을 샀다면 모두 보통의 곡식뿐입니다. 그러나 저의 아버지한테 이런 낟알에 관해서 물어보신다면 혹시 알고 있는지 모르겠습니다."

그래서 임금님은 그 노인의 아버지를 데려오라고 명했다. 곧 노인의 아버지가 임금님 앞으로 불려 왔다.

노인의 아버지는 지팡이를 하나만 짚고 있었다. 임금님은 그에게 곡식 낟알을 보였다. 그리고 이런 낟알이 어디서 생겼는지, 밭에 심어 본 일이 있는지, 혹은 사

본 일이 있는지를 물었다.

노인의 아버지는 아직도 귀가 밝았다. 아들보다도 잘 들을 수가 있었다. 그가 말했다.

"저는 밭에다 이런 곡식을 심어 본 일이나 거두어들 인 일이 없습니다. 또 사 본 적도 없습니다. 제가 농 사 지을 당시는 돈으로 곡식을 팔고 사는 일이 없었 고, 모두 자기가 농사 지은 곡식을 먹었고 나눠 가졌 기 때문입니다. 그러므로 저는 이런 낱알이 어디서 생겼는지 알 수 없습니다. 제가 농사 지을 때의 곡식 은 오늘날의 낱알보다 조금 컸으나 아무리 풍작이라 도 이렇게 큰 것은 처음 봅니다. 저의 아버지한테 들 은즉, 그때의 곡식은 훨씬 더 컸고 풍작이었다고 하 오니, 저의 아버지를 불러서 물어보십시오."

임금님은 노인의 아버지의 아버지를 부르러 보냈다. 그 역시도 임금님 앞으로 불리어 왔다. 노인의 아버지 의 아버지는 지팡이도 없이 튼튼한 다리를 하고, 눈은 빛났으며, 귀도 밝았고 말씨도 확실했다. 임금님은 그에 게 낱알을 보였다. 그는 낱알을 보자마자

"오랫동안 이런 옛날 곡식을 본 일이 없습니다."

하고 놀라며 말했다. 그리고는 그 낱알을 입에 넣고 깨 물어 보았다.

"이것이 틀림없습니다."

"그럼 말해 주게. 이런 곡식이 어디서 생겼는지, 그대는 밭에다 이런 낟알을 심어 본 일이 있었는지, 아니면 그대가 젊었을 때는 이런 낟알을 살 수 있었는지. 아는 바가 있으면 말해 보게."

그러자 노인의 아버지의 아버지는 말했다.

"제가 젊었을 때는 이런 곡식은 이 세상 어디에서나 생산되었습니다. 저희들은 누구든지 이런 낟알을 먹고 살아왔던 것입니다."

임금님은 놀라며 물었다.

"그렇다면 그대는 이런 낟알을 어디선가 사다가 그대의 밭에 심었겠군."

그러자 노인은 웃었다.

"저의 젊은 시절에는 곡식을 사고팔고 하는 따위의 큰 죄는 누구나 생각조차 하지 않았습니다. 곡식은 모든 사람들이 스스로 자급자족했습니다. 저희들은 이 낟알을 스스로 심고 가꾸고 거두어 들였습니다."

임금님은 다시 물었다.

"그렇다면 그대 자신이 이런 곡식을 심었단 말이지? 그대의 밭은 지금 어디 있는가?"

노인의 아버지의 아버지는 말했다.

"저의 밭은 하나님의 대지입니다. 호미를 들면 모든 곳이 밭입니다. 토지는 자유인 것입니다. 토지를 소유한다는 말조차 몰랐습니다. 자기 자신의 땅은 다만, 노동의 댓가일 뿐이었습니다."

임금님은 말했다.

"그럼 두 가지만 더 묻겠네. 첫째, 옛날에는 이런 곡식이 생산되었는데 왜 오늘날에는 없다는 말이냐. 두 번째, 그대의 손자는 지팡이가 두 개나 필요하고 아들은 하나만 짚고 있는데, 제일 나이 많은 그대는 지팡이 없이도 힘차게 걸어 다닐 수 있을 뿐만 아니라 눈은 빛나고 이는 튼튼하며 말씨도 확실하니 도대체 어찌된 까닭인가?"

노인의 아버지의 아버지가 대답했다.

"그 두 가지 이유는 사람들이 스스로 노동하며 살기를 그만두었기 때문입니다. 그리고 남의 물건에 대한 탐욕이 생겼기 때문입니다. 옛날의 생활은 그렇지 않았습니다. 옛날에는 하나님의 뜻에 따라서 살았습니다. 자기 스스로 필요한 것을 생산하고 남의 물건에 대해서는 탐욕을 내지 않았던 것입니다. 그래서 건강한 정신과 육체를 보존할 수 있었습니다."

회개한 죄인

＊톨스토이

'가라사대 예수여, 당신의 나라에 임하실 때에 나를
생각하소서 하니, 예수께서 이르시되 내가 진실로 네
게 이르노니, 오늘 네가 나와 함께 천국에 있으리라
하시니라.'

어떤 곳에 일흔 살이나 된 나이 많은 사나이가 혼자
살고 있었다. 그 사나이는 그때까지 자기의 전 생애를

온갖 죄로 삶을 치장하듯 살아왔다. 그러던 중에 이 사나이는 병에 걸렸다. 하지만 후회하지는 않았다.

드디어 죽음이 닥쳐 온 최후의 순간에 사나이는 울면서 애원했다.

"하나님이시여, 당신께서는 도둑에게도 십자가를 주십니다. 부디 저도 구원해 주십시오."

그가 이렇게 말을 마치자마자 그의 영혼은 육체를 떠났다. 그리하여 이 죄인의 영혼은 하나님을 동경하고 자비에 힘입어 천국 문 앞에 이르렀다.

죄인은 그 곳에 이르자 문을 두드리며 천국으로 들여보내 달라고 간청했다.

그때 그는 문쪽에서 들려오는 소리를 들었다.

"문을 두드리는 자는 누구인가? 저 사나이는 살아 있는 동안 어떤 일을 하였는가?"

천국의 고발인이 이에 대답했다. 고발인은 이 사나이가 저지른 지상에서의 죄과를 낱낱이 고했다. 결국 착한 일이란 한 가지도 아뢸 것이 없었다.

그러자 문 저쪽에서 소리가 들려왔다.

"죄인은 누구든지 천국에 들어올 자격이 없느니라. 물러가라!"

죄인은 말했다.

"제발 부탁입니다. 저는 당신의 음성을 들으면서 존안을 뵈올 수도 들을 수도 없습니다."

그러자 그 소리는 대답했다.

"나는 사도 베드로다."

이에 죄인이 말했다.

"저를 불쌍히 여기소서. 사도 베드로시여! 인간은 약한 존재입니다. 그러나 하나님은 자비로우시지 않습니까? 당신은 그리스도의 제자이시며 그리스도에게 직접 가르침을 받으셨고, 또한 그분의 모범을 보이시는 분이 아니십니까? 이런 일을 생각해 봐 주십시오. 언젠가 그리스도께서 마음이 언짢으시어 슬퍼하고 계셨을 때, 당신을 향해 자지 말고 기도하라고 세 번씩이나 부탁하신 일이 계셨지요. 그런데도 당신은 졸음을 참을 수가 없어 잠들어 버렸고, 그리스도께서는 세 번이나 당신이 잠들어 계신 것을 보셨습니다. 지금의 저도 그와 마찬가지입니다.

그리고 또 이런 일도 생각해 보시기 바랍니다. 당신은 죽을 때까지 그리스도의 곁을 떠나지 않겠다고 그처럼 굳게 약속해 놓고서도 그리스도께서 가야바에게 끌려가시자 세 번씩이나 떨어지지 않았습니까? 저도 그와 마찬가지입니다.

또 이런 일은 어떻게 생각하십니까? 그때 당신은 닭이 울기 시작하자마자 곧 그곳을 떠나 몹시 우셨지요. 저도 그와 같습니다. 저를 천국에 들여보내 주지 못할 아무런 이유도 없다고 생각합니다."

그러나 천국문 저쪽의 소리는 더 이상 아무 대답도 하지 않았다.

한참만에 또 죄인은 문을 두드리기 시작했다. 그리고 천국에 들여보내 달라고 간청했다.

그러자 저쪽에서 다른 소리가 들렸다.

"저 자는 누구냐? 저 사나이는 살아 있는 동안 어떤 일을 했느냐?"

고발인의 목소리가 들리고, 다시 그의 온갖 죄과가 반복되었다. 역시 좋은 말이란 그 어느 것도 아뢰어지지 않았다. 문 저쪽의 소리가 말했다.

"물러가라! 너 같은 죄인은 우리와 함께 천국에 살 수 없느니라."

죄인은 애원했다.

"제발 부탁입니다. 저는 당신의 음성을 들으면서 존안을 뵈올 수도 들을 수도 없습니다."

그러자 소리는 대답했다.

"나는 왕이며 사도인 다윗이다."

죄인은 낙심하지 않고 천국 문에 붙어 서서 말을 시작했다.

　"저를 불쌍히 여기소서. 왕 다윗이시여! 인간은 약한 자입니다. 그러나 하나님은 자비로우신 분이 아니십니까? 하나님께서는 당신을 사랑하시어 뭇사람들 위에 당신을 끌어올리셨습니다. 당신은 온갖 것들을 다 가지고 계십니다. 왕국과 영예, 부귀와 처자 할 것 없이 모두를 말입니다. 하지만 당신은 지붕 위에서 한 가난한 사나이의 아내를 보자, 죄의 싹이 터 당신은 그의 아내를 빼앗고 칼로 그를 죽여 버리시지 않았습니까? 당신은 풍족하면서도 가난한 자의 손에서 최후의 양을 빼앗고 그 사나이를 죽여 버렸던 것입니다. 저도 그러한 일을 해 온 것입니다.

　그러나 생각해 보시기 바랍니다. 당신은 얼마나 그 일을 후회하셨던가. 그래서 이렇게 말했습니다. 나는 나의 죄를 알았고 이 죄를 더없이 슬퍼한다고 말입니다. 저도 그와 마찬가집니다. 제가 천국에 들어가지 못할 까닭은 없다고 생각합니다."

　그러나 문 저쪽 소리는 아무 대답도 하지 않았다.

　얼마쯤 지나자 또 죄인은 문을 두드리며 천국으로 들여보내 달라고 졸랐다. 그러자 문 저쪽에서 세 번째 소리가 들려왔다.

"저 자는 누구냐? 저 사나이는 살아 있을 때 무슨 일
 을 했는가?"

고발인은 사실대로 대답했다. 그리고 세 번째도 이
사나이의 나쁜 짓만을 들어 말하고 착한 일은 없었으므
로 아뢰지 않았다. 문 저쪽의 소리가 말했다.

"물러가라. 죄인은 천국에 들어올 수 없다."

죄인은 대답했다.

"당신의 음성을 들으면서 저는 존안을 뵈올 수도 존
 함을 들을 수도 없습니다."

그 소리는 대답했다.

"나는 그리스도의 훌륭한 제자 성 요한이다."

그러자 죄인은 기뻐서 말했다.

"이젠 정말 내가 천국에 들어가지 못할 까닭이 없습
니다. 베드로와 다윗은 그들이 인간의 미약함과 하나
님의 자비를 알고 있기 때문에 나를 들여보내 주지
않았지만, 당신은 많은 사랑을 가지고 있기 때문에
저를 들여보내 주시리라고 믿습니다. 성 요한이시여,
당신이 쓰신 책 속에 하나님은 사랑이시며 사랑하지
않는 자는 하나님을 알지 못한다고 하셨습니다. 늙은
후에는 형제들이여, 서로 사랑하라고 사람들에게 말

씀하신 분이 바로 당신이 아니십니까? 그런 당신이시라면, 저를 미워하여 쫓아 버리시지는 않으시겠죠? 당신은 스스로 말씀하신 것을 저버리시겠습니까, 아니면 저를 사랑하여 천국 안에 들여놓아 주시겠습니까?"

이때 천국의 문이 열렸다. 그리고 요한은 회개한 죄인을 끌어안아 천국으로 불러들였다.

싯다르다

＊톨스토이

　기원 전 5세기 초엽, 인도 히말라야 산 높은 기슭 베나레스에서 북쪽으로 며칠 동안 여행을 하면 가비라성에 닿는다.

　그곳 성주는 정반왕 수도타나였다. 그에게는 두 아내와 두 명의 자매가 있었는데, 두 아내는 오랫동안 아이를 낳지 못했다. 그런데 노년에 나이 많은 마야 부인이 아들 싯다르다를 낳았으므로 왕은 매우 기뻐했다.

싯다르다가 열아홉 살이 되었을 때, 그의 아버지는 사촌 동생 아름다운 야수다라와 결혼시켜 이들 젊은 부부를 궁전에서 살게 했다.

궁전은 아름다운 정원과 울창한 숲속에 자리잡고 있어 젊은 싯다르다의 감정을 사로잡는 온갖 것들이 넘쳐났다.

사랑스런 아들에게 행복하고 즐거운 생활 속에서 살 수 있도록 정반왕은 싯다르다를 섬기는 시종들에게 엄명을 내려 왕자에게는 절대로 슬픈 생각을 갖게 해서는 안 되며 슬픈 상념을 일으킬 만한 어떠한 것도 보여 주지 못하게 지시했다.

싯다르다는 자기가 사는 궁전에서 한 발자국도 밖으로 나갈 수가 없었다. 그리고 궁전 안에서는 상처 입은 것, 더러운 것, 노쇠한 것은 볼 수 없었다. 싯다르다의 시종들은 보기에 불쾌한 느낌을 갖게 하는 아주 사소한 것들까지 치워 버리기 위해 애를 썼다.

심지어 정원 나무의 마른 잎은 깨끗이 훑어 버렸고, 동물들도 병에 걸리거나 늙은 것은 어리고 건강한 놈으로 바꾸었다.

궁궐 안의 시종들도 한결같이 젊고 아름다운 용모의 소유자들이었다. 이렇듯 싯다르다는 자기와 똑같이 아름답고 건강하고 즐거운 풍요로운 삶을 즐기는 행복한 인생만을 볼 뿐이었다.

싯다르다는 일 년 동안 이런 변함없는 일상 속에서 지내왔는데, 언제부터인가 그런 것에 조금씩 싫증을 느끼기 시작했다. 뭔가 좀 다른 사람들의 생활을 보고 싶다는 생각에 이르게 되었다.

그래서 싯다르다는 어느 날 마부를 시켜 마차를 준비해 가지고 궁궐을 빠져 나가 생전 처음 거리로 나갔다.

젊은 왕자의 눈에 비치는 모든 것. ― 길거리와 집, 바삐 움직이는 사람들, 색다른 옷을 입은 남자와 여자, 가게에 쌓여 있는 물건들 모두가 싯다르다에게는 신기하고 매혹적으로 보였다.

어느 큰 거리에서 싯다르다의 시선을 끈 것은 그가 여태껏 한 번도 본 일이 없는 한 인간의 모습이었다.

그 사람은 붉은 얼굴에 입을 벌린 채 거친 숨을 고통스럽게 내쉬면서 어느 집 벽에 힘없이 기대앉아 큰 소리로 슬픈 듯이 신음하고 있었다.

"저 사람은 왜 저러는가?"

싯달다는 마부에게 물었다.

"네, 저 사람은 병이 나서 그러는 겁니다."

마부가 대답했다.

＊톨스토이 지음

"병이라니?"

"병이란 몸의 건강 상태가 잘못된 것을 말합니다. 저 사람은 그래서 괴로워하고 있는 것입니다."

"정말 괴로워 보이는구나. 그렇지만 어째서 저 사람만 병에 걸린단 말이냐? 왜 우리들 중에는 병이 없느냐?"

"병은 누구나 다 걸립니다."

"나도 걸린다는 말이지?"

마부는 대답하지 않았다. 싯다르다도 더 이상 묻지 않았다.

얼마쯤 가자 싯다르다가 탄 마차 앞으로 한 노인이 구걸을 하기 위해 길을 막아섰다. 등이 굽고 빨간 눈에 눈물이 고인 노인은 마르고 떨리는 다리를 질질 끌면서 무슨 말인지 알아듣지 못할 소리를 중얼거렸다.

"이 사람도 병자인가?"

싯다르다는 물었다.

"아닙니다. 이 사람은 노인입니다."

마부가 대답했다.

"노인이라니?"

"나이를 많이 먹은 사람이란 말씀입니다."

"어째서 이렇게 되는 거냐?"

"오래 살았기 때문입니다."

"사람은 누구나 나이를 먹는 것이냐?"

"네, 누구든지 나이를 먹고 늙게 마련입니다."

"그만 궁궐로 돌아가자."

싯다르다의 음성은 무거웠다.

마부는 황급히 말을 몰았으나 거리 변두리에서 많은 사람들 때문에 길이 막혔다. 들것에 사람 모습을 한 물체를 싣고 어디론가 서둘러 가고 있는 중이었다.

"저것은 뭐냐?"

싯달다는 물었다.

"죽은 사람의 시체입니다. 저 사람들은 시체를 태우기 위해서 운반하고 있는 중입니다."

마부가 대답했다.

"죽음이란 도대체 뭐야?"

싯다르다는 물었다.

"죽음이란 생명이 끝났다는 것을 말합니다."

"어떻게 끝난다는 거야? 인생에 끝남이 있느냐?"

"사람이 죽으면 인생은 끝나는 것입니다."

싯다르다는 마차에서 내려 시체를 운반하고 있는 사람들 곁으로 갔다. 시체는 유리알 같은 눈을 뜨고 더러운 이빨을 드러내고 있었으며 몸은 완전히 굳어 있었다.

"어째서 이 사람만이 이런 꼴이 되었느냐?"

싯다르다는 물었다.

"누구든지 이렇게 되는 겁니다. 인간은 누구나 다 죽습니다."

싯달다는 되풀이해서 말했다. 그리고는 마차로 돌아갔다. 그는 마차에서 머리를 깊이 숙인 채 궁궐로 돌아왔다.

하루 종일토록 싯달다는 홀로 정원 한구석에 앉아 움직이지 않았다. 그리고 자기가 본 것에 대해 깊은 생각에 빠졌다.

모든 사람은 병에 걸리고, 늙고, 그리고 죽어 버리는 것이다. ― 한 시간 뒤에 자기 자신도 병에 걸릴는지 모른다는 사실, 매시간 나이를 먹어가며 육체가 시들고 쇠약해져서 반드시 죽고 만다는 것을 알면서도 인간은 어떻게 살아갈 수가 있단 말인가?

그것을 알고 있는 이상 무엇을 기뻐할 것이며, 또한 살아가기 위해 어떤 일을 할 수 있단 말인가?

"절대로 이럴 수는 없어."

그는 자신에게 소리쳤다.

"이런 고통에서 벗어날 길을 찾지 않으면 안 되겠다.

내가 그 길을 찾아 낼 것이다. 그래서 사람들에게 그
길을 가르쳐 줘야 한다."

싯다르다는 결심했다. 그리하여 다음날 밤, 그는 마
부를 불러 말을 준비할 것과 궁궐 문을 열어두도록 명
했다. 집을 떠나기 전에 그는 자기 아내의 처소로 갔다.

아내는 잠이 들어 있었다. 싯다르다는 그녀를 깨우지
않았다. 마음속으로 아내에게 작별을 고하고 잠든 집안
사람들을 깨우지 않도록 조용히 걸으면서 궁전으로 다
시는 돌아오지 않을 굳은 결심을 하며 떠났다.

싯다르다에게는 목적지가 있을 수 없었다. 무작정 자
기 나라와 멀리 떨어진 곳, 말이 힘에 지쳐 더 이상 움
직이지 못할 때까지 낮과 밤을 가리지 않고 무작정 가
고 있을 뿐이었다.

그는 도중에서 만난 중에게 부탁하여 옷을 바꾸고 머
리를 깎고 중생제도의 도를 찾아 파라문교의 성승에게
로 가서 가르침을 받았으나 윤회와 모든 욕망에서 도피
하여 자신의 몸을 깨끗이 하는데 중점을 두고 있는 교
리는 그를 만족시키지 못했다.

결국 그는 그에게서 떠나 깊은 숲속으로 들어가 단식
과 노동을 하면서 육 년의 세월을 보냈다.

구원은 자기의 육체를 괴롭히는 곳에 있다고 배웠기

때문이다. 그러나 이 구도의 길도 그를 만족시킬 수 없었다. 단식하며 자기 육체를 괴롭힌 까닭에 그는 얼마 안 가서 몸을 움직일 수 없게 되었다.

그런 고통을 겪으면서도 구원의 길을 찾을 수가 없었으므로, 그는 단식이나 육체를 죽이는 것 같은 따위의 허망한 의식에서 벗어나 사색과 죄를 회개하는 자기반성에서 구원을 찾아보려고 결심했다.

그 무렵부터 그에게는 제자들이 찾아들게 되었으며, 많은 사람들로부터 영광과 찬사를 받게 되었다. 그러자 여러 가지 유혹이 나타났다. 지난날 젊은 왕자로 영광과 풍족함을 버린 것들이 아깝게 생각되었으며 아버지와 아내의 곁으로 돌아가고 싶은 생각에 빠져들게 되었다.

그러나 그는 자기의 덕성의 타락을 깨닫자 깜짝 놀라 제자들과 자신을 따르고 있는 사람들에게서 벗어나 아무도 모르는 곳으로 가 버렸다.

그는 오랫동안 마음속의 갈등에 격심한 괴로움을 받았다. 그러나 그가 보리수 아래 단좌하여 사색을 계속하던 중에 돌연 그의 앞에 구원의 길이 열렸다. 그 구원의 길은 다음과 같은 것이었다.

무릇 육체적인 것은 일시적인 것으로 언제인가는 멸

망하지 않으면 안 된다. 인간이 육체에만 얽매어 있는 한 고통과 쇠퇴와 죽음 속에 묶여 있지 않으면 안 된다.

여기서 벗어나려면 어떻게 하면 좋을까? 인간의 마음이 육체적인 것에 연결되어 있는 한 사람은 살아가기를 욕구한다. 그리하여 욕망이 만족되지 않는 불행과 죽음의 공포가 고통을 낳는다. 그러므로 육체적인 추악한 욕망을 없애 버리지 않으면 안 된다.

그의 가르침을 네 가지 진리에 대한 자의식으로 이루어져 있다. 첫 번째 진리는 모든 사람은 고통에 가득차 있다. 두 번째 진리는 고통의 원인은 육욕에 있다. 세 번째 진리는 고통은 육욕을 없애므로써 피할 수 있다. 네 번째 진리는 해탈은 구원의 네 단계에 의해서 완성된다는 것이다.

그 첫 단계는 심령의 각성이다. 둘째 단계는 불순한 생각이나 복수심에서 해방되는 것이다. 셋째 단계는 의혹이나 원한이나 성급함에서 해방되는 것이다. 넷째 단계는 자비이다.

사람에 대해서 뿐만 아니라 생명이 있는 모든 생물에 대한 사랑이다. 자신의 육욕을 죽이기 위한 성찰이 악한 여러 가지 생각으로부터 마음을 정화시키는 정숙으로 쏠려져야 한다. 참된 교화, 참다운 자유는 오직 사랑

가운데 있는 것이다. 자기의 육욕을 사랑으로 바꾸는 것으로 사람은 무지와 정욕의 사슬을 끊어 버리고 고통과 죽음에서 벗어날 수 있는 것이다.

이상과 같은 가르침을 이르기 위한 법칙은 다음 열 가지 계율에 나타나 있다.

(1) 살상하지 말라, 생명을 소중히 여겨라.

(2) 도둑질하지 말라, 빼앗지 말라, 자기의 노동에 의해 만들어진 것이 모든 사람들을 이롭게 조력하라.

(3) 불순과 해독에서 깨끗한 생명을 보호하라.

(4) 거짓말을 하지 말라. 항상 진실을 말하라. 두려워 말고 사랑을 지녀라.

(5) 못된 소문은 마음에 두지 말라. 못된 거짓말을 퍼뜨리지 말라.

(6) 맹세하지 말라.

(7) 잡담에 시간을 허비하지 말라. 용건만을 말하라. 그밖에는 입을 열지 말라.

(8) 이욕을 쫓지 말라. 질투하지 말라. 그러나 이웃사람의 행복을 기뻐하라.

(9) 마음속에서 악을 깨끗이 쓸어내라. 적에 대해 미움을 품지 말라. 그러나 모든 것을 사랑으로 보라.

(10) 불신앙에서 해방되라. 그리하여 진리를 이해하도

록 힘쓰라.

이와 같은 가르침을 불타 싯달다는 설법하고 전파했
다. 처음 제자들은 그를 버렸으나 다시 모여들었다. 그
리하여 불타는 파라문 교도에게는 박해를 당했으나 그
의 가르침은 더욱 퍼져 나갔다.

불타는 육십 년이나 되는 오랜 기간 동안 이곳저곳을
돌아다니면서 자신의 가르침을 설법했다. 그러다가 한
마을에서 다른 마을로 가는 도중 죽음이 그에게 찾아왔
다. 그때 그의 나이 여든 살이었다.

그 무렵 그는 몹시 쇠약해져 있었지만, 변함없이 계
속 걸어 다니며 설법했다.

그렇게 옮겨 돌아다니던 중, 그는 심한 피로를 느끼
며 이렇게 말했다.

"목이 타서 심히 괴롭구나."

제자들은 그에게 물을 주었다. 그는 물을 조금 마시
고 그 자리에서 잠시 쉬고 있다가 곧 다시 일어나 걷기
시작했다. 그러나 발타 강가에서 걸음을 멈추고 나무
밑에 앉아서 말했다.

"죽음이 다가 온 것 같다. 내가 죽은 뒤에도 너희들
에게 말한 모든 것을 기억하라."

그의 애제자 아난타는 그 말을 듣고 참을 수가 없어

옆으로 물러나며 울었다. 싯달다는 곧 그를 마중 보내어 위로하며 말했다.

"이젠 됐다. 아난타, 울고불고 하면 못 쓴다. 일찍이든 늦게든 우리들은 친한 모든 사람과 헤어지지 않으면 안 되는 거야. 이 세상에 영원한 것이 있는가?"

그는 다른 제자들을 향해서 덧붙여 말했다.

"나의 벗이여, 내가 그대들에게 가르친 대로 살아나가라. 그대들에게 달라붙어 있는 정욕의 그물에서 해방되라. 파멸은 온갖 육체적인 것에 있어서는 피할 수 없지만, 진리는 파멸하지 않는 것이며 영원한 것임을 기억하라. 그 속에서 자기의 구원을 탐구하라."

이것이 그의 마지막 말이었다. 이 말을 마친 다음 이 세상에서 조용히 사라져 갔다.

옮긴이 : 박문신

· 1941년 경기도 양평에서 태어남.

· 한국외국어 대학교 러시아어 문학을 전공하고 대학원에서
  정치학 석사를 받음.

· 국정원 공채 4기생으로 입사한 후 해외 분야에서 30여년간 근무.

· 펴낸 책으로는 『러시아어 4주간』·『러시아 회화』·
  『러시아의 한반도 정책』, 수필집으로『인생2막』있음.

위대한 고요

2009년 10월 25일 초판발행

·

엮은이 | 톨스토이

옮긴이 | 박 문 신

펴낸이 | 홍 철 부

펴낸곳 | **문 지 사**

등록일 | 1978. 8. 11(제 3-50호)

·

서울특별시 은평구 갈현1동 423-16

영 업 | 02) 386-8451

편 집 | 02) 386-8452

팩 스 | 02) 386-8453

_____

값 8,000원